神様ゲーム

The God Game

カミハダレニイノルベキ

“神様とゲーム”こんな機会は2度とないぜ

game players
ゲーム・プレーヤー
でも神様がゲームを始めた目的って、何だと思う？
生徒会書記・美名人
生徒会副会長・多加良

願え、願え、この世の者はすべからく。

さすれば叶えてやらぬこともない——

神様ゲーム

カミハダレニイノルベキ

宮崎柊羽

角川文庫 13849

コンテンツ・オブ・カミサマゲーム

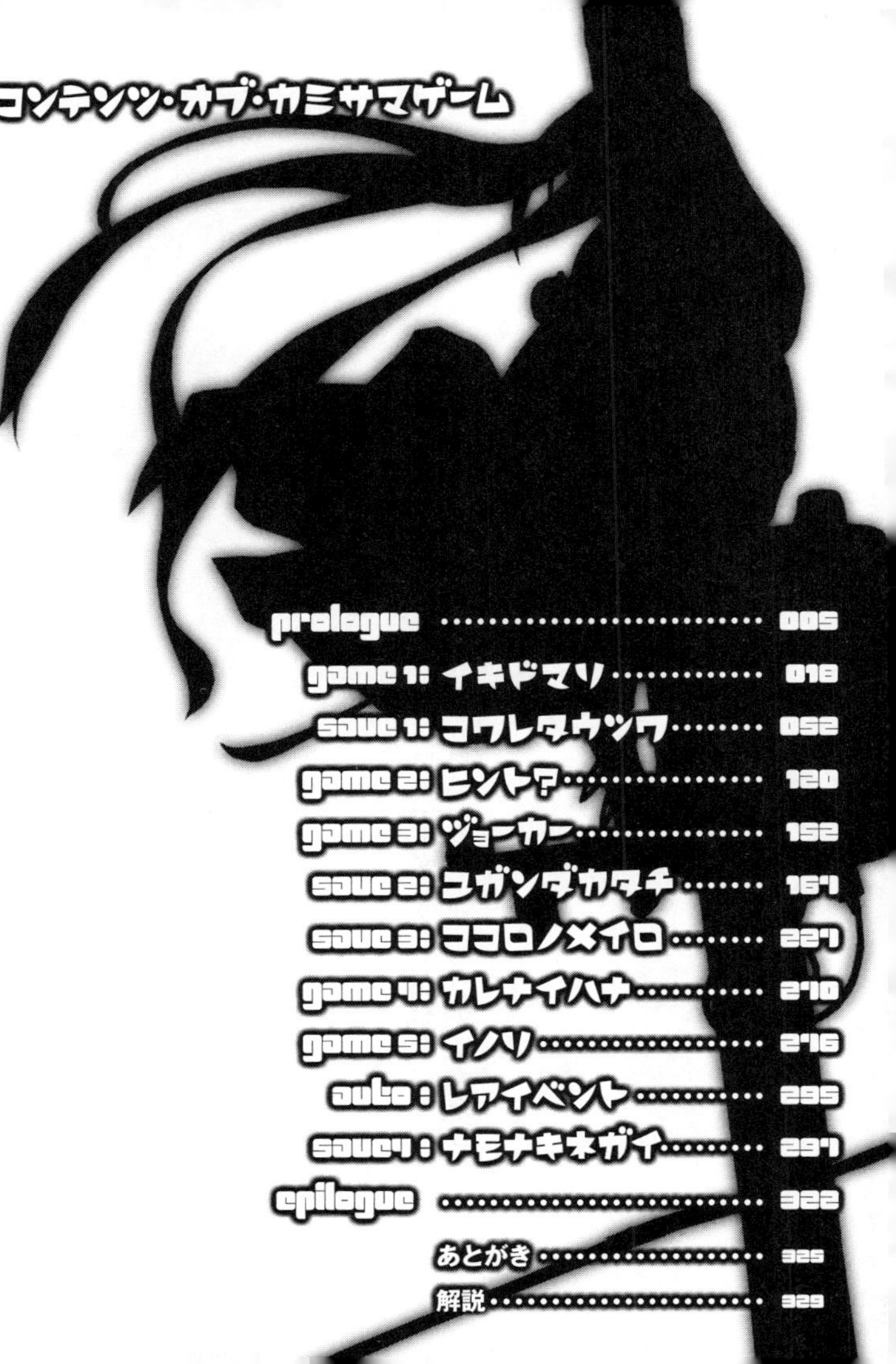

口絵・本文イラスト／七草
口絵・本文デザイン／アフターグロウ

prologue
カミサマゲーム

プロローグ

新世紀の幕開けは恐怖《きょうふ》の大魔王《だいまおう》も、何も現れなかった。が、二十一世紀に突入《とつにゅう》して数年。ある日、ある時、現れた神様が、人類に告げた言葉は〝光あれ〟でもなければ、〝混沌《こんとん》を〟でもなく

「さあ、ゲームを始めよう‼」

だった。

その自称《じしょう》神様を、初めは誰《だれ》も本物だとは思わなかった。どうみても、そのへんにいそうな感じの人間《ひと》だったからだ。もっとも、偶然《ぐうぜん》にも神様に選ばれた人たちの誰一人として、それを本物だの偽者《にせもの》だのと判断出来るはずもなかった。

なぜなら誰も神様に会ったことなんてなかったのだから。

神様の話に取り合わず、それどころか異常者扱《あつか》いして銃口《じゅうこう》を向ける者もいた。

そんな人間たちに、けれど神様は寛大《かんだい》だった。最近の人間の頭が固いことはよくおわかりだったから。

「よくみているといい」

ひと言告げて、神様は軽く手を振《ふ》った。

途端《とたん》、人々の脳裏《のうり》にある映像が浮《う》かんだ。それは明確な画像《ヴィジョン》だった。果て無き宇宙に浮かぶ赤い火星。彼らのまぶたの裏——もしくは、シナプスの一片《いっぺん》でその星は弾《はじ》けた。

一瞬《いっしゅん》の沈黙《ちんもく》。その後の恐慌《パニック》。

火星の消滅《しょうめつ》が違《たが》えようのない事実と確認《かくにん》され、人々が神を認識するまで神様は待っていた。

「もう一度、お言葉を頂けますか？」

それが事実とわかるなり、人は態度を翻《ひるがえ》したけれど、それにも神様はお怒《いか》りにならなかった。

「ああ。でもその前に、火星を元に戻《もど》そう」

再び手をひらめかせると、弾けたはずのその星はまた宇宙に浮かんでいた。人々はたとえ彼が神ではない別の存在だとしても、従うほか無いと直感した。そして
「私と遊ぶ気になったかな？」

きわめて明るく神様は尋《たず》ねた。もはや人に否《いな》と言えるはずはない。

「遊び、というとどのような……？」

何を言われるのかと怯《おび》えつつも尋ねる。

「簡単なゲームだよ。私はこの地球のどこかに隠《かく》れる。お前たちは私を探すんだ」

早い話が、〝かくれんぼ〟だった。隠れる範囲《はんい》がかなり大規模であるという点を除いて。

「あの、それにいったいどのような意味が？」

「意味、など無い。単なる暇《ひま》つぶしだ。テレビばかり見ていては体にも悪いしな」

「見つけられなかった場合は？」

「別に何も。ああ、でも私を見つけられた者への賞品は用意してある」

「賞品？」

その言葉に人間はにわかに色めき立った。神様がくれるというものなのだから期待が高まるのは当然のことだった。

「私の楽園をやろう」

「というと、天国ですか？」

「まあ、そうだな。見せてやろうか？」

軽く笑《え》みを作ると神様は指を鳴らした。

そして、人は初めて楽園を見た。そして、求めずにはいられなくなった。

「さあ、ゲームを始めよう。制限時間は今から一年だ」

それだけ言い残すと、文字通り神様はその場から消えた。

神様に偶然にも選ばれた何人かは、すぐに探し始めた。

だが、彼らが思っていた以上にゲームは困難だった。大体からして、探す範囲が広すぎた。

それでも、とにかく、身近な所から彼らは始めた。たとえ変人扱いされようとも、大声で神様を呼んだ。

神様が、どんな顔をしていて、どんな格好をしているか手がかりがあればまだ何とかなっただろう。でもその時、確かに神様の姿を見た者の誰一人としてそれを思い出せなかった。かろうじて、ほんの少しなら思い出せた者もいたが、それはピントのずれた残像でしかなかった。

三ヶ月もたつと、疲《つか》れていたか、幻《まぼろし》でも見たのだろうという結論に人々はいたった。人間はあまり気が長くないのだ。

が、その直後、再び神様は現れた。

「やっぱり、範囲が広すぎたな。少し狭《せば》めて探す範囲をアジアに限定しよう。……それと、空を見上げることは無意味だし、このゲームの間、私は姿を変えたりはしない。人間となんら変わりない姿で地上に居続けよう」

神様が一歩譲《ゆず》る形で、ゲームは再開された。だが、やはり神様は見つけられなかった。

ただ、人々の間にこのゲームの話は伝播《でんぱ》しつつあった。故《ゆえ》に、探す人間は確実に増えて状《じょう》況《きょう》は神様に不利になるばかりだった。

にもかかわらず、人間たちはまたも失敗。

「……あのな、説明不足であったかもしれないが、お前たち私を〝探す〟ということの意味をわかっているか？」

三度目、神様は少しあきれ気味だった。

「探して、見つけて……それからどうすれば？」

いまさらといえばいまさらなやり取りに、双方《そうほう》ため息をついて。

「探して、見つけて……名前を呼べっ！　ただし、私に触《ふ》れることは許さない！」

そして、寛大《かんだい》な神様の堪忍袋《かんにんぶくろ》の緒《お》もいいかげん切れた。

「ああ、もうっ！　だめだなっ！　全然だめだ!!　スリルが足りないからだ、私にもお前たちにも！　次がラストチャンスだ。期限までに私を見つけられない場合、地球の軌道《きどう》を変える！」

そう宣告した。

ことの重大さにはじめは皆《みな》気づかなかった。しかしよくよく考えてみるとそれはかなりまずいことだった。あとほんの少しでも、太陽に近かったら地球には生命が誕生しなかっただろうと言われている。逆に少し遠くても同じだ。つまり地球の軌道を変えられてしまえば、人類を待つのは緩慢《かんまん》な死に他《ほか》ならなかった。

それを聞いた人間は、どうにかなだめようとしたが、もはや神様に聞く耳はなかった。

「いいか？　私は日本のN県、私立叶野《かのう》学園高校に隠れるぞっ！　ここまで場所を限定するんだからありがたく思え」

これまでになかった神様の語調の荒《あら》さに人々は戦慄《せんりつ》した。

「ただし、ハンターは叶野学園の生徒に限る。このルールを破ればゲームは終了《しゅうりょう》！　即刻《そっこく》ペナルティを科す。以上」

そして神様はお隠れになった。

カミサマゲーム・スタート

the god game

「そういうわけで、人類の未来はあなた方に託《たく》されました」

又聞《またぎ》きの百乗位の話をいたって真面目《まじめ》な顔で校長に聞かされた俺がその時驚《おどろ》かなかったといえば嘘《うそ》になるが、それよりも大の大人が口にした内容の荒唐無稽《こうとうむけい》さに二の句がつげなかった。

これは、世に言うどっきりカメラだろうか、と一瞬《いっしゅん》考えたが、一介《いっかい》の高校生を驚かせたところで面白《おもしろ》くはないだろうから、その考えを即座に却下《きゃっか》した。

隣《となり》にいる桑田美名人《くわたみなと》の様子を窺《うかが》えば、案の定怪訝《けげん》な顔をしている。もっとも、桑田は生徒会の書記を務めているような優秀《ゆうしゅう》な人材だから思っていることをそのまま口に上らせたりはしない。が、心の中で

(この校長《ひと》、ばか?)

とか思っているのはほぼ確実である。

今日、登校するやいなや校長に招集された私立叶野学園高校生徒会執行部《しっこうぶ》のメンバーは四人。しかし、この場には俺を含《ふく》めて二人。あと二人足りない。そのうちの一人は会計の尾田一哉《おだかずや》。体調不良のため本日は学校を欠席している。だからこれは仕方が無い。

それでも、まだ一人足りない。こんな時に限ってその人物は姿を現さないのである。

俺たちが黙《だま》っていると、校長の隣に控《ひか》えていた教頭が代わって口を開いた。

「信じ難《がた》いだろうな。私もいまだ信じきれない。だが、内閣総理大臣が昨日直接校長の下《もと》を訪《おとず》れ、頭を下げていったのだ。高校生に過ぎない君たちには随分《ずいぶん》と重い荷物だが……」

そこで教頭はいったん言葉を切った。自らの苦悩《くのう》を表すためのパフォーマンスのように眉間《みけん》を指で揉《も》む。

「しかし、神はそうルールを定めたのだ。逆らえまい」

悩《なや》むのは勝手だが、日本人の大半は仏教徒であるという事実と共に、自身の権威《けんい》主義に気づいているのだろうか？　加えて、この場に肝心《かんじん》の人物がいないことに気がついているのだろうか？

どういうわけか、この俺を差し置いて「生徒会長」なんぞをやっていて、学校行事を盛り上げるのは得意だが、その準備は苦手で、生徒会の雑事その他もろもろ面倒《めんどう》なことは全部俺と桑田と尾田に押し付けて、今日は今日で生徒会執行部にかかった緊急《きんきゅうしょうしゅう》招集を完全に無視しているあいつが、この場にいやがらないことに。

俺の頭の中はいま、正直人類の未来のことよりもあいつへの罵詈《ばり》雑言《ぞうごん》で溢《あふ》れている。

嗚呼《ああ》、なぜ、俺は生徒会副会長なんだろう？　読みが甘かったのか？

生徒会長になるのは明るい人気者で、副会長は実務能力のある陰気者《いんきもの》が選ばれるという定石《セオリー》――少なくとも叶野学園においてはまかり通っている――を知らなかった迂闊《うかつ》さゆえか？

しかし、ともかく、あいつのせいで俺の遠大なる将来設計が早くも狂《くる》いを見せ始めているという事実に我慢《がまん》がならない。

そんなフラストレーション溜《た》まりまくりのところに持ち込まれた話がよりによって「神様探し……ですか」

ちょっとため息に近い感じで、俺は言ってやった。

「やはり、半信半疑といった様子だね」

校長はそう返したが、俺は半分も信じていない。正直、一割だって怪《あや》しいくらいだ。

「簡単には信じられませんね」

求められたから、率直《そっちょく》な意見を述べた。桑田も隣で頷《うなず》く。影《かげ》の薄《うす》い教頭の咎《とが》めるような視線は知らないふりで通す。

「私も、初めはそうだった。だが、結局信じざるを得なくなった」

その言葉と共に校長は俺と桑田に書類の束をよこした。

「見ていいんですか？」

「ああ」

そこにはありとあらゆる角度から分析《ぶんせき》された事実のみが記されていた。端的《たんてき》に言うと、本当に地球が本来の軌道から外れつつあるということが。

いくらでも捏造《ねつぞう》出来そうな書類だと、俺は思ったが眼鏡《めがね》のフレームを押し上げながら軽く目を細める程度の反応にとどめておく。

一方の桑田はといえば完璧《かんぺき》なポーカーフェイス。きれいに顎《あご》のラインの出たボブカットのその横顔は何か高尚《こうしょう》なことを考えているようにも見えるが、時間的に今日の休憩《きゅうけい》に何を間食《たべ》よう得である。

かと思考をめぐらせている、というのが正解だろう。まったく、なまじ顔の整っている人間は
「きょうのお菓子《かし》は？」

「特製ほかほかスコーン」

試《ため》しに小声で尋《たず》ねてみればすぐに答えが返ってきた。

「まあ、すぐには信じなくてもいい。ただ、探すだけ探してくれないか？　そう、これはゲームだと思えばいい」

発言の内容の割に深刻な表情をして校長は言った。

「たのむよ、秋庭《あきば》君」

あー、俺は確かに秋庭多加良《たから》ですけどねー、肩書《かたが》きはあくまで、副会長、なんですよねー。どっかの無責任な会長さんのせいでねー、ただでさえ雑用多いんですよー。

と、言ってやりたいところを、俺は大人の余裕《よゆう》で何とかこらえた。

「わかりました。やってみます」

俺が渋々《しぶしぶ》ながら話を受けたことで、校長と教頭は安堵《あんど》に頬《ほお》をゆるめた。

「でも、仮に見つけられなくても、責任は取れません」

この場から早く解放されたくて、俺はこの話を受けたのだが、これだけははっきりさせておく必要があった。いままでの一連の話が本気だったとして、期限切れを迎《むか》えた時に、人類はお前のせいで滅《ほろ》びるんだとか言われるのはごめんこうむりたい。隣《となり》で桑田も頷く。

りした。

「も、もちろん、責任は私が……」

とる、と校長に最後まで言わしめることは出来なかったが、とりあえず責任の所在ははっきりした。

「でも、神様を探す手がかりは何も無いんですよね」

桑田の突《つ》っ込みに詰《つ》まるかと思った校長は、だが、不敵な笑《え》みを浮《う》かべた。

「それについては安心したまえ。可能な限り資料は揃《そろ》えた。そして……一騎当千《いっきとうせん》の助《すけ》っ人《と》が今日にも転校して来る」

しかし、それを告げたのは教頭だった。大人気なく校長が睨《にら》むが、幸か不幸か教頭はその視線に気づかなかった。わざとらしく咳払《せきばら》いをして

「十六歳の生徒が転校して来るのだから神様もルール違反《いはん》とはとらないだろう。君たちは彼女のサポートをしてやってくれ」

校長は言った。

「……はい」

その助っ人がどれ程《ほど》のものかは知らないが、俺はとりあえず頷いておいた。もういい加減彼らの話に飽《あ》きていたというのもある。

「ただし、ことはあくまでも秘密裡《り》に進めてくれたまえ。こんなことが学園内に、そして世間に広まれば大パニックになる」

それはそうだろう。真実にしろ、偽《いつわ》りにしろ、ワイドショーのネタとしては絶好である。

「当面は君たちだけで、この学園に潜伏《せんぷく》している神様を探してくれ」

「はい」

タイムリミットは三十日後。

標的は神様。

かくして、あいつは現れぬまま、その不在を追及《ついきゅう》されることも無く、俺たちは「神様探し」

というゲームを始めることになった。

イキドマリ

気がついたら、ソコにいて。気がついたら、世界を創《つく》り上げていて。

気がついたら、人間を形作っていて。気がつけば、いつも受動的な神様になっていた。

だから、ソコを出るのには、とても勇気が必要だった。

けれど、開けずにはいられなかった。

世界へと続く扉《とびら》を。もう一度、確かめるために。

私は、世界へと続く扉を、開けた。


　腕《うで》の時計を見れば一時間目の終了《しゅうりょう》まであと僅《わず》か。いまさら授業に出るのもなんなので、俺と桑田は教室へ続く廊下《ろうか》をいつもの数倍ゆっくりと歩いていた。

「……さて、引き受けたはいいがどうしたものかな」

「もの凄《すご》く胡《う》散臭《さんくさ》い話だったけど、一番の問題はそれをいい歳《とし》した大人が信じているというところにあるわね」

　俺は返事を求めていたわけではなかったが、桑田は校長たちをそうばっさりと切って捨てた。

「でも、一度引き受けると言った以上は、やるしかないけどな」

本当に手がかりは何も無い。写真の一枚も無いのだ。まあ、あったところでそれが役に立つという確証も無いが。一応姿は変えないという約束らしいが、神様を名乗る以上、姿を変えるなんてことはその気になれば朝飯前だろう。ついでに、人の記憶《きおく》を改ざんすることだって出来そうだ。

全知全能というのは、多くの人が神様に抱《いだ》いているパブリック・イメージだ。

しかし、ここまでの話の流れからすると、神様は随分《ずいぶん》と退屈《たいくつ》しているらしい。そこからして規格外の神様だが、暇《ひま》つぶしに選んだ遊びが〝かくれんぼ〟で隠《かく》れる場所が〝学校〟というのもどうかと思う。設定として。

所詮《しょせん》、偽者《にせもの》の神のゲームということだろうか。

改めて先程《さきほど》の話を頭の中で整理して俺は天を仰《あお》いだ。そうしたところで目に映るのは天井《てんじょう》の白壁《しらかべ》ばかりだったけれど。

「いま叶野学園の在校者数は三学年で六五八名」

「教師も数に入れれば約七百名に上るわね」

「その七百分の一を探すわけだ。実質俺たちだけで」

秘密裡に、といわれている以上、全校生徒の協力は得られない。

「一騎当千の助っ人とやらは数に入れてないの？」

「いまのところは。まだ実力の程がわからないからな」

窓の外を見れば冬枯《ふゆが》れの木が目立つ。街に自称《じしょう》サンタが溢《あふ》れ出すのも時間の問題だ。初雪の観測もそろそろだろう。

「一ヶ月か……」

「一ヶ月よ。短いといえば短いし、長いといえば長いわね」

「神様とゲームか」

その言葉の響《ひび》きだけを聞けば、なかなかに面白《おもしろ》そうだ。少しだけ頬《ほお》も緩《ゆる》む。

「実はやる気なのね」

俺の心中を見抜《みぬ》いたかのような、少々あきれ気味の桑田の問いかけに、正直に頷《うなず》いた。真偽《しんぎ》は不明としても、神様を探すなんていうゲームが今度いつ出来るかどうかわからない。

それに、神様を見つけた暁《あかつき》には俺の株も急上昇《きゅうじょうしょう》である。ことによっては生徒会長に昇格するかもしれない。

高一にして生徒会長というのは何かと箔《はく》がつく。そうだ野望達成のためには日々精進《しょうじん》を怠《おこた》ってはならないのだ。

「まあ、いいけどね」

桑田は軽く首を傾《かし》げて小さく笑った。

「……あの、すみません」

「はい?」

声に反応して振《ふ》り返るとそこには一人の女生徒がいた。三つ編みにした黒髪《くろかみ》がやたら長い、色白で、ちょっと陰《かげ》がある感じの美少女。ブレザーにリボンタイという叶野学園の制服を着て

いるが、俺の記憶の中にはない。自慢《じまん》だが、俺は全校生徒の顔と名前を完璧《かんぺき》に記憶している。その俺に見覚えがない、ということは
「一騎当千《いっきとうせん》の助《すけ》っ人《と》か」

俺の明晰《めいせき》な頭脳が導き出した答えに
「……は？」

と、少女は怯《おび》えたような表情を——俺は地顔が怖《こわ》いためか、たいてい初対面の相手にはこういった反応をされる。高校に入ってからかけ始めた眼鏡《めがね》も俺の目つきの悪さを隠す役には立っていない——鳩《はと》が豆鉄砲《まめでっぽう》を食《く》ったようなそれに変えた。

この少女の正体にはもう一つ、別の可能性もあったが、そっちは俺の第六感が否定した。こんな頼《たよ》りにならなそうな神様は誰《だれ》だって嫌《いや》だろう。

「あの、ちょっとお尋《たず》ねしますが生徒会室はどちらでしょう？」

俺の台詞《せりふ》を聞かなかったことにして少女は丁寧《ていねい》な調子でそう尋ねながら桑田の顔を窺《うかが》った。

「この廊下をまっすぐ行って、突《つ》き当たったら左折。そしてその突き当たりだ」

俺たちが生徒会役員であることを知らないらしい少女の問いに桑田に代わって俺が答える。

「ありがとうございました」

「いや。でも、いま行っても誰も……」

と、俺がちょっとよそ見をしながら言うその間に、少女の姿はそこから消えていた。

「すごく足が速いわね。あの子が助っ人？」

滅多《めった》に驚《おどろ》かない桑田が少し驚いて目を見張っている。

「だろうな。まあ、あせって追いかけなくてもすぐに会うからいいだろ」

「そうね」

俺も桑田も生徒会役員などという雑用係をやっているが基本的には面倒《めんどう》なことが嫌《きら》いだから、こういった場合すぐに意見の一致《いっち》を見る。

「で、あいつは校長の呼び出しを無視してどこにいるんだろうな？」

「学校には来ているんじゃない？　この間、皆勤賞《かいきんしよう》目指しているとか言ってたけど……」

「へえ……。皆勤賞ってのは、授業にちゃんと出ている人間が貰《もら》える物だってことをあいつは知らないらしいな」

口調こそ平静を保っているが、俺が怒《おこ》っていないわけがない。というか、あいつが生徒会長に、俺が副会長に就任してからというもの、あいつに怒《いか》りを覚えない日はない。

だいたい、面倒事にはやたらと鼻が利《き》いて、逃《に》げ回っているような人間がなぜ生徒会長に立候補し、その上当選してしまったのか、いまだに腑《ふ》に落ちない。

そして、何で、俺は、副会長なんだ？　俺の愚兄《ぐけい》ですら在学中は生徒会長を務めたというのに。やはり選挙には運も作用するのか？

「会長がどこにいるかはひとまず置いておいて、問題はこの件を伝えるかどうか」

「言わない。絶対」

桑田の言葉に我に返った俺の出した結論はきわめて単純かつ明快。

「その方が無難ね。言ったが最後、秘密にしておけるはずないもの」

俺は黙《だま》って頷いた。過去の経験上、あいつには〝秘密〟を守るということは出来ないと判明している。

「じゃあ……あの人には？」

「……わざわざ言わなくても知っていると思うぞ」

一段声を落とした桑田の問いに対して、俺の答えは更《さら》に小さかったが、限りなく確信に満ちていたと思う。桑田の言わんとするところは当然俺の頭にもあったが、意図的に避《さ》けていたのだ。

ちょうど桑田の背後に、花をモチーフにした叶野学園のエンブレムを見つけて、俺はため息をついた。某《ぼう》ネズミ園のように校内の至る所にこのエンブレムは大小さまざまで配されていて、ちょっとしたイベントとしてすべてを探し出して、コンプリートしようとしている生徒もいる。

だが、俺にはうっとおしいことこの上ない。

「もしかしたら、この件の黒幕って……」

「言うな。何が言いたいかわかっているが、敢《あ》えて言うな」

桑田のくっきりとした二重《ふたえ》の目を見つめながら、俺はかなり真剣《しんけん》に頼《たの》んだ。

すると、なぜか視線を宙に泳がせた後、省エネをモットーにしている桑田にしては大きく首を振った。

「あのう」

再びその声がしたのと、終業を伝えるチャイムが鳴ったのはほぼ同時だった。机や椅子《いす》のがたがたと鳴る音や、お喋《しゃべ》りといった喧騒《けんそう》が一気に校舎に溢《あふ》れ出す。

「あの、生徒会室には鍵《かぎ》がかかっていて……」

「それはそうね。当の役員がここに……」

「おいっ！　桑田っ!!」

視界の中に、小さいがあいつの姿を認めて俺は二人の会話をさえぎった。

「ターゲット確認《かくにん》」

事態を察知した桑田は改めて俺にそう告げながら制服のポケットに手を滑《すべ》らせる。

「大リーグボール、EX《エクストラ》37号」

手渡《てわた》されると硬球《こうきゅう》の心地《ここち》よい重さと、感触《かんしょく》が手のひらに伝わってくる。

「今日こそは、勝ってね」

「ああ」

「……あ、の」

「ちょっと待っていて。いま緊急《きんきゅう》事態なの」

「話は、勝負の後だ」

次第《しだい》に大きくなってくるあいつの姿を見て俺は舌打ちをした。ボールを握《にぎ》る手に自然と力がこもる。

色素の薄《うす》い髪《かみ》とアーモンド形の瞳《ひとみ》。鼻筋はまっすぐ。口元には微笑《ほほえ》みを湛《たた》えていて、ぱっと

見は文句なしの美形。脚《あし》もすらりと長く、全体のバランスも申し分ない。だが、問題はその内面及《およ》び行動である。

「なんであいつは、校内でキックボードに乗っている？」

「ブームも去って久しいのに、買ったのね」

ブームうんぬんは別として、校内で乗り物に乗っていることが問題なのだ。どこかはずした桑田の答えに、俺はあえて突っ込まなかった。

代わりに大きく振《ふ》りかぶる。キャッチャーミットこそ無いが、的は決まっている。

「あのっ、それ人に向かって投げるんじゃ……」

「黙って。いま、本当に取り込み中なの」

二人の会話が聞こえてはいるが、俺はまっすぐ前に向けた視線を動かさない。

あいつは楽しそうにキックボードを駆《か》り、自ら俺のいる方へと向かってくる。いい度胸だ。

「この、夏の虫め」

昨日までの対戦成績は36戦36引き分け。つまり勝負はついていないも同然。

「俺はやる。今日こそやってやる」

そして俺は猪《いのしし》のように直進してくるあいつに、ボールを投げた。俺の放《はな》った球はゆるくカーブを描《えが》きあいつの頭部を直撃《ちょくげき》した。

普通《ふつう》、良い子も悪い子も普通の子も、人の頭部に向けて、硬球はおろか軟球《なんきゅう》だとて投げてはいけない。だが、あいつの頭は特別だ。

その証拠《しょうこ》に、頭にボールがヒットした瞬間《しゅんかん》こそあいつの体勢は左に傾《かたむ》いたが、すぐに体を起こすと、再びキックボードを駆る足に力をこめた。

「あー、おはよおぉぉォォ」

ダメージ皆無《かいむ》で、ドップラー効果まで起こしながらあいつは俺の前を駆け抜《ぬ》けていった。

瞬間、俺の目はあいつの不敵な笑《え》みを捕《と》らえた。どこか人をばかにしたような、それ。

「ちくしょうっ！　鈴木《すずき》のくせにっ!!」

俺は廊下《ろうか》でがっくりと膝《ひざ》をつき、床《ゆか》に拳《こぶし》を叩《たた》きつけ……る直前でやめた。痛いからだ。たとえかすり傷でも鈴木が原因で傷を負うなどごめんだ。

「また引き分けか」

「副会長の球は当たってるんだけどなぁ」

「会長が倒《たお》れなきゃ無効でしょ？」

「でも普通硬球が当たったらね……」

「やっぱ、生徒会長は不死身だな」

そこここで、無責任な会話が交《か》わされる。俺と鈴木との攻防《こうぼう》は不本意ながら、いまや叶野学園名物になっていて、生徒はいまさら驚《おどろ》きはしない。

彼らが、生徒会の執務《しつむ》もせずに、日々遊んで暮らしている会長の下でも平穏《へいおん》な学校生活を送れるのは、偏《ひとえ》に俺様の努力のおかげだというのに、会話の中に俺への感謝は見当たらない。少しでも鈴木に仕事をさせるために、危険も顧《かえり》みず、手段も選ばずに俺はあいつの捕獲《ほかく》に命をかけているというのに。

　でも、まあそれはぎりぎり許してやろう。俺の努力はそのうち絶対に報《むく》われ、全校生徒は俺の前にひれ伏《ふ》すのだから。そう、問題はそこではない。

「おい、麻生《あそう》、小泉《こいずみ》、石井《いしい》。今度俺のことを〝副会長〟と呼んだら、生きていることを後悔《こうかい》させるぞ？」

　俺は眼鏡《めがね》のフレームを直しながら、同級生の三人を軽く睨《にら》んだ。

　役職名で呼ばれるのは生徒会役員の宿命だが、俺は〝副会長〟と呼ぶことを何人《なんぴと》たりとも許さない。それは俺を負け犬と呼ぶに等しい行為《こうい》だからだ。

「わかったか？」

　念を押すようにすごんで見せれば、彼らは首ふり人形のごとく何度も頷《うなず》いた。

「わかればいい」

「37引き分け」

　いつの間にか、隣《となり》に歩み寄ってきていた桑田が聞くまでもない結果を無情にも告げてくれる。桑田のまっすぐな脚をいつまでも見ている気は無いから、俺はいい加減立ち上がる。

「今日こそいけると思ったのに……」

　膝についた埃《ほこり》を払《はら》いながら、また呟《つぶや》いてしまうのは我ながら情けないか？

「あの、人の頭に向かって硬球を投げるなんて危険です！」

「奴《やつ》は石頭だから平気なんだよっ!!」

対戦直後でまだ気の立っていた俺は思わず怒鳴《どな》ってしまってから、声をかけてきたのが先程《さきほど》の少女であることに気づいた。俺の勢いに彼女は泣きそうな顔で口を噤《つぐ》んだ。

「あー、ごめんなさい」

俺はぺこりと頭を下げた。自分が悪いと思ったら――まあ、俺が間違《まちが》っていることなど殆《ほとん》ど無いが――すぐに謝る。これは数多い俺の美徳の一つである。

「声かけられたのに放っておいて悪かったな。転校生だろう？」

「……」

微妙《びみょう》に核心《かくしん》には触《ふ》れず、俺は尋《たず》ねたが、答えは返ってこなかった。

「転校生よね？」

「……はい」

少女を怖《こわ》がらせてしまった俺の代わりに桑田が問うと彼女は小さく答えた。外見から受ける印象通り、大人しい性格らしい。

「それなりの雰囲気《ふんいき》は……」

「ないな。けど、その他の可能性も無い以上、彼女がそうなんだろう」

「あの、先程教えていただいた通りに、生徒会室に行ってみたのですが、鍵《かぎ》がかかっていて……」

「だろうな。鍵持った役員がここにいるんだ。自己紹介《しょうかい》が遅《おく》れたが、俺は生徒会副会長の秋庭多加良」

「私は桑田美名人。書記をやっています。会計の尾田は体調不良で本日は欠席です」

俺たちの素性《すじょう》がわかったからか少女の緊張《きんちょう》がわずかに緩《ゆる》む。

「それで、あなたのお名前は？」

「あ、はい。本日付けで叶野学園高校一年二組に配属されました。羽黒花南《はぐろかなん》です。よろしくお願いします」

床に頭がついてしまうんじゃないかと思う程彼女は深々とお辞儀《じぎ》をした。

「ああ、よろしく」

「よろしくね」

「とりあえず、生徒会室に行こう。話はそれからだ」

「ここじゃあ、人目があり過ぎるから」

桑田が言うように、季節はずれの転校生、羽黒は道行く生徒の視線を集めつつあった。

「あ、はい。あ、でも……副会長さんと、書記の方がここにいらっしゃるのに、会長さんはいらっしゃらないのですか？」

「会長、会長ね」

自分が地雷《じらい》を踏《ふ》んだことに気づいていない羽黒はきょろきょろとあたりを見回してその姿を探している。

「さっき、廊下《ろうか》をものすごいスピードでキックボードで駆《か》け抜《ぬ》けてったのがそうだ」

俺は理性を総動員して、平坦《へいたん》な口調で告げた。

「でも、実際あの人は生徒会長としての仕事をしていないし、今回の件にも一切関《いっさいかか》わらせないから無視していいわ」

桑田は桑田で、鈴木が生徒会長になったのは誤算だったらしい。そのため、俺と同様あいつにいい印象は持っていない。

「あの、ではせめてお名前だけでもお教え願えませんか？」

身長のある俺と桑田を、背の低い羽黒は見上げるようにして頼《たの》んだが

『覚えなくて結構!!』

俺と桑田は見事にハモり、却下《きゃっか》した。なぜならば、〝鈴木〟という名前を呼んでやったところであいつは返事などしない。

「それと、一つ言っておく。この先俺を副会長と呼ぶのは絶対にやめてくれ」

かなり真剣《しんけん》に俺が言うと、羽黒はまたも怯《おび》えたように、けれどしっかりと頷いた。

それを確認《かくにん》してから、俺は一つ深呼吸をした。

「よし。とにかく生徒会室に行くぞ」

「お茶を淹《い》れるわ」

二人して促《うなが》すと――多分に俺と桑田の勢いに圧《お》された感があったが――羽黒は黙《だま》って頷き、俺たちの後に続いた。

ということで、殆ど俺たちの私物と化している生徒会室に羽黒を通したはいいが、はっきり言って散らかりきっているその部屋に彼女はしばし言葉を失った。

もちろん散らかしたのは俺たちではない。鈴木だ。俺たちは忙《いそが》しい合間を縫《ぬ》って三日に一度はこの部屋の掃除《そうじ》をしている。それがあいつの散らかすスピードに追いつかないだけなのだ。

全部を片付けるのは無理と見て、俺は散らかり放題の机の上にどうにかスペースを確保して、羽黒に椅子《いす》を勧《すす》めた。生徒会室に置いてある椅子は、パイプ椅子のちょっと良い物で、背もたれとひじ置きがついているのだが、羽黒はかしこまっていて、腰《こし》を下ろしても寄りかかろうとはしなかった。手もちゃんと膝《ひざ》の上だ。

桑田は早速《さっそく》お茶の用意に取り掛《か》かっている。この散らかった部屋の中でも二ヶ所だけ聖域がある。その一つが桑田が和洋中を問わずお茶に関するもろもろを揃《そろ》えたキッチンスペース——といっても水道と簡易コンロがある位のもの——である。俺はもちろんのこと、そこにはさすがに鈴木も手を出せない。

もう一つも俺の視界にばっちり入っているが、正面から見ると自分の衝動《しょうどう》を抑《おさ》えられなくなりそうなので、必死に目を逸《そ》らす。

「もうちょっと待っててね。あ、紅茶が飲めないなんてことはないわよね」

「はい。あの、でもおかまいなく」

「桑田の淹れるお茶は絶品だから味わっておいて損はないぞ」

初めて通された部屋に落ち着かない様子の羽黒だったが、桑田の淹れたお茶とスコーンが目の前に置かれ、匂《にお》いが鼻腔《びこう》を刺激《しげき》すると肩《かた》に入っていた力も抜けた。

「あの、授業の方はよろしいんですか？」

「問題ない。この一ヶ月は、神様探しを優先するようにさっき言われたしな」

「そうですか」

「そういう羽黒もいきなり転校で、大丈夫《だいじょうぶ》なのか？」

叶野学園の生徒に限って俺は学年を問わず名字を呼び捨てにしている。文句のある奴《やつ》は皆《みな》ねじ伏《ふ》せたので何の問題もない。そして、叶野学園の生徒となった以上は羽黒も同列で扱《あつか》うつもりだ。特別扱いはしない。

いきなりの呼び捨てに一瞬困惑《いっしゅんこんわく》を見せたものの抗議《こうぎ》の声は上げず、羽黒は口を開いた。

「私は元々、政府の機密機関に属している人間なので、高校には通っていないんです。ですから、問題ありません」

なるほど、だから配属なわけだ。先程《さきほど》の羽黒の台詞《せりふ》に覚えた違和《いわ》感の正体を俺が突《つ》き止めたところで
「本当にあなたが、一騎当千《いっきとうせん》の助《すけ》っ人《と》さん、ということみたいね」

一騎当千という言葉をやけに強調し、どこか皮肉るように、桑田は言った。凪《な》いだ水面《みなも》のように静かな表情を見る限りでは桑田に悪気があるのか無いのかわからない。

「い、一騎当千なんて滅相《めっそう》もありません。ほんの少し探し物が得意なだけです」

だが羽黒は、桑田の台詞をまっすぐに受け止めたらしい。

「探し物、というと、例えばどんなものを?」

「これまでに見つけたことのあるのは、とある財界人が大切になさっていた指輪ですとか、飼《か》い猫《ねこ》ですとか、機密書類ですとか……」

一応探し物の実績はあるらしい。が、本当の実績はこの後に続いていた。

「……失踪《しっそう》した人とか、潜伏《せんぷく》中の凶悪犯《きょうあくはん》とか」

「結構、ハードな探し物もするんだな」

「そうですね、何らかの事件に巻き込まれて亡《な》くなった死体も探したりします。体《からだ》の一部とか。どちらかというと、そういった人探しを頼《たの》まれることが多いですが、たまに巫女《みこ》としてお清めなども行います」

あまり大きな声ではないが、それでも確実にこちらに届く声音《こわね》で羽黒は淡々《たんたん》と述べる。

俺はすこーし、嫌《いや》な予感を覚えた。

「その……捜査法《そうさほう》について聞きたいんだが」

「はい。いわゆる、霊能《れいのう》捜査です。もう亡くなった方にお尋《たず》ねしたり、電波情報を駆使《くし》したり……。あ、電波というのはですね」

「だいたいわかったからもういいわ」

どうやら話題が自分の得意分野に移って調子が出てきたらしい羽黒に、俺が制止をかける前に桑田が彼女の口元に手をかざした。

「霊感少女、か」

「みたいね」

あまりにもお約束通りの展開に、桑田は肩をすくめて見せ、俺は眩暈《めまい》を覚えて空を仰《あお》いだ。

「あの、信じてくださらないんですか？」

羽黒の顔が不安に歪《ゆが》む。

「羽黒花南は信じる。でも心霊調査とやらに関しては情報不足にて答えを保留」

「右に同じ」

それは目の前にいる羽黒を信じられないというのとは少し違《ちが》う。俺は、自分の目で見たもの、自分の耳で聴《き》いたこと以外は信じない。これは逆に自分の目と耳で見たもの、聴いたことはすべて信じるということで、過去にこの台詞を楯《たて》にされたこともあるのだが、俺は自分の信念を変えるつもりは無い。

そういうわけで、俺は羽黒花南を神様探しの――使える――人材リストに入れるか否《いな》かという答えも一緒《いっしょ》に保留した。

「じゃあ、今回の調査に協力はしていただけないのですか……？」

「協力はする」

俺の即答《そくとう》に、うなだれていた羽黒は慌《あわ》てて顔を上げると、期待と不安の入り混じった顔で俺と桑田を見比べる。

「ただし……」

「ただ、し？」

「協力はするが、俺は俺の意志で、自分の考えでのみ動く。だから、まずは俺のやり方でやらせてもらう」

どんなことも、自分の意志の無いところでは何もやらない。それが俺のポリシーだ。

「……はあ。それはどのように？」

俺の宣言に、だが大して気を悪くした風もなく、逆に羽黒は訊《き》き返してきた。こちらのお手並み拝見というところだろうか。

「まずは、客観的なデータ分析《ぶんせき》からだな」

校長の仕事の割には随分《ずいぶん》と手回しがよく、先程言っていた資料とやらは既《すで》に生徒会室に運び込まれていた。段ボールで三箱あるが、午前中いっぱいでどうにか読みこなせるだろう。

「よし、じゃあ、早速《さっそく》始めるとするか」

「あの、わかりましたけど、でも私もただ待っているというわけにはいかないのですが」

「それなら、とりあえず桑田に校内を案内してもらうといい。桑田、頼めるな？」

確認《かくにん》に近い俺の言葉に桑田はしっかり頷《うなず》いてから
「資料を読むのも、校内を案内するのも良いけれど、その前に、さめちゃうからスコーンを食べてしまってね」

目には見えないが桑田の殺気を感じて、俺と羽黒は慌てて桑田お手製のスコーンを口の中に放《ほう》り込んだ。

世界各国から集められた資料は、媒体《ばいたい》も多岐《たき》にわたっていたが言語も多様だった。それでも基本は英語で、そこに日独仏語に中国語にロシア語が何割か。特に辞書も必要なく、それらを読み終えるまで、途中《とちゆう》の昼休憩《きゆうけい》を除いて三時間かかった。

それでわかったことは、まず、一応地球上すべての大陸の誰《だれ》かしらと自称《じしよう》神様は接触《せつしよく》したらしい。そして、それは同日であっても同時刻ではない。

興味深いのは、このゲームの情報がどのように人々の間に伝播《でんぱ》していったかだ。

もう一度確認すると、まず最初に神様が接触したと考えられる人間は六人。ちょうど大陸の数と同じだ。故《ゆえ》に、この島国日本は外されている。この俺がいるというのに。

特に信仰心《しんこうしん》が篤《あつ》いとかそういう人間ではなく、本当に普通《ふつう》の人間ばかりで、ランダムに選ばれたのだということが何となく窺《うかが》える。まあ、もしかしたら神の深遠なる考えとやらがあったのかもしれないが。

それはともかく、彼らは最初は単独で神様探しを始めた。おそらく〝楽園〟という賞品の取り分が減らないようにだ。

俺としては、そんなものは月の土地と変わらない、ただ所有欲を満たすものとしか思えないが、彼らにとっては違ったわけだ。

けれど、それでは埒《らち》があかなかった。

そこで、信頼《しんらい》できる少数に彼らは打ち明けた。が、信頼できる少数でもことは足りず、情報はまた拡散する。そして、神様の二度目の出現。このゲームを人づてにでも聞いたすべての人間がその姿を目撃《もくげき》した。例によって、はっきりと記憶《きおく》には残っていなかったが。

つまり、この話を聞いた人間には神様が見えるようになる、ということで間違いないだろう。このゲームの話を——恐《おそ》らくはこれを知っている他人から——聞くことで神様の姿が見える人間は増える。ちょっとしたウイルスのような仕組みだ。こういった形で探す人間が増えることを神ともあろう者が予測していなかったわけがない。だから、これは意図的だ。

が、その割に今日まで俺が知らずにいて、マスコミで騒《さわ》がれることも無かったということは、ある段階でこの情報の流れにはストップがかけられている。おそらく権力者の耳に入ったのだろう。

楽園の独占《どくせん》のためか、或《ある》いはいたずらにパニックが起こることを恐れてか。

ただし、この情報の広がりも、隠《かく》れる場所が叶野学園高校に限定された時点でストップだ。なぜなら、同じ校内で見える人間と見えない人間がいたら、それが神様だと一発でわかってしまうわけで、これはもうゲームの意味が無い。

神様がどの程度の力を有するかは知らないが、何らかの力を使って、叶野学園高校の一員として認知されていることだけは間違いない。

まあそれはさておき、神様を〝見た〟はずの人々は一様にその姿をはっきりとは覚えていない。目撃証言を総合して得られた情報は身長が約150センチから約190センチの間である、ということ位。無いよりはましだがかなり幅《はば》のあるデータだ。

だが、はっきりと覚えていないとは言いつつ、彼らが自称神様と接触して抱《いだ》いたイメージは共通していると考えていい。

〝神は私たちとなんら変わらない姿をしていた〟というそれだ。

この二点から見て

「神様はとりあえず一人と見ていいだろう」

俺はまずそう導き出した。

俺がノートに書き出した分析結果を左右から覗《のぞ》き込んで、まず桑田が

「そうね。どうやら意図的に軌跡《あしあと》を残しているみたいだし」

神様の発現ポイントと時刻を見て頷く。

「あの、ですがそれだけで一人とお決めになるのは……」

案の定、羽黒は難色を示した。

「そうか、これではまだ弱いか」

俺は眼鏡《めがね》のフレームに触《ふ》れながら、羽黒の発言を認めた。

「じゃあ次に、捕《つか》まえるということに課せられた定義について考えてみる」

資料によればとにかく見つけたら、名前を呼ばなくてはならない。

「では、その名前というのは〝神様〟で良《い》いのか？」

俺は羽黒の目をじっと見つめた。

すると数秒の沈黙《ちんもく》の後、俺が提示した疑問に、一騎《いっき》当千《とうせん》の助《すけ》っ人《と》、羽黒花南はがくりとうな

だれた。そのあまりのうなだれっぷりを見て、俺は政府の機密機関にかなり失望した。

「……も、盲点《もうてん》でした」

「ということは、これまでは神様と呼んで探してきたわけか」

「はい」

「で、見つからないと」

嘆息《たんそく》まじりの俺の言葉に羽黒は更《さら》に俯《うつむ》き、桑田は軽く肩《かた》をすくめて見せた。

「まあ、そう落ち込むな。それよりもこの点を考えていくとどうなる？」

俺は数分の猶予《ゆうよ》を羽黒に与《あた》えた。人間考えないと馬鹿《ばか》になる一方だからな。すでに答えを導き出しているらしい桑田は、ヒントを出すでもなく窓の外を見ている。

三つ編みの先の方を指先でいじりながら、うんうんと唸《うな》っていたかと思うと、羽黒は唐突《とうとつ》に顔を上げた。

「ひらめいた？」

桑田が問うと、羽黒は何度も頷《うなず》いた。俺は小学校の時クラスで飼っていたハムスターを一瞬《いっしゅん》思い出した。

「それで、答えは？」

教師然として俺が尋《たず》ねると
「ええと、神様ではない呼び方をしなければいけないということです」

無駄《むだ》に手足に力を入れながら答えた羽黒には悪いが

「それでは八〇点、いえ七五点ね」

俺も桑田と同意見だった。

「あの、あの……」

縋《すが》るような視線を向けられて、時間も無いことだしと結局俺が折れた。

「つまり神様と呼んでも相手は返事をしない。ならば名前で呼ぶ。そして、名前は一人に一つだ」

故《ゆえ》に、この神様は単独であると考えていい。

それに〝姿を変えない〟という制限を自身に課した上で、隠れる場所を叶野学園にまで限定して、そこに同じ顔をした者が何人もいたら、ゲームは既《すで》に終わっている。

俺は椅子《いす》から立ち上がった。長時間座っていたためか、少し筋肉がこわばっている感じがして、一つ伸《の》びをした。

「というわけで、行くぞ」

俺は颯爽《さっそう》と歩き出そうとしたのだが、ブレザーの上着の裾《すそ》を引っ張られて一瞬たたらを踏《ふ》む。

「なんだ？」

それでも怒《おこ》らずに、上着の裾を摑《つか》んでいる羽黒に問う。

「あの、どちらへ？」

「全学年、各教室を回ってくる」

「あの、なんのために？」

「言うなれば、首実検をしにかしら」

扉《とびら》に手をかけながら桑田が言うと、羽黒はようやく俺の意図がわかったらしい。

「でも、今回のことはあくまで秘密裡《り》にということなんですよ？」

「わかっている。そこは上手《うま》くやるから大丈夫だ」

というか俺に任せておけば半日かからずにゲーム終了《しゅうりょう》だ。

俺は羽黒の手をほどくと、今度こそ足取りも軽く生徒会室を出た。


まず、一年一組から始めた。理由は臨時の持ち物検査にして、俺は生徒の名前を呼んでいった。

校長から何らかの通達があったのか、授業中の抜《ぬ》き打ち検査にも教師陣《じん》は何も言わなかった。元から名前と顔は俺の中で一致《いっち》させてあるから、そう時間はかからずに一学年は終わった。その中に〝神様〟はいなかったけれど。

自分と同学年に神様がいなかったことに少し安心しながら、俺は二年生、三年生の順に教室を回っていった。その後には助手よろしく桑田と羽黒がついてきて、名簿《めいぼ》と照らし合わせながら反応の有無《うむ》をチェックしていった。

念のため、教師の名前も呼んだが、二学年に反応は皆無《かいむ》だった。何となく、雲行きが怪《あや》しくなってきたが、それでも希望は捨てずに三年生。

訝《いぶか》しげな視線を払《はら》いのけつつ、俺は声を張って名前を呼んだ。

生徒会室に戻《もど》ってきた俺の肩は、もしかしたらほんの少しだけ、落ちていたかもしれない。

「もう、放課後か」

呟《つぶや》く声が掠《かす》れているのは全校生徒の名前を呼んだからであって、その他の理由など断じて無い。

「桑田美名人」

「はい？」

「羽黒花南」

「なんですか？」

一縷《いちる》の望みを抱《いだ》いて、二人の名前を呼んでみたが無駄だった。

「失敗ね」

こういう時、下手な慰《なぐさ》めなど口にしないのが桑田の美徳であるが、いまは少しうらめしい。

「いい考えだと思いましたが……」

さすがに羽黒はみなまで言わなかった。

俺は、大きく一つ深呼吸をすると、それで気持ちを切り替《か》えることにした。

「今日は失敗したが、ここから学んだこともある」

「それはなにかしら？」

お茶を淹《い》れる手を休めて、桑田が視線を向けてくるのに、俺は頷いて
「要するに、ただ名前を呼ぶだけではだめ、ということだ」

そう言った。そう、ただ闇雲《やみくも》に人の名前を呼べばいいわけではないのだ。

「ちゃんと、それが〝神様〟であることを、こちらが認識《にんしき》した上で、その名前を呼ばなければならない」

「はあ……。そういうことでしたか」

俺の導き出した結論に羽黒がしきりに感心している。いい傾向《けいこう》だ。が、やはりいま現在の状《じょう》況《きょう》は飲み込めていないようである。

「感心している場合じゃないわよ？」

俺と羽黒の前に紅茶のカップをおいて——ちなみに午前に出されたものとは茶葉の産地もブレンドも違《ちが》うはずである——桑田が少々あきれた眼差《まなざ》しで少女を見つめる。その視線を、ただただ受け止めて、羽黒は首を捻《ひね》った。

「要するに、現段階《いま》でこのゲームに打つ手は無くなった」

桑田に言われるよりはダメージが少ないはずなので、俺は自分でその事実を告げた。

ただし、現段階の部分はことさらに強調させてもらったが。そう、あくまでも現段階で打つ手が無くなっただけだ。時間はまだ十分にある。

「ということで、有力な情報が集まるまでは、羽黒に全面的に協力しよう。捜査《そうさ》方法に不安は

あるが、なんにしろ神様の情報はないんだから同じことだ」

「そうね」

「ただ、羽黒のやり方がおかしいと思ったら動かないこともある。それでもいいか？」

それだけは真っ直《す》ぐ、羽黒の目を見て俺は問うた。そして羽黒はゆるゆると頷《うなず》いた。

「それで、もう何か手がかりになりそうな情報は見つけたのか？」

とにかく俺たちに与《あた》えられた情報は限りなくゼロに近いのだ。藁《わら》にすがるような不確かなものでも無いよりはずっといい。

「いえ、それが、あの……」

「なんだ？」

「そのう……」

「何でもいいから言ってくれないか？」

自分の指先を見つめながら、言いよどむ羽黒を、俺は親切にも促《うなが》してやる。

「その、この学校周辺の磁場にどうも異常があるらしくて……」

「磁場の異常？　でも時計も携帯《けいたい》もちゃんと動いているぞ？」

「普通《ふつう》の方や物には影響《えいきょう》の無い範囲《はんい》での異常ですから。それで、ええと。霊能《れいのう》というのは、人間が生来もっている感覚が鋭敏《えいびん》に発達したものだという説もありまして」

「だから？」

羽黒は極力俺たちと目を合わせないようにしながら、最後に

「ですから、今私の感覚は磁場の乱れの影響を受け、狂《くる》ってしまっていて、それは即《すなわ》ち、私が役立たずに等しい存在であるということです!!」

そうまくしたてて、カップに残っていた紅茶を一気に飲み干した。ついでにむせる。

「なるほど」

「結局、ゼロからスタートしなくちゃならないってこと?」

「……っ、げっ、げほげっほ、ゲホ」

咳《せ》き込みつつ羽黒はなにやら訴《うった》えかけていたが、それは日本語になっていないので俺たちには伝わらない。

「話を進めるのは待ってやるからとりあえず、落ち着け」

俺は的確、且《か》つ労《いた》わりに満ちた言葉をかけてやった。その証拠《しょうこ》に羽黒の目じりには涙《なみだ》が浮《う》かぶ。

「お水、どうぞ」

桑田が差し出したグラスを手に取り、その中身をゆっくりと飲み干して、ようやく羽黒は人語を話せるようになった。

「し、失礼しました」

「じゃあ、話を進めるぞ。つまり、神様の情報は集まらないってことか?」

「その、磁場がおかしいということから、この学校になにかがいる、ということはわかりました」

落ち込んだ様子で羽黒はそう言い、ため息を吐《つ》いた。

「まあ、考えてみれば神様対人間なんだから力の差は歴然っていうかんじよね」

「そうでなきゃ、とっくにこのかくれんぼは神様の負けに終わっているな」

「各国の能力者も神様探しに挑《いど》んだそうです。既《すで》にお聞き及《およ》びかと思いますが、それでも誰一《だれひと》人《り》として見つけることは出来なかった……」

もはや先程《さきほど》語った羽黒の実績とやらは無いも同然だった。

隠《かく》れた人を見つける。実に単純なこのゲームも今回に限っては難しいらしい。何しろこっちは神様の顔も名前も知らなければ、性格も知らないから隠れそうな場所だってわからない。

さすがの俺もちょっと頭を抱《かか》えたくなったその時
「あ……、もうすぐ電話がかかってきますよ」

ふいになんでもないことみたいに羽黒はそう告げた。その一瞬《いっしゅん》後。ブルル…。低い唸《うな》りを伴《ともな》って、桑田の携帯《けいたい》電話が震《ふる》えた。

「もしもし」

その驚《おどろ》きを面《おもて》にも声にも表すことなく桑田は電話に出た。

「アローアロー。こちら銀のエンゼル」

……プツッ
能天気なその声はスピーカーから漏《も》れて俺たちにまで届き、桑田は無言で電話を切った。多分俺も同じ行動をとったはずだ。というよりも、なぜこのタイミングなんだ？

「番号を教えてないのに、どうして生徒会長から電話がかかってくるのかしらね？　しかも電話帳に登録した覚えが無いのに画面に名前が出るってことはどういうことかしら？」

桑田の背後に、見えない怒《いか》りの炎《ほのお》を見た気がする俺だったが、あえて知らないふりをする。背もたれに体を預けて、意味も無く足を組み替《か》えてみる。

桑田の怒りで空気が重くなった気のする室内で羽黒はしばし無言だった。が、なにを思ったか羽黒は空のカップに再び口をつけた。

「ほ、本当にこの紅茶おいしいですねっ」

「あら、そう？　じゃあもう一杯《いっぱい》いかが？」

「い、いただきます」

表情に乏《とぼ》しい桑田の顔に喜色が浮かぶ。やはり、桑田はお茶を淹《い》れることが一番好きらしい。羽黒はそれと知ってやったわけではなさそうだが、場の雰囲気《ふんいき》が一応元に戻《もど》ったところで、俺は今の一件で推測されたことを羽黒に尋《たず》ねた。

「磁場で感覚がどうのと言ったが、全く霊能が無くなってしまった訳ではないみたいだな」

「電話がかかってくるのがわかるなんて便利ね。今度からはその相手も教えてくれないかしら？」

桑田の心底からの言葉に、羽黒は乾《かわ》いた笑いを返した。桑田、目が据《す》わっているぞ。

「……でも、この程度の力では人、いえ、今回は神様ですけれど。とにかく、探すという行為《こうい》には不充分《ふじゅうぶん》なんです」

「ようするに、いつもの力を十とするならば、今の羽黒の力は一ぐらいってことか？」

「一にも満たないかも……」

本来の羽黒の力とやらを俺たちは知らないからあれだけのことでもすごく感じたわけか。

「風邪《かぜ》をひいた犬みたいなものか……。でも、まったくゼロではないわけだ」

「い、犬ですか？　た、確かに今の私は犬にも劣《おと》ると思いますが……」

「そうじゃない。犬だって歩けば棒に当たるだろうが」

「は……？」

俺の素晴《すば》らしいたとえを羽黒はすぐには理解出来なかった。まあ、寛大《かんだい》な俺はこれしきのことでは怒らないが。

「いいか？　時間はたっぷりある」

「一ヶ月はたっぷりですか？」

「一ヶ月もあれば、貝割れ大根は四回も収穫《しゅうかく》出来るぞ」

「二十日大根は育ち過ぎるわね」

桑田が絶妙《ぜつみょう》な合いの手を入れる。が、羽黒はまだ俺の言いたいことがわからない様子で、桑田に助けを求める視線を送った。それが届く前に俺は更《さら》に言葉を重ねた。

「風邪をひいていたって犬は犬。羽黒は羽黒。そうだろう？」

「は、い」

「だから、一ヶ月もあって、その間に俺たちと校内をうろつけば、ピンと来るやつの一人や二人に確実に遭遇《そうぐう》するだろうが」

「ピンと？」

「ま、いわば神様候補ね。なんか漫画《まんが》にでもでてきそうな字面《じづら》だけれど」

桑田はいつの間にか自分用にスペシャルブレンドのコーヒーを淹《い》れて飲み始めている。座っているのがパイプ椅子《いす》でも実に優雅《ゆうが》に見える。

「神様候補、ですか。つまり、その、ピンと来た人物をマークして最終的に一人に絞《しぼ》るということですよね」

羽黒はようやく俺の言葉を理解し始めた。

神様候補というと確かに胡散臭《うさんくさ》い響《ひび》きを伴ってはいるが、数が絞られるだけで、事態は随分《ずいぶん》と好転するはずだ。

「そんなにうまくいくでしょうか？」

案の定羽黒はそう訊《き》いてきた。まあ、今日という日まで羽黒は俺という人間を知らなかったのだから仕方がない。

「上手《うま》くいくに決まっている。何しろこの俺が探してやるんだからな」

「はい？　ええと、どういうことですか？」

「この俺に不可能は無い。そういうことだ！」

「大丈夫《だいじょうぶ》よ。秋庭くんは有言実行型だから」

なぜか桑田がフォローらしきものを入れたのに首を傾《かし》げつつも俺は大きく頷《うなず》いた。

「まあ、羽黒花南という人材を有効に使ってやるから、大船にのったつもりでいればいい」

「わ、わかりました。捜査《そうさ》に協力させていただきます」

いつの間にか俺と羽黒の立場が逆転しているが、そこは気にするところではない。

「よし、そうと決まればいくぞっ！　桑田、羽黒」

またも扉《とびら》の方へ向かって歩き出した俺を見て
「はい、はい」

桑田はゆっくりと椅子から立ち上がった。

「えっ？　どこへ行くのですか？　授業はもう終わりましたよね？」

桑田に倣《なら》って立ち上がったはいいが、羽黒は落ち着かぬように視線を左右へ揺《ゆ》らす。

「神様探しに決まっているだろうが」

ため息混じりに俺は羽黒にそう伝えた。

コワレタウツワ

僕は欠陥品《けっかんひん》である。

見た目では、それはわからない。

だけど、もしも心というものが感情《こころ》を入れる器《うつわ》だとしたら、僕のソレには穴があいている。

だから僕は満たされない。

神様、神様どうか、僕の器を直してくれませんか？

それが無理なら、どうか、誰《だれ》も僕の欠陥に気がつきませんように。

誰にも知られない限りは、僕はこの世界に存在することを許されるから。

1

放課後の廊下《ろうか》は遠くに部活動の喧騒《けんそう》が聞こえても、どこか静かで上履《うわばき》が床《ゆか》を鳴らす音がよく響く。

「少しでも何か感じたら言うんだぞ、羽黒」

「はい」

言い含《ふく》める俺の言葉に羽黒は素直《すなお》に頷いた。

羽黒の動きに合わせて三つ編みも揺れるのが、なんとなく面白《おもしろ》い。

俺たちは、ただいま神様を探して校内を巡回《じゅんかい》中だ。

高校には通ったことがないという羽黒は見るものすべてをまだ珍《めずら》しそうに校舎を見ている。

俺も入学したての頃《ころ》は、このいい具合に中古な校舎が珍しかった。ただ、よく迷った。

叶野学園高校はじきに創立百年を迎《むか》えるが、ずっとある一族の親族経営である。この一族は変わり者が多く、理事長が代替《だいが》わりする度《たび》に、校舎に何らかの増築《かいぞう》が施《ほどこ》されていったため、一見普通《ふつう》でも、どこに何が隠《かく》れているかわからないのだ。

いまだに秘密の小部屋で迷っている生徒がいると言われても、あながち嘘《うそ》だと言い切れない。

羽黒にはあとで、俺のお手製の校内マップを渡《わた》しておくべきだろう。

やはり、俺は労《いた》わりに満ちている。なのに、こんなに素晴らしい俺が副会長で良いのか？

俺が生徒会長ならば学園生活は黄金色だぞ、叶野学園生徒諸君！

「いい天気。サッカー日和《びより》ね。きょうは」

自分の思考の中に沈《しず》みかけていた俺は、桑田の声で我に返った。そして、窓の外を見れば、なるほど桑田の言う通り、サッカー部の青少年たちが喚声《かんせい》を上げて、懸命《けんめい》にボールを追っていた。

「青春って感じがしますねっ」

若いって素晴らしい、と言いかけていた俺だが、羽黒の台詞《せりふ》には返す言葉が無かった。

結局、俺たち三人はしばらく窓に張り付いて試合を観戦することにした。俺はどちらかというとインドア派だから、スポーツはやるより見ている方が好きだ。

「あっ」

窓に手をついて、熱心に試合を見ていた羽黒が突然《とつぜん》声を上げた。

「どうしたの？」

「あ、いえ、そのっ。……いまボールをキープしている方は？」

少し躊躇《ちゅうちょ》したものの、結局羽黒が指差して見せた方向に俺は目を凝《こ》らした。

「あっ、いまシュートを決めました！　すごい!!」

「ああ、あれは、二年でサッカー部のエース、和泉旭《いずみあきら》だ」

繰《く》り返すが、俺は全校生徒の顔と名前を一致《いっち》させている。

「和泉さんとおっしゃるんですか」

「で、和泉君に何か感じたのかしら？」

「あ、はい。いつも感じるものとは少し違《ちが》うようなのですが……」

「でも、何か感じたんだな？」

俺が確かめるように問うと、羽黒はもう一度和泉を目で追って、ゆるゆると、頷《うなず》いた。

「具体的にどんな風に違って見えるの？」

桑田が窓越《ご》しに和泉へと視線をやったまま羽黒に更《さら》に詳《くわ》しく尋《たず》ねる。

「なんといいますか、その、和泉さんの周りだけ世界が輝《かがや》いているというか、神々《こうごう》しいというか……」

　校庭に視線を戻《もど》し、俺は再度和泉を見てみた。染めているわけでもないのに日の光を受けて茶色に輝く髪《かみ》。部活で焼けた小麦色の肌《はだ》。目は切れ長で、爽《さわ》やかな美形。それが和泉旭だった。

ただし、俺には和泉の神々しさとやらは、残念ながら見えなかった。

「どうだ、桑田？」

「神々しい……？」

　桑田も俺と同類だったらしく、首を傾《かたむ》けて疑問符《ぎもんふ》つきの言葉を小さく吐《は》き出した。

「やはり、普通の方にはおわかりにならないのでしょうか？」

「わからないな」

　俺は正直に答えた。

「そうですか……」

　俺の答えに、多少眉《まゆ》を曇《くも》らせたものの、羽黒は大してがっかりした様子も見せなかった。この手の反応には慣れているのだろう。

「でも、マークしてみる価値はありそうだな」

「確かに。容姿端麗《ようしたんれい》、スポーツ万能《ばんのう》、成績も常に上位。悪い噂《うわさ》も聞かないし、出来過ぎな位の聖人君子だから、ひょっとするかもしれないわね」

　あまり他人には興味の無い桑田が知っているということも、怪《あや》しいと俺は思ったが口には出さなかった。とにかく、こっちにはいまのところ羽黒というカードしかないのだから、その感覚に訴《うった》えかけてくるものを情報源として信用するしかない。

眼鏡《めがね》のフレームを指でついっと押し上げて、俺は決めた。

「よし、じゃあ、まずは和泉が噂通りの聖人君子かどうかから、調べ始めるぞ」

「わかったわ」

「はいっ！」

桑田のローテンションはいつものことだが、羽黒のテンションが急に上がったことに、俺は一抹《いちまつ》の不安を抱《いだ》いた。


それから俺たちは授業もそっちのけで、三日の間、和泉の後をそうとは気づかれないようにくっついて回り、彼についての情報収集にあたった。

この三日でわかったことは、まず和泉旭の身長が181センチで、目撃《もくげき》証言の範疇《はんちゅう》に収めても問題ないということ。ちなみにこの証言に沿って全校生徒の身長を調べたところ——もちろん保健医の同意は得た——該当者《がいとうしゃ》はほぼ全員という結果になった。有効なデータというには物足りないが、無いよりはましだ。

そして、和泉という人間は裏表の無い、本物の聖人君子もかくや、というような青年であるということを俺たちは嫌《いや》というほど見せてもらった。

朝は遅刻《ちこく》しないどころか、誰《だれ》よりも早く朝練のために校庭に出る。それで授業中に居眠《いねむ》りをすることもない。人からの頼《たの》まれ事は断らないし、完璧《かんぺき》にこなす。どんな時も笑顔《えがお》で人に接する。当然モテまくり。この三日で五人からアプローチがあった。ただし、そのどれも彼は断った。相手を傷つけぬよう、細心の注意を払《はら》って。

「なんていうか……、おキレイすぎるな」

それがこの三日間の観察の結果の、俺の正直な感想。

「そうですか？　私は大変立派な方だと思います」

すかさず羽黒が返してくる。この三日間、俺たち三人の中で一番熱心に和泉を見張っていたのは羽黒だ。

「欠点らしい欠点の無いところが、怪しいともいえるが、な。だいたいそんなんで隠《かく》れている意味があるのか？」

「神様らしすぎる？」

問い返す桑田に俺は首を傾《かし》げる、というリアクションのみを返した。まだ、俺の中でも答えは出ていないのだ。

「家でもあんな感じなのかしら？」

俺も抱いていた疑問を桑田は口にした。

「どうだろうな。……今日の放課後、和泉を家まで尾行《つけ》てみるか」

「お宅へ伺《うかが》うのですか？　そんな、心の準備が」

「あー、心の準備は放課後までにしてくれ。って言うか、今日の学校での張り込みは羽黒一人に任せたいんだが、大丈夫《だいじょうぶ》か？」

　羽黒がノーというはずも無かったが一応俺は尋ねた。校長命令とはいえ、俺たちもこれにばかり構っていられない。

「はい。わかりました」

「今週末にはね、クラス対抗《たいこう》ドッジボール大会があるの。一応生徒会主催《しゆさい》の行事だからそっちの方の準備もしなくちゃならないわけ」

　桑田が補足説明をする。そもそもこの計画の立案者は鈴木だ。なぜドッジボールなのかは誰も知らない。ただわかっているのは企画《きかく》を通すだけ通して、あとは知らんぷりの鈴木のフォローのために俺たちは走り回らなければならないということである。

　考える程怒《ほどいか》りが湧《わ》いてくるので、俺は適当なところで思考に軌道《きどう》修正をかけた。

「今日はサッカー部の放課後練習は急遽《きゆうきよ》休みになったそうだから、四時に昇降口に集合だ。じゃあ、羽黒頼んだぞ」

「はい、頑張《がんば》ります！」

　羽黒の気合の入りようが気になる俺だった。


「な、なんだかとっても緊張《きんちよう》しますね」

　家路を辿《たど》る和泉の背中を見ながら、心なしか鼻息も荒《あら》く羽黒が言う。

「花南ちゃん、落ち着きなさい」

　桑田が小声でなだめるのに、羽黒は小さく何度も頷《うなず》いた。初日こそぎこちなかった二人だが、三日も一緒《いっしょ》にいれば自然と仲良くなるものらしい。

　ついさっきまでは、羽黒は今日の午後の和泉の行動を一生懸命《いっしょうけんめい》に報告《はな》していた。だがそれは、英語の発音がたいへん素晴《すば》らしかったとか、なんだか他愛《たわい》もないことばかりだった。羽黒が和泉に好意的な目を向けていることだけはわかったけれど。

　俺たちはいま、民家の塀《へい》の陰《かげ》から和泉を見つめている。和泉との距離《きょり》は五メートル程とってある。和泉は名簿《めいぼ》に記された住所の方へとどうやらまっすぐ向かっている。

　家に近づくにつれ、すれ違《ちが》うご近所さんにいちいち挨拶《あいさつ》をする。いいことだとは思うが、俺には真似《まね》出来そうも無い。

　寄り道もせずに十五分ほどで和泉は自宅に着き、扉《とびら》の向こうへ姿を消した。

「ちゃんと、家があったな」

「けれど、神様だったら、人の記憶《きおく》を操《あやつ》ったり、新築一戸建てを買うことも簡単に出来そうね」

「でも、意外と小さなお家《うち》ですね」

　羽黒の言葉に、俺は引っ掛《か》かりを覚えないわけにはいかなかった。和泉の家は大きい方だ。少なくとも、俺の家よりは確実にでかい。

「羽黒、お前の実家はどんななんだ？」

「そうですね、先日重要文化財に指定したらどうかという話が出たくらいでとにかく古いんですけど、広いですよ」

一戸建てとはいうものの、いまだ借家住まいの俺は、それ以上詳《くわ》しく突《つ》っ込む気にはなれなかった。絶対にやるせない気持ちになりそうだったから。

「で、この家には何か感じるか？」

「ちょっと待ってください」

言い置いて、羽黒は静かに目を閉じた。両手はだらりと下げて、深呼吸を繰《く》り返す。

そして、しばらくあと、力なく首を振った。

「やはり、何も感じることが出来ません。磁場の乱れは叶野市全体に及《およ》んでいるようです」

学校にこそ入ってこないが、街には各国の関係者が入り込んで事の成り行きをうかがっているらしい。だが、羽黒の言うところの磁場の乱れは精密機械および特別な人間に影響《えいきょう》を与《あた》え、彼らの作業は全くはかどっていないとのことである。

「なあ、例えば家は用意出来ても、家族はそう簡単にはいかないんじゃないか？」

「微妙《びみょう》なところね」

「ですが神様なら……」

俺を除く二人の答えを俺は聞かなかったことにした。

「よし、じゃあ始めるか。突撃《とつげき》お宅訪問を」

「はい？」

転校五日目。まだ羽黒は俺という人間がわからないらしい。怪訝《けげん》そうに俺を見たあと、羽黒は救いを求めて桑田の方を見たが、桑田から救いの手が伸《の》ばされることはなかった。

「……あの、お宅訪問とは？」

「なに、簡単なことだ。玄関《げんかん》のチャイムを押す。玄関が開く。それで和泉の家族が現れれば、とりあえず任務終了《しゅうりょう》。俺が一人でやるから二人はここで隠《かく》れていればいい」

実に単純な作戦を説明し終えると、俺はそれを即《そく》実行に移した。

チャラララランラララリラリラン——というメロディチャイムが鳴り終わって数秒後、扉の向こう側から、はーい、という女性の声がした。和泉のシロの線が濃厚《のうこう》になったが、とりあえず結論は顔を見てから出すことにする。

「はい」

ドアが開いて、そこには白いエプロンもまぶしい女性が立っていた。年相応の品を備えたその人は、学園のスターの母にしてはやや普通《ふつう》過ぎるようにも見える。だが、よくよく見れば、パーツパーツが和泉に似ていた。いや、似たのは和泉か、という突っ込みを自分に入れつつ、俺は自分の中で用意しておいた言葉の再生を始める。

「お忙《いそが》しい時間に申し訳ありません。僕は叶野学園高校の生徒会役員を務めている、秋庭多加良という者です。和泉君はご在宅でしょうか？」

「生徒会？　生徒会の方が旭に御用《ごよう》なんですか？」

俺の突然の訪問をいぶかしがる母親に俺は更《さら》に説明を続けた。なるべく柔和《にゅうわ》に見えるように表情にも気を配る。地顔が怖《こわ》いから無駄《むだ》な努力かもしれないがしないよりはましだ。

「いえ、生徒会の用事で伺《うかが》ったわけではないんです。和泉君の落し物を偶然《ぐうぜん》僕が拾いまして。それで、和泉君の家の方向が僕と同じだったものですからお届けしようと伺ったんです」

「まあ、それはどうもご親切に。いま旭を呼んで参りますね」

「おねがいします」

俺を玄関に残して、和泉の母親は二階へと上っていった。次から次へと俺が言った台詞《せりふ》は、あながち嘘《うそ》でもない。実際落し物も持っている。本当のところは和泉が落としたのではなく、俺が勝手に拝借した生徒手帳が。また、俺の魔法《まほう》の指先伝説を作ってしまったわけだ。まったく自分の才能が怖いとはこのことだ。

二つの足音に視線を上げると、母親と共に階下に降りてくる和泉の姿があった。

「こんばんは。本当に副……秋庭くんだったんですか」

「ああ。こんばんは」

さすが体育会系、挨拶はきちんと出来る。学年は俺より一つ上だが、口調も丁寧《ていねい》だ。さすが好感度ナンバーワン男。俺は私服の和泉をざっと上から下まで眺《なが》めた。学校では制服か、ジャージ姿しか見たことが無かったが、彼はラフな感じの服をセンスよく着こなしていた。

それはそれとして、和泉に家族がいるかどうかという確認《かくにん》が済んだので大人しく借りていた物を返すことにする。

「生徒手帳を拾ったんで、届けに。予定には無いが抜《ぬ》き打ちで風紀検査でもあれば困るだろうと思ってな」

　今度は和泉用に用意しておいた台詞を口に上らせた。多分俺は役者にもなれる、などと思いながら、ポケットから和泉の生徒手帳を取り出して手渡《てわた》す。

「わざわざありがとうございます」

　感じのいい微笑《ほほえ》みと共に和泉は感謝の言葉を述べる。

「でも、秋庭くん、どうして僕の家を知っていたんです？」

「この辺に友達が住んでいるんだ。だから手帳の住所を見てピンと来た」

「そうなんですか。わざわざ届けていただいてありがとうございます。あの、お礼といっては何ですが、上がってお茶でもどうですか？」

　本当にしっかりした男だと思う。どこにも隙《すき》が無い。無さ過ぎて、かえって人間味に欠けてしまいそうなところを笑顔で上手《うま》く補っている。

「秋庭くん？」

　俺は思考に入り込んでいたらしい。声をかけられて、気付けば和泉は玄関に来客用のスリッパを出そうとしているところだった。

「あー、いい。俺はこれから行くところがあるんだ。さっきも話に出た友達のところにな」

「そうですか。ではお礼はまた次の機会に」

　俺が慌《あわ》てて断りを入れると、それ以上強《し》いることもなく、和泉は静かに引き下がった。

「礼なんかしなくていいぞ。ついでだから。じゃあ、そういうことで、また明日」

礼などされてしまった日にはさすがの俺も良心の呵責《かしやく》を覚えるだろう。そうして、俺は少々あわただしく、和泉の自宅を後にした。

路地を一本はいると、焦《じ》れた顔をした羽黒と、水筒《すいとう》に携帯《けいたい》したお茶を飲んでいる桑田が待っていた。

「どうでした？」

「家でもいつも通りだった。母親もちゃんといた」

「やっぱり表裏のない立派な方なんですね。それにとても、親切な方ですよ。今日は、私が落としたハンカチを拾ってくださいました」

今日の昼間にはそんな出来事があったらしい。そのハンカチをわざわざポケットから取り出して、羽黒は俺たちに見せる。

「いや、ハンカチはいいから」

「そ、そうですか」

いそいそとハンカチを戻《もど》す羽黒を桑田は小動物を観察する眼差《まなざ》しで見ているだけで、何も言わない。羽黒がどうも和泉に対して好意的すぎるのは気になるが、いまは置いておく。

「それで、結論は出たの？」

いつも通りの桑田の鋭《するど》い問いに、俺は苦笑《くしよう》を返した。

「もう一晩だけ考えてみる」

「結論、というと？」

「結論は結論でしょう？　和泉君が人間か、神様かっていう、ね」

　羽黒が尋《たず》ねるのに、俺に代わって桑田が答える。

　この件に緘口令《かんこうれい》が敷《し》かれている以上、よっぽどの確信がなければ候補者にだって「あなたが神様ですか？」などとは訊《き》けない。だが、いつまでも当たりかはずれかわからない一人にかまけているわけにもいかない。

「秋庭さんが、結論を出されるのですか？」

「そうだ。何か問題があるか？」

　それまで纏《まと》っていた浮《う》かれた雰囲気《ふんいき》を羽黒は消し去っていた。羽黒の口調も、まだ点《つ》いたばかりで明滅《めいめつ》する街灯に浮かび上がる表情もきつくなっているが、俺は短く答えた。

「……納得《なっとく》、しかねます」

　羽黒の正直さは好ましいものだ。でもそれはまた別の話だ。

「それでも納得してもらう。最初に言ったはずだ。俺は俺の意志でしか動かない。そして羽黒はそれを受け入れたんだ」

「でもっ」

「だめよ」

　羽黒が更《さら》に言い募《つの》ろうとするのを桑田が制した。正面から、真っ直《す》ぐに羽黒の眼差しを捕《と》らえて
「だめよ」

もう一度、言った。

「それに、あなたが決定を仰《あお》ごうとしている方々は、叶野学園の生徒ではないでしょう？」

論理的かつ冷静な桑田に返す言葉を、羽黒は見つけることが出来なかったらしく唇《くちびる》を噛《か》んで、俯《うつむ》いてしまった。

すっかりこっちのペースに巻き込んだつもりだったが、政府機関から派遣《はけん》されてきただけあって、羽黒には俺の想像以上に染《し》み付いたモノがあるのだろう。

俺は小さく嘆息《たんそく》した。若干《じゃっかん》重たくなってしまった雰囲気は、周囲にも伝わってしまうものか、俺たち三人は道行く人の視線を集めつつあった。まあ、他の二人は別として中心にいる男が俺では「修羅場《しゅらば》？」という誤解だけは抱《いだ》かれないだろう。

「じゃ、今日は解散だ」

その場の空気を払《はら》うように手をひらめかせて俺は宣言した。

「そうね」

「…………」

空を見上げればもう星が瞬《またた》き始めていた。冬は本当に日が落ちるのが早い。ちなみに星が綺《き》麗《れい》に見えるのは、叶野市が田舎《いなか》であることを証明している。

「あ、桑田。俺はこれから尾田のところに寄るけど、なんか用事あるか？」

尾田は五日連続欠席中の会計だ。和泉に言ったことはあながち嘘《うそ》ではなかったわけである。

「あるわ。ちょっと待って…」

桑田は俺の行き先を聞くと、鞄《かばん》の中を探《さぐ》り出した。桑田の鞄はそう大きくは見えないのに、かなり収納能力が優《すぐ》れていて、色々なものが出てくる。もしかすると中は四次元かもしれないが、まだ桑田に確認《かくにん》したことは無い。

「……尾田さんというのは確か、会計の方でしたよね？」

気分を切り替《か》えたものか、羽黒が再び口を開いた。結局のところ羽黒は、人を無視することが出来ないのだろう。きっと優《やさ》しすぎるから。だから、目に見えないものも感じ取れるのかもしれない。

「ああ、もう五日も休んでいるからな、見舞《みま》いに行ってやらないと寂《さび》しがる」

「ついでに溜《た》まった会計書類の一部でもいいから目を通して貰《もら》わないと」

本来なら病人の許《もと》にこのようなものを持っていくのは憚《はばか》られるが、渋面《じゅうめん》を作りつつも、俺は桑田の手から書類を受け取った。

「尾田は実に有能な会計なんだ」

この言葉は決して大げさではない。ある程度までなら俺と桑田で補えるが、やはり最後は尾田に任せなければならないものも少なからずあるのだ。

「でも、体がお強い方ではないのですね」

「すこしだけ、な」

なぜか、その言葉は喉《のど》に引っかかりながら出てきた。

「じゃあ、お大事にって伝えてね」

「あ、私からもそうお伝えください」

「わかった。二人とも気をつけて帰れよ。じゃあ、また明日」

書類とその二つの言葉を預かって、俺はその場を後にした。

2

似たような家並みの新興住宅街の一画に尾田の家はある。二階の一室の窓に明かりがともっていることを確認してインターホンを押すと
「はい、どちらさまですか？」

聴《き》き慣れた声。

「俺」

だから答えも簡潔。

「ああ、秋庭。玄関鍵《げんかんかぎ》かかってないからあがってきて」

「了解《りょうかい》」

玄関のドアを開ければ、そこから先は勝手知ったる尾田さん家《ち》、という感じで俺は階段を上っていく。共働きの尾田の両親は午後五時半にはまだ帰宅していない。

俺と尾田は幼なじみだ。幼稚園《ようちえん》からの付き合いで、尾田家が新築一戸建てを購入《こうにゅう》するまでは、一緒《いっしょ》の団地に住んでいた。尾田の引越《ひっこ》しを知った時はあせったが、それが同じ学区内であると

わかって安心した。尾田は、生徒会の会計である前に俺の友達だから。

二階の木目調のドアを開けると、どちらかといえば弥生《やよい》系で淡白《たんぱく》な顔に、穏《おだ》やかな雰囲気をまとった青年がいた。それが尾田一哉である。

パジャマ代わりのジャージとトレーナーに身を包んだ尾田は、俺の到着《とうちゃく》と共にベッドから起き上がって迎《むか》えてくれた。俺とそう身長は変わらないのに、体重は五キロ以上違《ちが》う尾田の身体《からだ》には、その黒いジャージは少し大きすぎるように見えた。だが、五日も休んだ割に顔色はそんなに悪くない。

「調子はどうだ？」

「もういいよ。今日は大事をとって休んだけど明日は学校に行ける」

少し伸《の》びた前髪《まえがみ》を払いながら尾田はそう言った。

「それはよかった。んじゃあ、この書類に目を通してもらってもいいか？」

ためらいがちに、俺は桑田から預かった書類を尾田に差し出す。俺がこんな低姿勢でのぞむのは尾田に対して位である。

「いいよ。あ、その辺に座って」

尾田の部屋はいつも片付いていて、どこにでも座れる。クッションを一つ引き寄せて、尾田が示したあたりに腰《こし》を下ろす。

「問題なのは……ここか」

俺が示すまでもなく書類にざっと目を通しただけで尾田は問題となっている箇所《かしょ》を見つけ出

してしまった。学年首席をキープしている俺だが、数学だけは尾田に一度も勝ったことがない。

やはり、生徒会執行部《しっこうぶ》になくてはならない存在だ。

俺がそんな認識を深めている間に、尾田は俺が持ち込んだ書類のすべてに目を通したらしい。

「授業はどの辺まで進んだ？」

今度は尾田の質問タイムだ。が
「この数日忙《いそが》しくて授業に出られていないんだ、俺も桑田も」

尾田が首を傾《かし》げるので、俺はここ数日に起こった出来事を尾田に伝える。

「神様探し……？」

俺と同様、鈴木の奇行《きこう》を目撃《もくげき》しているせいでちょっとやそっとのことには驚《おどろ》かない免疫《めんえき》の出来ている尾田だったが、さすがにこれはすぐに了解出来なかったようだ。

「神様探しか。でも本当にいるのかな？」

「そんなことはわからない。でも、もうゲームは始まっているからな、途中《とちゅう》で投げ出すつもりはない」

「秋庭らしい」

尾田は、納得《なっとく》したともしないとも言わないで、ただ笑った。

「でも、そんなこと始めて、よく会長が黙《だま》っているね」

「鈴木には教えていない。言ったが最後、かき回すだけかき回して、後は知らんぷりだ」

「ああ、だろうね」

得心がいった様子で、尾田は何度か頷《うなず》いて、それからあまり危機感を抱《いだ》いていない表情で俺に同意する。どこか鈴木の暴挙を楽しんでいるところが尾田にはある。

「じゃあ、あちらには？」

桑田と同じ問いに、俺は知らず眉間《みけん》に寄せていた皺《しわ》を更《さら》に深くした。

「言うわけ、ないだろ」

「でも、自称《じしょう》〝叶野一の情報通《かか》〟だよ？」

「……とにかく、積極的に関わる気は無い」

「そう。でも、相変わらず楽しそうだよね」

尾田も十分に当事者なのにどこか他人事《ひとごと》のように笑う。

「無理やり付き合わされるこっちは迷惑《めいわく》なだけだっ！」

逆に苛立《いらだ》った俺は、くしゃくしゃと自分の髪を乱す。

「これこれ、それを癖《くせ》にしたらはげるのではないかのう？」

しゃらん、という金属が擦《こす》れるような音が微《かす》かに響《ひび》いて。それと同時に俺のものとも、尾田のものとも違う、女の声が、突如《とつじょ》頭上から降ってきて。

その瞬間《しゅんかん》、俺は見事にフリーズした。いま、俺のことを見た人間は確実に蠟人形《ろうにんぎょう》だと思うはずだ。

「あ……どうも、こんばんは」

俺と同様、不意を衝《つ》かれたことに変わりはないのに、尾田はもう相手に応対している。

「ええと、散らかっていますけど、どうぞそのあたりにでも座ってください」

「おお、すまぬのう」

勧《すす》められるままに、遠慮《えんりょ》というものを知らない声の主は、机を挟《はさ》んで俺の向かい側に腰を下ろす。

「ついでにお茶を所望《しょもう》してもよいかのう？」

出来れば無視を決め込みたいところだったが、言われるがまま尾田が立ち上がるのを見ればそうもいかない。

「ずうずうしいぞ、この不法侵入者《しんにゅうしゃ》め！　尾田もこいつにお茶なんぞ淹《い》れてやることはない！」

「不法侵入者とはあんまりではないかのう？　それにちゃんと履物《はきもの》は脱《ぬ》いできたがのう」

俺の指先と視線の先には女が一人。数秒前にはその空間には誰《だれ》もいなかった。絶対に。

言っておくが、尾田に姉はいない。念のために言っておくと、母親も夜遅《おそ》くにならなければ帰ってこない。それ以前に、いま目の前にいる女は尾田に似ても似つかない。

まるで月光を紡《つむ》いだかのような銀糸の髪は頭頂部で一つにくくられただけで、あとは背中からくるぶしまで流されている。それなのに瞳《ひとみ》は太陽のような金色。白皙《はくせき》の肌《はだ》の中で唇《くちびる》はいっそう紅《あか》く見える。両方の手首と裸足《はだし》の両足首には白金の連環《わ》がはめられていて、女が動く度《たび》に微かに光り、また音を立てる。

光沢《こうたく》のある漆黒《しっこく》の着物に紅い帯を花魁《おいらん》のように前で結び小首を傾げるその姿は確かに美しい。

けれど、ソレは人外の美貌《びぼう》だと俺は知っている。

ソレは〝かのう様〟と呼ばれ、叶野市限定で信仰《しんこう》され、不可視の力を振《ふ》るうことが出来る存在《モノ》だから。

そして、ご多分《たぶん》に漏《も》れず、普通《ふつう》の人間は見ることはおろか接触《せっしょく》を図《はか》ることも出来ない。俺や尾田がかのうの姿を見ることが出来るのはかのうが見せたいと思っているからで、俺は正直見たくないのだ。大体こんな不条理な存在には、一生出会わずに済ませておきたかった。

残念ながら関わりを持ってしまった上に今日までその縁《えん》を切れずにいる俺だが。

「まあまあ、ちょうど秋庭にもお茶を出そうと思っていたところだから」

そんな妖怪の出現に驚きもせず、俺とかのうの間に割って入ることが出来るようになる位には尾田もこいつと面識がある。超常《ちょうじょう》現象も慣れてしまえば日常になるということだろうか。

というか、俺と一緒《いっしょ》に数多くの迷惑をかのうにかけられて、それでもまだこんな態度をとれる尾田はある意味尊敬に値《あたい》する。

「そうそう。妾《わらわ》はついででいいからのう。あ……でもお茶は濃《こ》い目がいいかのう」

「わがままを言うなら帰れ！」

だが、俺はこいつを歓迎《かんげい》するつもりはない。表面上はどう見えようと、こいつの腹黒さは身をもって体験済みで、その経験を踏《ふ》まえればとても歓迎など出来ない。

「おお、怖《こわ》いのう。たまには笑ったらどうかの？」

「お前がこの地上から消え失《う》せたら笑ってやる」

「妾が消えても、多加良が叶野市から出るためには〝げーむ〟を〝くりあ〟してもらわねばのう」

かのうは言いにくそうに横文字を連発して、唇の端《はし》を上げてみせる。どこか含《ふく》みのある視線を一緒に送られて、俺は拳《こぶし》を握《にぎ》りしめた。ただ、目を逸《そ》らすことだけはしない。

「言われなくても、してやるさ」

「ほほ、楽しみだのう」

そう、俺は現在進行形で、〝神様探し〟とは別のゲームのプレイヤーでもあるのだ。これもまた強制的に参加させられたゲームだが。

かのう主催《しゆさい》のそれは、ゲームと軽い調子で言えるほど甘いものではない。しかし、仕組み自体は簡単だ。

かのうが蒔《ま》いた原石《たね》から育った植物《はな》を俺が摘《つ》む。全部で百本摘んだらゲームはクリア。ものすごくシンプルに説明するならば、それだけのことだ。

だが、その植物が人間という土壌《どじよう》で育つことを前提としているから、話は複雑になる。

かのう曰《いわ》く、叶野市に入った時点で誰もが願いの原石《たね》というものを蒔かれる。かのうの手によって。

でも、願いの原石はすぐには芽を出さない。この原石が反応するのは、その宿主となった人間の一番の願い事で、一生に一度しかそれは叶《かな》えられない。故《ゆえ》に、その願いが叶う為《ため》の条件が揃《そろ》って初めて願いのそれは芽を出す。

あまり細かいことはわからないが、発芽に関《かか》わる要素の一つが俺である場合に限り、俺にはその人から生えてきた芽が見える――でも、原石である間は見えない。俺をゲームに参加させるに当たってかのうがそういうことにしたようだ。

芽吹《めぶ》いてから後はだいたい一週間で植物は蕾《つぼみ》をつけるまでに育つ。そこで宿主の願いがちゃんと叶うと、植物は開花して、水晶《すいしょう》のように透明《とうめい》に透《す》き通り結晶化する。そうなったら後は慎《しん》重《ちょう》にその植物《はな》を摘み取って、俺の仕事は完了《かんりょう》する。

なぜ結晶化した植物を摘み取るかといえば、そうしなければ植物は再び蕾《つぼみ》をつけるために養分を得ようとするからだ。もう、願いを叶えることはないのに。

……では、仮に願いが叶わず、花も咲《さ》かず、摘み取れなければどうなるか。

これも答えは簡単だ。蕾は増え続け、植物はそのまま育ち続ける。人間から養分を吸い上げ続けて。

そして、植物に養分を吸い取られ続けた宿主は、二週間で最も死に近い状態に陥《おちい》る。

だから俺は、不本意でもこのゲームを続けなければならない。願いを叶えることは他《ほか》の誰かにも出来るかもしれないが、咲いた植物《はな》を摘み取れるのは俺しかいないから。これが、第一の理由。

そしてもうひとつの理由は、このゲームをクリアするまで、叶野市を出られない、という俺にかけられた呪《のろ》いを解くためだ。

これだけでも十分腹立たしいのに、何かというとかのうは俺の日常に入り込んでくる。

はっきり言って、好感を持てというのが無理な話だ。

「今日はお一人ですか？」

そうして、俺とかのうが睨《にら》みあっていると——というか俺が一方的にかのうを睨みつけていると——お茶を淹《い》れて尾田が戻《もど》ってきた。

「うむ。なのであまり長居は出来ぬのう」

結局、どちらともなく、お互《たが》いから視線を外して、俺は湯飲みを手にした。

一方のかのうは、お茶を淹れろと言ったくせに手をつけようとしない。ただ香《かお》りだけを楽しんでいる。つまり、ここにいるかのうは実体を持たないからお茶に手をつけることが出来ないということだ。故《ゆえ》に、神出鬼没《しんしゅつきぼつ》。不法侵入《しんにゅう》し放題。そんなかのうに実体があるかどうかは、いまのところ定かではない。

「それで、今日は何か用事ですか？」

口を開かない俺に代わって尾田が尋《たず》ねる。

「いや、特に用事ということもないのだがのう」

じゃあ早く帰れ、と俺が心の中で思っていると
「そろそろ、面白《おもしろ》いことが始まってはいないかと思っての。まあ、偵察《ていさつ》というところかのう？」

悪びれることもなく、かのうはそう言ってのけた。だが、俺の目——耳か？——は欺《あざむ》けない。

「かのう、やっぱりお前、今回の件に一枚噛《か》んでるのかっ！」

俺は湯飲みを持ったまま立ち上がると、かのうに迫《せま》った。いや、迫ろうとした。

しかし、既《すで》にそこにかのうの姿は無かった。

「今日はもう時間切れだのう」

声だけが室内に響《ひび》く。

「時間切れっ？　逃《に》げるのか！」

「そんなつもりはなかったのだがのう。まあ、また近いうちに……の」

俺は中空を睨んだが、残響《ざんきょう》でかのうを捕《と》らえることは出来ず、舌打ちをする。

そして、来訪時と同様に〝しゃらん〟という金属の鳴る音色だけを残して、かのうは唐突《とうとつ》に退出してくれた。

「見事に、煙《けむ》に巻かれたね」

尾田の言う通りの結果に、かのうへの疑惑《ぎわく》と怒《いか》りを更《さら》に深めた夜だった。

3

「そーらはこんなにー青いのにー♪　僕のー心にはーアメフラシー」

登校早々、鈴木の奇妙《きみょう》な歌を聞かされ、俺の気分は朝から暗澹《あんたん》たるものになった。

しかも、あまりに壮絶《そうぜつ》な旋律《せんりつ》に、耳をやられた俺は鈴木を追うことも出来なかった。

「……朝から謎《なぞ》の歌」

久しぶりに登校するやいなや、俺と共に奴《やつ》と遭遇《そうぐう》した尾田はそう呟《つぶや》いた。

「絶対に、作詞作曲自分だな」

ついでに伴奏《ばんそう》も自分らしく、歌の合間にどこから調達したものか、アンデス地方の民族楽器ケーナを吹《ふ》き鳴らす。

その歌で今日一日の活力を奪《うば》いとられたような俺だったが、いつまでも廊下《ろうか》に立ちつくしているわけにも行かず、生徒会室へと足を向けた。

昨日多少の準備は進めたものの、あさってにはドッジボール大会だ。普通《ふつう》、この時期にやる行事ではない。大体春に行われる。というか、球技大会は春に一度行っている。

「今日は忙《いそが》しくなりそうだね」

「ああ」

加えて、もう一つ問題を片付けてしまわなければならない。

「おはようございます」

「おはようさん」

「……えっと」

振《ふ》り向けば、そこには羽黒がいた。まだ羽黒と面識のなかった尾田が戸惑《とまど》いを見せる。

「羽黒、こっちは尾田一哉、生徒会の会計担当。尾田、こっちは羽黒花南。昨日話した例の人」

手短かに俺は二人にそれぞれを紹介《しょうかい》した。

「あ、はじめまして。羽黒です」

「初めまして。尾田です」

どちらも礼儀《れいぎ》正しい性格だから、廊下の真ん中で彼らは互いに頭を下げ、挨拶《あいさつ》を交《か》わす。

と、顔を上げると羽黒は
「候補者、発見しました」

廊下の一点、俺と尾田の背後を見てそう告げた。

朝練後なのか、ジャージ姿の和泉は声をかけられる度《たび》にその方向へと笑顔《えがお》を向ける。すれ違《ちが》う人すべてに平等な笑顔を。そんなのは仮面と同じだと俺は思うが。

「おはようございます。秋庭くん、尾田さん、羽黒さん」

「おはようさん」

「おはよう」

「おっ、おはようございます」

俺たちに気付いた和泉は高原の風もこれ程《ほど》さわやかではあるまい、という笑顔を擦《す》れ違いざまに残していった。俺と尾田はいたって普通に、和泉に挨拶を返しその姿を見送った。

が、羽黒の反応は俺たちのものとは異なる。

まず、顔はおろか耳までも赤い。動悸《どうき》を抑《おさ》えたいのか、胸に手を当て、見えなくなるまで和泉の背中を見送っていた。

出来れば確信に変わってほしくなかったものが、そうなっていくのに、俺はため息をつかずにはいられなかった。

「羽黒、昨日の話の続きをするから、一緒《いっしょ》に来い」

「あ、はい」

緩《ゆる》みきった表情を慌《あわ》てて引き締《し》める羽黒だったが、もう遅《おそ》いと、俺は胸の中で一人ごちた。


生徒会室の扉《とびら》を開けると、そこは不思議な旋律が流れる異世界でした。

「アメフラシー、アメフラシはーぐにゃぐにゃー」

生徒会室の扉に手をかけ、立ったまま俺は気絶しそうになった。

「僕たち絶対音感が無くて幸せだったね」

「……無くても十分つらいですけれど」

隣《となり》では尾田と羽黒がお互《たが》い自分の耳を塞《ふさ》いだままなのに、会話を成立させていた。

珍《めずら》しく生徒会室に居るかと思えば、仕事をするでもなく騒音《そうおん》発生装置と化しているとは何事だ？　どうにかしてあの歌……ではなく騒音を止めなければ、一般《いっぱん》生徒に被害《ひがい》が出るのも時間の問題だ。が、俺の繊細《せんさい》な渦巻《うずま》き管は悲鳴を上げていて、足を一歩踏《ふ》み出しただけでふらついた。

「くそっ！」

それでも俺が室内に入ろうとした時、

「秋庭くんは下がっていて」

静かな声と共に影《かげ》が隣をすり抜《ぬ》けていった。

「ああー、素晴《すば》らしきー」

壊《こわ》れたスピーカーは、そこでようやく止まった。正確には桑田の手によって、止められた。

何が起こったかといえば、桑田は目にも留まらぬ速さで奴《やつ》の背後に回り込み、少しも触《ふ》れることなく奴の口をマスクで覆《おお》ったのである。大きな赤いバッテン付きの。

古《いにしえ》より、このマスクを装着したものは歌うことはおろか、喋《しゃべ》ってもいけないことになっている。素晴らしきマジックアイテムである。

「……いや、ただのマスクでしょ？」

尾田の突《つ》っ込みが聞こえた気がするがここは流しておく。

「桑田、よくやった」

「別に、大したことじゃないわ。鞄《かばん》の中にたまたまマスクが入っていたから」

息一つどころか、着衣にも何の乱れも見せず、桑田は淡々《たんたん》と述べた。やはり、由緒《ゆいしょ》正しい武道の家に生まれた人間は違う。

マスクで顔の半分を隠《かく》されても、奴のアーモンド形の目はきらきらと輝《かがや》いていて、髪《かみ》のキューティクルも完璧《かんぺき》で、その容姿は損《そこ》なわれていなかった。中身がもう少し普通だったらな、というのは叶野学園女子生徒の共通の願いである。

声こそ出さないが、ジェスチャーのつもりか椅子《いす》に座ったまま手足をじたばたと動かしている。その姿を見て、俺は小さく舌打ちをした。

奴の身体言語が理解出来なかったからではない。第一そんなものは永遠に理解したくない。問題は、あいつが座っている椅子だ。

一人掛《が》けで、黒い革《かわ》が張られた見るからに高級そうな椅子。実際、かなり値が張るものだと聞いているこの椅子は、生徒が使う部屋の備品としてはふさわしくない。

しかし、この椅子こそが、叶野学園高校生徒会室の第二の聖域なのだ。

いまを去ること十数年前、当時の生徒会長は叶野学園を揺《ゆ》るがした大事件を解決したのだという。事件の詳細《しょうさい》は伝わっていないが、学園の存亡にかかわる大事件だったとだけ伝えられている。

そして、その事件を解決した際、当時の生徒会長に当時の理事長から、感謝の印としてこの椅子は贈《おく》られた。以来、この椅子は文字通り〝生徒会長の椅子〟であり、その役職にある者以外は座ってはならないことになっている。

いま、その椅子を独占《どくせん》している鈴木があの椅子の素晴らしさを真に理解しているのか、俺には甚《はなは》だ疑問、かつ腹立たしい。

とにかく、見ていても腹が立つだけだと気がついて、俺はそこから視線を引き剝《は》がした。

その間に、俺を除く三人は椅子に座って、桑田のお茶の用意が整うのを待っていた。

俺もみんなに倣《なら》って、椅子に腰《こし》を下ろすと、さっそく口を開いた。

「なあ、羽黒。和泉に覚える違和《いわ》感を、もっと具体的に表現してみてくれないか？」

「なぜですか？」

「ちょっと、確認《かくにん》を取りたいことがある」

俺は忙《いそが》しく手指を組替《くみか》えながらそう言って、話が核心《かくしん》に触れるまでの時間を引き伸《の》ばした。

最後の結論を出す前に、改めて羽黒から情報収集だ。

「わかり……ました」

俺と、桑田と尾田の三人に見つめられ、話しにくそうな顔をしながらも、羽黒は口を割る。

「和泉さんを見ていると、なんだか動悸《どうき》が激しくなって、顔が熱くなります。でも、目が離《はな》せなくて、一挙手一投足を見逃《みのが》してはならないという一種の強迫《きょうはく》観念にも似た感覚に体が痺《しび》れたようになります」

しごく真面目《まじめ》に、そして正直に、羽黒は答えたのだろう。だが、その結果他の三人はといえば、顔を見合わせて一斉《いっせい》にため息をつくしかなかった。

「ちなみに、いままでのお仕事の時の感覚は？」

「いままでですか？　えーと、首の後ろがちりちりして、後は普通《ふつう》の方には見えていないものが見えたり、聞こえないものが聞こえたり」

「大分いつものと違うようだけれど」

「そうですね」

桑田が遠まわしにそれを伝えようとしたけれど、あっさりかわされる。

羽黒を除く俺たち三人は互いの顔を見合わせたが、尾田と桑田の視線は俺に注がれていた。

眼鏡《めがね》のフレームを一撫《ひとな》でして、俺は仕方なく重い口を開くことにする。

「和泉は、シロだ」

まずはそれから、俺は告げた。

「なっ、なにを突然《とつぜん》！　こ、根拠《こんきょ》は？」

「根拠、根拠か……。まあ、羽黒は結構特殊《とくしゅ》な環境《かんきょう》で育ったみたいだから、わからなくても仕方がないか」

「はい？　私の育った環境なんていまは関係ないはずですが？」

この中で唯一《ゆいいつ》事態を飲み込めていない羽黒は、なかなか核心に触れない俺の言いように苛立《いらだ》ちを見せる。

「小さい頃《ころ》からずっと、いまの仕事に携《たずさ》わってきたんだろう？」

「ええ、まあ。羽黒家は代々巫女《みこ》の家系ということもありましたし」

「学校に行くより、家の仕事の手伝いで忙しかったか……」

「力をもって生まれた以上は、当然のことです」

羽黒と出会って数日。忙しかったとはいえ、俺たちはもう少しいろいろと羽黒に聞いておくべきだったのだ。この反省が次回に生きることを期待したい。

「羽黒、お前が和泉に感じている違和感とやらは、全世界的にいいいい、恋だ」

「…………」

暖房《だんぼう》は入っているというのに、羽黒は数十秒凍《こお》りついたように動かなかった。

その間に、ちょうど頃合になったらしいお茶を桑田がカップに注《つ》いだ。

「今日はローズヒップティー……」

「え、えええええっ!! 恋《こい》? この私が恋?」

融《と》けだした冷凍《れいとう》人間のリアクションは俺の予想以上で、半ばパニックに近かった。こういう場合、逆に周囲の人間は落ち着いた行動をとった方がいい。

「恋、恋、恋、初恋ですかっ! 恋ってこのようなものなのですかっ!」

「まあ、一般的《いっぱん》には?」

「そうなんじゃないの?」

羽黒が落ち着くまでの間、俺たちはお茶を飲みながら静かに待った。一時間目の授業に出ることは、とうに諦《あきら》めていた。

「ローズヒップティーって思っていたよりずっと飲みやすいね」

「そうなのよ。はちみつを入れると飲みやすくなるの」

「いろいろなお茶があるものだな」

「……ということは、私の感覚が間違《まちが》っていたわけで、和泉さんは神様ではない、と」

一人でパニくって憔悴《しょうすい》し、心なしか息切れまでしている羽黒に
「そういうことだ」

いまさらフォローも何もなく、俺は導き出した答えをもう一度羽黒に告げた。

「羽黒さんもお茶飲んだら?」

あまりの取り乱しように、三つ編みが首に絡《から》み付いている羽黒に尾田がそう勧《すす》めたが、その声は届かなかった。

「あああっ!! なんということでしょう!? 申し訳ありませんっ！」

謝罪の言葉と共に羽黒は床《ゆか》に膝《ひざ》をつき土下座をした。

「あー、そういうのはいいから」

「よくありませんっ！ 私のせいで人類にとって貴重な時間を無駄《むだ》に!!」

「いや、本当にいいから」

何度か同様のやり取りをした後、桑田に手を引かれ、羽黒はようやく立ち上がり、椅子《いす》に腰《こし》掛《か》けた。

「結構激しい人なんだね」

「俺もはじめて知ったよ」

少し呆《あき》れたように呟《つぶや》く尾田に答えて、荒《あら》い呼吸を整えている羽黒にお茶を渡《わた》してやる。これから羽黒に話を伝える時には色々と気をつけよう。

「私はこれからどうしたらいいのでしょう」

手渡されたお茶を飲むこともせずに、羽黒はただただだうなだれる。

「そうね、とりあえず、告白する？」

そして、そんな状態の羽黒に桑田がした提案が、これだ。

桑田の発言内容が脳まで届き、理解がなされると、羽黒の白い頬《ほお》は一瞬《いっしゅん》にして朱《しゅ》に染まった。

「こ、ここ、告白っ!!　そんな滅相《めっそう》もない！　早過ぎます」

「善は急げっていうでしょう？」

「よい結果が出るとは限りませんっ！」

この手の話題は俺の管轄《かんかつ》外だ。とりあえず、俺は事の成り行きを見守ることにした。尾田も似たような選択《せんたく》をしたようで、休んでいる間に溜《た》まった書類の整理にかかっている――それにはまず、発掘《はっくつ》作業からしなければならなそうだったが。

俺は二人の会話に耳だけ傾《かたむ》けて、ドッジボール大会のタイムスケジュールの確認《かくにん》をする。

「最初から悪い方向に考えていたら上手《うま》く行くものも行かないわよ」

「それは……」

「それにこういったことはすっきりさせておいた方がいいのよ。そうしないと、今後の調査にも響《ひび》くと思うわ。精神面のことって霊能《れいのう》に影響《えいきょう》するんでしょ？」

桑田はさり気なく――もなく、羽黒の失敗を衝《つ》いた。桑田に他人の恋愛《れんあい》に口を出す趣味《しゅみ》があるとは知らなかったが、そこに悪意がなければ問題ない。

「……わ、わかりました。花の命は短いのですものね。私、告白します」

「そう、その意気よ！　じゃあ、決行は昼休み。そうと決まったら早速《さっそく》手紙を書くこと!!」

「はいっ」

すっかり神様探しから心が離《はな》れてしまったらしい二人を見守ることしか俺には出来なかった。

「……で、その手紙を誰《だれ》が渡しにいくんだ？」

結局一時間目を丸々使って、便箋《びんせん》——これも桑田の鞄《かばん》から当然のように出てきた——一枚の手紙は書き上げられた。

その内容は、来てほしい日時と場所を指定しただけのもので、はっきり言ってこれを羽黒が渡しに行くのならばその場で告白を敢行《かんこう》する方が早いように俺には思われるのだが。

同じようなことに、桑田もようやく思い至ったらしく、ほんの少しだけしまった、という表情を浮《う》かべた。だが、本当に困ったことが起きたのは、その直後だった。

「ハーイ、はいはいっ！」

バッテンマスクのお陰《かげ》で静かにしていた為《ため》、俺が意識の外に追いやっていた鈴木が突如《とつじょ》行動を再開した。

「……アイテムの効果時間が切れたのね」

「黙《だま》っていることに飽《あ》きただけだと思うけど」

尾田の突《つ》っ込みは桑田にも黙殺《もくさつ》された。

が、いまは鈴木だ。いま、ここで鈴木を止めることが出来なければ、羽黒の初恋に幸福な結末は未来永劫《えいごう》訪《おとず》れないであろう。

「ええと、あの、では」

よくよく考えれば、今日が鈴木との初対面になる羽黒は、その凶悪《きょうあく》さを知らない為か、愛のキューピッドを頼《たの》もうとしている。

「だめだっ、羽黒!!」

俺は声を張り上げたが、時すでに遅《おそ》し。菜の花色をした封筒《ふうとう》は奴《やつ》の手に渡っていた。ニヤリ、という感じに奴は口角を上げた。そして、腰《こし》を低く落として……スタートを切る。

「桑田、尾田！　鈴木をこの部屋から出すな!!」

「あははー、何人《なんぴと》たりとも僕には触《ふ》れられないのさっ」

花瓶《かびん》に生けてあった菊《きく》の花を一輪取ると、短剣《たんけん》のように一閃《いっせん》させて、それで桑田と尾田の腕《うで》を振《ふ》り払《はら》ってしまう。

「花南ちゃん！　この手紙は拙者《せっしゃ》にお任せあれ」

なぜか時代がかった言い回しに、ウインクを加えて、奴は弾丸《だんがん》のように飛び出していった。畳地《たたみじ》のついたスケボーと共に。

「よろしくお願いします」

無知とは本当に恐《おそ》ろしい。のんきな羽黒の台詞《せりふ》に一瞬脱力《だつりょく》しそうになる。

「よろしくしている場合じゃないぞ！」

「その通りよ。あの人に任せて上手くいくことなんか万に一つも無いわよ」

「一刻も早く、手紙を取り返すことを進言するけど？」

俺たち三人に、それぞれ真剣な顔で詰《つ》め寄られて、もともと気弱に見える羽黒の眉《まゆ》が更《さら》に下がる。

「え、え？　仮にも生徒会長さんなんですから、大丈夫《だいじょうぶ》でしょう？」

すがる視線を向けられても、俺たちは絶対に是《ぜ》とは答えられない。

「いいか、覚えておけ。鈴木の当選はまぐれだ」

至近距離《きょり》で羽黒の双眸《そうぼう》を捉《とら》えて、俺はきっぱりと言い切った。そして、羽黒を押しのけるようにして室内から出る。かろうじてまだ、奴の背中が視認出来たので、俺はその後を追って走り出す。

何事も、あいつの思い通りにさせてたまるものか！

＊

三時限目の授業が急に自習になって、課題のプリントも早々に終えてしまった和泉は、何となく教室を後にした。

そうして向かった先は特別展示室だった。他校にこのような施設《しせつ》があるかどうかは知らないが、叶野学園においては、文字通り美術品を展示する部屋だった。

ちょっとしたホールの大きさの室内には、それでも所狭《せま》しと名高い美術品の数々が置かれている。もちろん、すべてが本物ではない。殆《ほとん》どがレプリカだと聞いている。ただ、優《すぐ》れた美術品は心の栄養だと信じて疑わない当代理事長の意向で出来た部屋だけに、レプリカと言いつつ、実はしっかり全部本物な可能性が捨てきれないいだけだ。盗難《とうなん》に遭《あ》ったこともある、某微笑《ぼうほほえみ》の肖《しょう》像画《ぞうが》とかが、あまりに良く出来ているから。

だが、和泉が立ったのは——有名作品群の中では——なんの変哲《へんてつ》も無いブロンズ像の前だった。等身大よりは一回り小さいが台座がついている為、高さは170センチ位ある。この青年像は特にポーズをとるでもなく、ただどこか遠くを見つめている。

ブロンズにありがちな裸体《らたい》ではなく服を着ているところが個性といえば個性だろうか。でも、創《つく》り物だからなのか、造作を整えられた表情《かお》はどこか空虚《くうきょ》に見えた。

そして、そのブロンズ像を見つめる自分の表情もまた、どこかしら虚《うつ》ろなんだろうと、何となく予想がついた。

空っぽのままの心で、和泉はしばらくそのブロンズ像の前に立ち続けた。

いくら見つめても、無駄《むだ》だということはわかっていたけれど。

「……その像は、少し君に似ているねぇ」

突如、肩越《かたご》しにかけられた声に、和泉はびくりと肩を震《ふる》わせて、かなりの至近距離に彼が居たのに気づいて、一歩身を引いた。でも、そこにあったのは知らない顔ではなかったから、挨《あい》拶《さつ》をする。

「あ……、会長、こんにちは」

「うん、こんにちは」

にこにこと愛想《あいそ》よく、彼が笑っていたので、和泉もまた鏡に向かい合うように笑って見せた。

「ところで、いまは三時間目の最中だけど、どうしたの？」

「急に自習になってしまって、自分の課題も終えたので、ちょっと息抜《いきぬ》きです」

それを問う彼も授業時間のはずだと考えはしたが、自習時間とはいえ、確かに本来教室にいなければならない時間だから、和泉は少々困った顔を作って、でも正直に言った。

それ以上の追及《ついきゅう》をすることもなく、彼は黙《だま》ってしまい、どこか不自然な沈黙《ちんもく》が二人の間に落ちた。

「……どこが、僕に似ているんですか？」

先に沈黙を破ったのは和泉だった。穏《おだ》やかな微笑《ほほえ》みを添《そ》えて問う。

「わかっているから、一生懸命《いっしょうけんめい》見てたんじゃないの？」

だが、彼に逆に意地悪く問い返されて、和泉は返事に困った。

再び、室内に静寂《せいじゃく》が訪《おとず》れる。

何を、言えばいいのだろう？　彼が言いたいことはなんとなくわかったけれど。下手を打てば、アノコトに気付かれてしまいそうだった。

そうなっても、きっと自分は悲しくはないけれど、周りの人はがっかりするだろう。

そう考えると、なかなか次の言葉は出なかった。

「でも、君はこの像ではないいんだよ」

和泉が黙っていると、彼はひどく優《やさ》しく聞こえる声で、そう言った。

でも、それにもやはり和泉は答えることが出来なかった。

俺が何とか追いついた時には、既《すで》に鈴木は和泉に接触《せっしょく》していた。無軌道《むきどう》に走っていて目当ての人物に行き当たるとは、やはり俺に足りない要素は〝強運〟なのだろうか。この〝運〟というものについて思索《しさく》を深めたいところだったが、いまは羽黒の手紙を取り戻《もど》してやるのが先決だ。

＊

そう、すぐにでも羽黒の手紙を取り戻さねばならないのだが、俺は動けなかった。

眼底に鈍《にぶ》いが重たい痛みが突如《とつじょ》として湧《わ》き上がったからだ。

「くそ、かのうの奴《やつ》！　やっぱりそういうことなんだな！」

不本意だが、痛みをやり過ごすために、その場に膝《ひざ》をつく。この状況《じょうきょう》では、鈴木から手紙を取り戻すことは出来ない。仕方なく俺は、奴が不穏《ふおん》な行動を取らないように、監視《かんし》することにする。

和泉たちがいるのは特別展示室で、俺は入り口で扉《とびら》に身を隠《かく》すようにして中の様子を窺《うかが》う。

和泉と鈴木は、並んで一体のブロンズ像の前に立っていた。青年の姿をしたその像は、整った造作をしていたが、俺には何の魅力も感じられなかった。

ただ、それを見つめている和泉に笑顔はなく、どこか虚ろで、それでいて苦しそうに見えた。

そしてそんな和泉を見つめていると、眼底の痛みが増す。

「…発芽するのは、和泉ってことか」

痛みを堪《こら》えながら俺はひとりごちる。

目の奥の痛みはいよいよ本格的になって、刺《さ》すようなそれに変わる。病気ではないし、一時的なものだということもわかっているが、俺は眼鏡《めがね》と顔の間に手を入れてまぶたを押さえた。もはや苦鳴を堪えるので精一杯《せいいっぱい》だ。

そうして、永遠にも思える数十秒の後、痛みは不意に消えた。

それを合図にゆっくりとまぶたから手をどかせば、思った通り〝芽〟が出ていた。

和泉旭の、ちょうど心臓《むね》の辺りから。

なんの芽かといえば、かのうが蒔《ま》いた原石《たね》、願いの植物《はな》のそれに他《ほか》ならない。

この芽が普通《ふつう》は人に見えないものだというのは良くわかっている。だが、自分の目で見たものは信じるのが俺のポリシーだ。この力がかのうから強制的に移譲《いじょう》されたものであっても。

そう、かのうとゲームを始めるにあたって、あいつは俺の目に少々の細工をした。願いの植物が見えるように。ただし、発芽の瞬間《しゅんかん》にものすごく痛むということを教えずに。だからこれは絶対にかのうの意地悪だ。

何がどう転ぼうと、かのうの底意地が悪いことには変わりないが、これで一気に二つの問題に一応の答えが出せる。

一つ。和泉旭は神様ではない。

一つ。この〝神様探し〟にはかのうが一枚嚙《か》んでいる。

後者の方は確実に頭痛の種だ。俺は、隠れていることも忘れて、盛大《せいだい》なため息をついた。

「あれー、副会長だ」

案の定ばれて、俺は二人の前に姿をさらすことになる。先程《さきほど》までの痛みは嘘《うそ》のようにひいていたから、俺は立ち上がると挨拶《あいさつ》代わりに軽く手を上げた。

いつもならば訂正《ていせい》を求めるところだが、鈴木に対してそれを行うのは非常に屈辱《くつじょく》的なのでしない。ただし副会長と呼ばれて、声を出して返事をするのは絶対に嫌《いや》だったからそれもしなかった。

鈴木は無視する形で、俺は改めて和泉を見た。

さっき刹那《せつな》に浮《う》かべた表情の名残《なごり》はもはやない。けれど、俺としては和泉の胸に小さな双葉《ふたば》が見えるだけで十分だ。

この双葉は彼の心の中に、強い強い願いがあることの証明だから。その願いの内容までは、いまはまだわからないが。

そして、どうやら当初の目的を忘れているらしい鈴木の手から菜の花色の封筒《ふうとう》を音もなく抜き取る。

「これを、羽黒花南から預かってきた。とにかく来てやってくれ」

開封《かいふう》するまでもなく、慣れている和泉には用件がわかったのだろう。俺が差し出した封筒を無言で受け取り、頷《うなず》いた。

「あ……、僕が渡《わた》すんだったのに！」

鈴木が抗議《こうぎ》の声を上げる。そして、口調以上のものが向けられる視線にはこもっていた。どうやら本当に忘れたのではなく、忘れたふりをするつもりだったらしい。一応鈴木なりに羽黒のことを考えたのだろう。

確かに結果は見えたも同然だったが、それでも思いを胸の中に凝《こご》らせて、澱《おり》にしてしまうよりは伝えるほうがいいと俺は思う。

だから、真っ向から鈴木の目を見返してやった。すぐに逸《そ》らされてしまったが。

「……じゃあ、僕はこれで失礼します」

羽黒の手紙を胸ポケットにしまって、和泉が展示室を後にするのを見送って、俺もまた踵《きびす》を返した。

鈴木だけが、ブロンズ像の前に留《とど》まっていた。

4

はたして、決戦の昼休みは訪《おとず》れた。俺たちは保護者参観というか、野次馬というか、そんなノリで羽黒の告白を隠れて見守ることとなった。

桑田厳選、叶野学園内においての絶好告白ポイント体育館裏——俺はそんなことはちっとも知らなかった——で羽黒はいよいよその時を迎《むか》えていた。

がちがちに緊張《きんちょう》した羽黒に対して、時間通りやってきた和泉からは余裕《よゆう》のようなものが窺える。

「初告白が和泉君なんて、ハードルが高すぎるんじゃないの？」

いつまでも肝心《かんじん》の言葉を言い出せない羽黒を見て、尾田が俺に囁《ささや》く。

「確かに。下手したらいまより精神状態は悪くなるな」

「難攻不落《なんこうふらく》の男、だものね」

それは入学以来、どんな美女にも落ちなかった和泉につけられた別名である。

「わかっていてなんで？　桑田さん」

「でもやっぱり、言ってみなくちゃわからないでしょう？」

「わかったと言えば、やっぱり今回の神様探しにはアレが一枚噛んでいるぞ」

俺はなるべくさらりと二人に告げた。尾田と同様に、桑田は俺の目に見える存在《モノ》のことを知っている。そして、それに関《かか》わるもろもろのことも。

「……もしかして、発芽しているのは、和泉くん？」

尾田の問いに俺が無言で頷くと、桑田は頭を抱《かか》えた。顔が小さいから両手の中にすっぽりと頭部が納まってしまい、なんだか別の生き物に見える。

「だとすると、この告白が成功する確率は限りなく低いってこと？」

尾田も俺と同じ結論を出した。

桑田も一度は抗議の眼差《まなざ》しを俺に向けたが、それ以上の行為《こうい》に及《およ》ぶことはなかった。

強い願いを持つ人間は、どんなに取り繕《つくろ》ったとしても自分を中心に世界が回っている。他人のことを思う余裕などないのだと、俺たちはよく知っていたから。

結果を確信しながらも俺たちがこそこそとしている間に、羽黒はようやく勇気を搾《しぼ》り出した。

ゆっくりと、顔を上げて、その瞳《ひとみ》に和泉を捕《と》らえる。頬《ほお》はもう限界まで赤い。

「あのっ、和泉さんのことが好きです。よかったらお付き合いしてください」

羽黒らしい直球だった。声も、握《にぎ》り締《し》めた手も震《ふる》えていたけれど。

「ごめん。気持ちは嬉《うれ》しいけれど、いまは誰《だれ》とも付き合う気がないんだ」

これまで告白した女子が納得《なっとく》してきたその台詞《せりふ》を、今回も和泉は使った。困ったような笑顔《えがお》と共に。

君とも付き合えないけれど、他《ほか》の誰とも付き合わない。和泉はそう言っていて。和泉は自分のものにはならないけれど、他の誰かのものにもならない。そういう論理だ。

「……わかってはいるが、腑《ふ》に落ちないな」

確かに好きでもないのに付き合って、それで人を傷つけるのよりはいいのかもしれない。

でも、和泉の言葉に、俺は真実を見つけることが出来なかった。その裏にある願いも。

「あの、私とお付き合いしていただけないのはわかりました。でも、なんだか納得出来ません」

そして、それは羽黒も同じだったらしい。声も、眼も潤《うる》んでいたけれど、羽黒はまだその場に立って、もう一度、和泉を見つめた。

「何かを、隠《かく》しておられませんか？　それを訊《き》かないと、私、すっきり出来ません」

「……僕は何も隠していないけど？　羽黒さんの言っていることが僕にはわからない。ごめん、用事があるからこれで」

「ちょーっと、まったぁ!!」

俺はその場から立ち去ろうとする和泉を引き止めるべく、姿を現した。

「俺も、納得がいかない」

「秋庭くん？　ずっとそこにいたんですか？」

「それは置いておけ」

「そう、いま問題なのはそのことではないわ」

俺に続いて桑田までも和泉の前に姿を現してしまった。

「美名人ちゃん」

「私が来たからにはもう安心よ、花南ちゃん」

ここに来て、俺は和泉の笑顔は何かを隠す仮面なのだと理解した。そして、和泉の願いはその向こうにあるはずだ。

「羽黒の言う通りだ。和泉、お前は何かを隠している」

「ですから、何も隠していません。付き合えないと、正直に伝えました」

「そこはいい。付き合う気がないというのなら、それでいい。でも、笑顔で何でも片付くと思うなよ？」

和泉の笑顔が凍《こお》りつくのを、俺は初めて見た。

「……そんなこと、思っていませんよ」

「なら、本当のところはなにが問題なのか言いなさい」

「教えて、ください」

桑田と羽黒が交互《こうご》に詰《つ》め寄る。それでも和泉は口を割らなかった。

「よぉし、わかった。そういうことなら、和泉、勝負だ!!」

人様を指差してはいけませんと祖母に教えられ、その教えを固く守っていた俺だったが、今日ばかりはビシッと和泉を指差してやった。許せばあちゃん、男にはやらねばならぬ時があるんだ。

「あさってのドッジボール大会で、対決だっ」

「対決?」

「俺を含《ふく》む生徒会チーム対お前を含むサッカー部チームでエキシビションマッチだ! 敗者は勝者の言うことを一つ聞くこと。以上」

「ちょっと待ってください! サッカー部チームって、そんな急に言われても無理です」

俺の宣戦布告に和泉はそうクレームをつけてきた。

「サッカー部は、来年度の部費がいらないのかしら?」

会計でもないのに、そう言って、腕《うで》を組み、悪魔《あくま》の笑みを浮《う》かべたのは桑田だった。

和泉は言葉に詰まる。部活動をやっていてこの切り札に逆らえる人間はそういない。

「わかり、ました。お受けします」

「よーし、首洗って待ってろよー」

「負けませんよ」

笑顔を取り戻《もど》して、それだけ言うと、今度こそ和泉は俺たちに背を向け、羽黒は切なく、その背中を見送った。

「花南ちゃん、元気を出して。いつまでもくよくよしていてはだめ。今は未来《あす》の勝利のことだけ考えるのよ」

「……はい。きっと勝ちましょう」

桑田と羽黒はお互《たが》いの友情を確かめるように、手を取り励《はげ》ましあう。

神様探しからは、取りあえず離《はな》れる結果となったが、この件にかのうが一枚噛《か》んでいるとなれば、むしろ優先されるべきはこちらだ。

願いを持っている人間を見つけたら、発芽した芽が伸《の》びて蕾《つぼみ》をつける程《ほど》に成長する一週間でその願いを叶《かな》えること。

そして、願いが叶って花が咲《さ》いたら摘《つ》み取ること。

それが俺に課せられた限りなく罰《ばつ》ゲームに近い使命だから。

「ったく、どうせなら願い事が具体的にわかるようにすればいいのに」

「……ねえ、秋庭、生徒会チームって、もしかして僕もメンバーにカウントされてる?」

俺が愚痴《ぐち》り始めると、最後まで事の成り行きを陰《かげ》から見守っていた尾田がようやく出てきて尋《たず》ねる。

「ん？　今回のドッジは1チーム6人編成にしたからな、当然はいっているぞ」

「やっぱり……」

俺の答えを聞いて、なぜか尾田は長いため息をついた。

「気は進まないけど、とりあえず、僕を入れて、こっちはいまのところ4人だよね。会長を入れたとしても、チームは5人。あと1人どうするつもり？」

「……あ」

さすが、第三者の視点で見ていただけあって、尾田の指摘《してき》は的を射ていた。

「エキシビションなんだから4対4の変則ルールにすればどう？」

「4人か。会長をどうしても入れたくないみたいだけど、それじゃ面白《おもしろ》い試合にはならないと思うよ。でもその前に、勝手に来年度の部費の話なんて持ち出さないで貰《もら》いたい、桑田さん」

「ごめんなさい」

本来の会計責任者である尾田に言われて、桑田は殊勝《しゅしょう》に頭を下げた。だが、尾田の言っていることは正論とはいえ、いつもにはない口調のきつさが俺には気になった。

「尾田？」

「大体、当日はただでさえ忙《いそが》しいのに、これ以上用事を作ってどうするつもり？」

それを言われてしまうと返す言葉もない。

「……それに、試合をしたところで彼の何がわかる？」

「でも、何もしないではいられません」

それまで黙《だま》っていた羽黒がこの言葉にようやく反応を見せる。

「どうして？」

心底わからないといった調子で尾田が羽黒に問う。何か言いかけて、だがそれを上手《うま》く口に出来ず、羽黒は言いよどむ。

確かに、かのうのゲームという、のっぴきならない事情の出来てしまった俺たちとは違《ちが》い、和泉が神様ではないとわかった上、失恋《しつれん》してしまった羽黒はここで戦線離脱《りだつ》したところで誰《だれ》も責めはしない。

「和泉はどんな時でも笑っている。その笑顔《えがお》の裏に和泉は、何かを隠《かく》している。そして、そのことで苦しんでいる。でも、無理やりにでも訊《き》かなければ、あいつはきっとそれを隠し続けて、苦しみ続ける。そう思ったんだろ、羽黒」

見かねて俺が代弁すると、羽黒は目を見張り、それから大きく頷《うなず》いた。和泉のうわべばかりに目が行っていると思ったら、羽黒は、ちゃんと見るところは見ていたらしい。もしかしたら、間近で対峙《たいじ》して初めて気付いたのかもしれなかったが。

それでも、羽黒の思いは尾田にも十分伝わったのだろう。それ以上、尾田は何も言わなかった。

「そうと決まれば、特訓しないとね」

「あのう……いまさらお聞きするのもなんなのですが、ドッジボールとはどのようなものですか？　私、やったことがないのです」

『そういうことは早く言えっ』

またも、桑田とハモってしまった。

冬の風が、やけに冷たく俺たちの間を吹き抜《ふぬ》けていった気がした。


そして、決戦の日は来た。

「叶野学園のみんなー、おはよーございまーす!」

「……ございまーす」

「元気がないぞ? もう一回! おはようございまーす」

『おはようございますっ』

壇上《だんじょう》の生徒会長の呼びかけに、半ばやけ気味に、生徒たちは挨拶《あいさつ》を返す。いつも通り、おいしいとこ取りで、開会の挨拶は鈴木だ。

「よしっ、いい挨拶が出来たところで、これから〝唸《うな》れ灼熱《しゃくねつ》の剛球《ごうきゅう》! 僕たちの明日はドッチだ!!〟大会をはじめます! 賞品は『スラムダンク』全巻だから頑張《がんば》ってね!!」

ものすごくダジャレな、大会の正式名称《めいしょう》とドッジボールと何の関係があるのかわからない賞品に戸惑《とまど》いつつも、生徒たちは歓声《かんせい》を上げた。

いや、待て、生徒諸君。俺が生徒会長ならばもっといい名前をつけたはずだ。このネーミングセンスにいますぐ暴動を起こすべきではないか? 暴動の後の政権交代《クーデター》ほどやりやすいものはない。

しかし、俺の望む事態は結局訪《おとず》れなかった。

「でもその前に、生徒会役員チームとサッカー部有志で、5対5の変則ルールによるエキシビションマッチでーす。僕も出るから応援《おうえん》してね！」

鈴木の能天気な声にいざなわれて、俺たちはコートに出た。チームワークのことを考えて俺はかなり強行に鈴木の加入に反対した。が、最後に鈴木は、生徒会長権限などというものを行使して俺たちのチームに加わった。絶対に目立ちたいからだと俺にはわかっている。

「ああまで参加を主張したんだから、無様な姿はさらすなよ」

「うん、わかった」

俺の嫌味《いやみ》に対して、返ってきたのは実に緊張感《きんちょう》のない声音《こわね》で、俺はほんの少しだけ虚《むな》しくなった。

対するサッカー部は、和泉、峰倉《みねくら》、高屋《たかや》、緑川《みどりかわ》、片桐《かたぎり》というチーム。和泉以外の四人も全員サッカー部の二年生レギュラーだ。

部費がかかっていると聞かされれば当然の布陣《ふじん》だといえるが、そうなれば男女混合チームの俺たちにはハンデが与《あた》えられてしかるべきである。ということで、俺たちは三回までボールの所有権を主張出来るというハンデを貰って、戦いに挑《いど》むことになった。

スポーツの基本的なルールとして、俺たちはコートに整列して向かい合った。

和泉の胸の植物《はな》は、双葉《ふたば》からもう、蕾《つぼみ》をつけるまでになっていた。はっきり言ってこの成長速度はかなり速い。

「負けません」

俺が何か言う前に、向かい合った和泉から宣戦布告を受けた。

「こっちこそ、負けるつもりは毛頭ない」

「はい、お互《たが》いに、礼」

審判《しんぱん》は公平を期する為《ため》、教師に頼《たの》んだ。

「っねがいしまっす」

こうして、白熱の試合は幕を開けた。

ドッジボールは二チームに分かれてボールをぶつけ合うという競技である。一つのコートを二つに仕切り、チーム内でも内野と外野とに分かれ、敵チームにボールを当てられてしまったらその者は外野に出なければならない。ただし、外野からでも、敵チームに攻撃《こうげき》が許されており上手《うま》くボールを当てることが出来れば内野に復活することが出来る。先に内野から誰もいなくなったチームが負け、という大体そんなルールの下《もと》試合は動いていく。

サッカー部の連中は普段《ふだん》球を追いなれているからか、ボールをこぼすことが殆《ほとん》どなかった。対する俺たちの方も特訓をしたかいがあって、前半は有利に試合を進めた。一度は内野を一人にするまでに至ったのだが、そのチャンスを逃《のが》すと、長時間を戦い抜くサッカー部に体力面では劣《おと》ることを思い知らされた。

問題の鈴木は、普段俺から逃《に》げる時の運動神経を発揮すると思いきや、浮《う》かれまくった挙句、早々にアウトになって、外野へと放《ほう》り出された。そして入れ替《か》わりに最初から外野にいた尾田が中に戻《もど》ってきたが、数分もたず、また外野に戻っていった。

残された俺たち三人は必死に抗戦《こうせん》した。だが、サッカー部のつわものを前に俺も討《う》ち取られてしまい、気がつけば、お互いの内野には、羽黒と和泉、それぞれ一人ずつしか残っていなかった。

俺が外野から援護《えんご》をしようにも、ボールはサッカー部にキープされていて、思うように行かない。ボールの優先権はもうすべて使ってしまい、羽黒が必死に逃げ回るのを、歯がゆい思いで見ていることしか出来ない。

猫《ねこ》が、獲物《えもの》をなぶりその疲労《ひろう》を促《うなが》すかのように、サッカー部の連中はボールを回し、そしてようやく、和泉の手に委《ゆだ》ねた。

「勝たせてもらうよ」

和泉は、もはや息切れをしている羽黒にそう宣告すると無情にも力一杯《ちからいっぱい》のボールを投げた。

「あんな強い球っ！」

鈴木はそれを見て内野に飛び込んでいこうとした。だが、それを俺が腕《うで》で押しとどめようとした一瞬《いっしゅん》前に、何かを逡巡《しゅんじゅん》して、立ち止まってしまう。訝《いぶか》しく思いはしたが、ここはとにかく止まったからよしとしよう。

「羽黒っ！　今こそ奥義《おうぎ》を使えっ!!」

そんな鈴木を視界の隅《すみ》に捉《とら》えながら、俺は叫《さけ》んだ。だが、言うまでもなく、羽黒は自らボールに突《つ》っ込んでいた。それも顔から。

バンッ！

鈍《にぶ》い音を響《ひび》かせて、そのボールは羽黒の顔面に当たった。

どう見ても自分からボールに当たりに行った羽黒に、和泉も観衆も絶句して、会場は静まり返った。

和泉の渾身《こんしん》のボールを受けた羽黒の顔は、真っ赤だった。だが、自分の陣地《じんち》ぎりぎりに、ボールを見つけると、羽黒は不敵にも、笑って見せた。

「首から上に当たったボールは無効。そして、このボールは私のもの」

そう言って、羽黒はボールを拾い上げた。

教えたはいいが、出来れば使わせたくなかった奥義、その名を顔面受けという。

「なんで、そこまで……」

和泉の声は俺にも届いた。少し、震《ふる》えた、声だった。

「勝ちたいからですよ」

ごくシンプルな答えを羽黒は返し、そして、もう一度笑って、和泉にボールを投げつけた。

避《よ》けようと思えば避けられたボールに、けれど、和泉は当たった。

そして、歓声《かんせい》の上がる中、俺たちは、羽黒は、勝利を収めたのだった。

クラス対抗《たいこう》の熱戦が続く中、俺たちだけはその喧騒《けんそう》を離《はな》れ、生徒会室にいた。

今日ばかりは桑田のお茶も振舞《ふるま》われず、椅子《いす》にも腰掛《こしか》けず、それぞれ思うところに立ち尽《つ》くしていた。

なぜか、鈴木もいたのだが、いまさら追い出すわけにもいかず、しばしの沈黙《ちんもく》のあと、話の口火を切ったのは、結局俺だった。

「もう一度、質問しよう。和泉、おまえが隠《かく》しているものはいったい、何だ？」

すぐには、和泉は口を開かなかった。まだ、迷いがあることがおのずと知れる、沈黙だった。

だが、タオルで両頬《りょうほお》を冷やしている羽黒を視界に捉えて、決心したようだった。

「僕が、誰《だれ》の告白も受け入れなかったのは、僕には……心がないからです」

そう告げる、和泉の声は抑揚《よくよう》がなく、感情を感じさせなかった。だから、俺たちもすぐには反応を返せなかった。

「それはどういう、意味ですか？」

羽黒がやわらかく、問い掛ける。

「神様は、僕に心を入れ忘れた。僕には、花の美しさがわからない。名画の素晴《すば》らしさがわからない。逆に、汚《きたな》いということも、感じられない。喜びも、怒《いか》りも、悲しみも僕にはない」

淡々《たんたん》と、和泉は言葉を羅列《られつ》していく。その独白に、俺たちは、耳を傾《かたむ》ける。多少の、苛立《いらだ》ちと共に。

「僕は何も感じない。心のない、欠陥品《けっかんひん》だ。心がないから、いつも笑っていた。笑っていれば誰も僕に心がないことに気付かないと思っていた」

そこで一息つくと、和泉は改めて鈴木のほうに向き直って言った。

「会長、あなたの言う通りですよ。僕は、あのブロンズ像と同じだ」

突如《とつじょ》、自分に向けられた言葉に奴《やつ》は怯《ひる》んだのか俯《うつむ》いて、その表情は髪《かみ》が隠してしまう。

「僕が言いたかったのは、そんなことじゃ……」

ぼそぼそと呟《つぶや》くが、それは和泉には届かない。まったく、自分で言ったことには責任を持て。

軽く鈴木を睨《にら》んで俺は嘆息《たんそく》した。

「……だから、羽黒さん。君が好きだといった僕は幻《まぼろし》みたいなものだ。僕は、誰も愛せない、欠陥品なんだから」

その言葉の残酷《ざんこく》さを、本当に和泉は知らないというのだろうか？ その言葉は、羽黒をも否定していた。

そして、タイムリミットは近いのに、和泉の胸の蕾《つぼみ》は堅《かた》く、花は開きそうもない。

願いが叶《かな》わなければ、花が咲《さ》かなければ、和泉を待っているのは限りなく死に近い眠《ねむ》り。

でも、和泉の願いがわかってもまだ、その叶え方がわからない。

だけど、本当に心がない人間が、願うだろうか？

どこかに答えは無いかと見回せば、羽黒の顔が目に入った。

羽黒は口を噤《つぐ》んだまま、でも、唇《くちびる》を噛《か》んで、必死に堪《こら》えようとした涙《なみだ》は一筋、その頬を伝う。

その瞬間《しゅんかん》、俺は、腹の底からふつふつと湧《わ》きあがってくるものに、身を任せることにした。

「何をたわけたことを言っている？」

それでも、大声を張り上げなかった自分を褒《ほ》めてやりたい。

「この俺様の手を散々煩《わずら》わせておいて、そんなことだったのか？……ふざけるのも、大概《たいがい》にしておけよ？」

鏡はなかったが、自分の目が据《す》わって、眼鏡《めがね》など何の緩衝材《かんしょうざい》にもならない悪人顔になっていること——その証拠《しょうこ》に、俺の顔を見慣れたはずの桑田たちまでもが俺から距離《きょり》を取る——を確信した上で、和泉の眼前に迫《せま》る。

和泉はただただ、目を見開くばかりだ。

「心がない？　そんなのはお前の馬鹿《ばか》な思い込みだ。心がないなら、お前はなぜ体裁《ていさい》を取り繕《つくろ》う？　なぜ、人の目を気にして笑う？」

「そんな、ことは……」

「心がないのに、なぜ、お前の手足は自由に動く？　瞬《まばた》き一つだって、人間は意志なしには出来ないんだぞ？」

言葉と共に、俺は和泉を窓際《まどぎわ》へと追い詰《つ》めていく。

「お前の髪は、爪《つめ》はのびないか？　のびるだろうが。生きているんだから。心があるから、人は動いて、生きている。お前は、死人じゃないだろう？」

俺は窓を開けると、和泉の上半身をそこから押し出した。

「うわあっ」

思わず、といった感じで和泉は声を上げた。

「怖《こわ》いって、わかったか？　わからないなら、こうやって、知っていけばいいんだよ、一つずつ！　いいか、神様のせいになんかするな！　目に見えるものだけ信じろ!!　それにな、神様よりも俺の方が絶対に偉《えら》い!!」

そうして、俺は和泉を窓から引き上げてやった。

「全くなんでこんな単純なことがわからないんだ？」

俺が一人ごちるのを、呆然《ぼうぜん》と和泉は見つめる。ちなみに羽黒は、竜巻《たつまき》に遭《あ》った後のような表情をし、桑田たちはややあきれ気味、鈴木に至《いた》っては楽しげに笑っていやがった。

「……僕にも、心が、ある？」

言葉を覚えたての子どもみたいに、和泉は俺にもう一度答えを求めた。

「あったりまえだ！　心がない人間なんていない！」

こんな単純なことがわかっていない人間がいたとは驚《おどろ》きだ。世話が焼けると思いつつも、俺はもう一度繰《く》り返して教えてやる。

「そうだよ。心は、神様が創《つく》るものじゃない」

気がつけば、鈴木が俺の隣《となり》に立っていた。もう、俯いてはいない。

「神様が創ったのはソレを入れる器《うつわ》だけだよ。大丈夫《だいじょうぶ》、君の入れ物は壊《こわ》れていない」

和泉の瞳《ひとみ》が鈴木の言葉で潤《うる》んだのを見て、おいしいとこ取りをする為《ため》にこいつはいたのだと、俺はその時ようやく気がついた。自分の迂闊《うかつ》さに、腹が立つが、いまはそれを抑《おさ》える。

「だから神様は置いとけって。とにかくもっとちゃんと世の中を見てみることだな。つーわけで、羽黒、こいつは諦《あきら》めておけ。まだ恋愛《れんあい》が出来るほど大人じゃない」

「……はい」

涙をぬぐって、羽黒はしっかりと頷《うなず》いた。

「でも、恋《こい》するっていうのも一つの手よね」

「ああ、いろいろな方向に感情が動くから、いいかもね」

「そうか？」

桑田と尾田はそう意見の一致《いっち》を見たが、まだ運命の女に遭遇《そうぐう》していない俺としては、それ以上のことは言えなかった。

だけど、もう和泉の胸に蕾はなかった。

あれほど堅《かた》かった蕾から、一瞬にして開いた花は淡《あわ》い水色から透明《とうめい》へと色を変え、さらに結《けっ》晶《しょう》化しつつある。それは、和泉の願いが叶った証拠だ。

『オズの魔《ま》法使《ほうつか》い』のブリキの木こりと同じ、その願いが。

ただし、俺にはもうひとつ仕事が残っていた。

願いが叶った植物をそのままにしておくわけにはいかない。たとえ願いが一つ叶って花が咲いても、そのままにしておけばまた新たな蕾《はな》をつけて、永遠に宿主から養分を取り続けるから。

俺は埃《ほこり》を取るかのような風を装《よそお》って、和泉の胸に手を伸ばすと、完全に結晶化した植物を茎《くき》からぽきりと折った。

ラッパ水仙《ずいせん》に似た形のそれは、摘《つ》み取られた瞬間、わずかなきらめきを残して霧散《むさん》した。和泉の胸に根が残っていないことを確認《かくにん》して
「これで和泉のシロは確定でいいな？」

俺はその場の全員に尋《たず》ねた。羽黒も含《ふく》めて、俺の言葉に異議を唱えるものはいなかった。

「じゃあ、ドッジボール大会に戻《もど》るか」

「クラスの方にも顔出さないと……」

「あ、ら？　賞品が」

部屋の外に出て行きかけた俺の耳に、桑田の呟《つぶや》きが届いた。嫌《いや》な予感が駆《か》け抜《ぬ》ける。

「賞品が消えているわ」

『スラムダンク』全巻が消えた？

「っんだとう!?」

賞品と一緒《いっしょ》に、某《ぼう》人物も消えている。そうか、真の狙《ねら》いはこっちだったか！

「鈴木が犯人だっ！　追うぞ！」

俺は慌《あわ》てて駆け出した。

「疲《つか》れているっていうのに……」

「僕は、歩きでもいい？」

ぼやきつつも、桑田と尾田も俺に続いて走り出す。

今日こそあいつを捕《つか》まえるっ！

Ｏｆｆ Ｒｅｃｏｒｄ

会長を猛然《もうぜん》と追いかけていった多加良たちに置いていかれる形となった花南は思い切って、和泉に声をかけた。

「……嵐《あらし》のような方ですよね、秋庭さんって」

「そうだね。でも、かっこいいなぁ」

「はい。私もそう思います」

なにか憑《つ》き物が落ちたように、晴れ晴れとした和泉を見れば、まだ胸は疼《うず》く。

でも多加良も言ったように、まだ彼には自分の想《おも》いを受け止める余裕《よゆう》がないことはわかっている。

「僕は……彼みたいになりたいな」

「……どうしてですか？」

「感情が、とても豊かだから」

「そうですね」

二人の間を静かに風が吹《ふ》き抜けた。多加良が開け放った窓はそのままだったから。

ゆっくりと歩み寄って、花南は窓を閉めた。背中に和泉の視線を感じる。

「……では、私も『スラムダンク』強奪犯追跡《ごうだつはんついせき》に加わることにします」

「うん。頑張《がんば》って。それと、ごめんね」

「私は大丈夫《だいじょうぶ》です。それではっ」

大丈夫。私は大丈夫。

心の中で呪文《じゅもん》のようにそれを繰《く》り返して。

でも、流れる涙《なみだ》は拭《ぬぐ》わずに、羽黒花南は走り出した。

ヒント？

もしも、神様でなかったら、私は何になりたいだろう？

世界を静かに渡《わた》る風。

柔《やわ》らかな毛皮に包まれて、ただ眠《ねむ》る猫《ねこ》。

春には花を、暑い夏には木陰《こかげ》を、雨が降る日には傘《かさ》になれるような、大きな木もいい。

けれど、すべては夢想にすぎない。

私は、神様、だから。


ドッジボール大会は無事に終了《しゅうりょう》し、なんとか賞品も取り戻して、優勝クラスに渡せた俺たちは、太陽がだいぶ西に傾《かたむ》いた頃《ころ》ようやくひとごこちつくことが出来た。少し甘めのアップルティーが疲れた身体《からだ》に染《し》み渡る。

羽黒はまだ目も頬《ほお》も赤かったけれど、精一杯《せいいっぱい》明るく振舞《ふるま》っていた。健気《けなげ》な羽黒に幸《さち》多からんことを俺は祈《いの》ってやった。

そんな風に、静かなひと時を過ごしていたのだが、なぜか俺の人生において平穏《へいおん》な時間というのは長続きしてくれないのだ。まあ、縁側《えんがわ》でまったりとお茶を飲みたくなるお年頃になるまではそれでもいいが。

廊下《ろうか》を軽く駆《か》けてくる足音に最初に気づいたのは桑田だった。

「……この、節操のない足音は」

もともとちょっときつめの眼《め》が更《さら》につりあがるのを見て、俺も足音の主に思い当たる。

「そろそろ来る頃だとは思っていたがな」

カップを、相変わらず汚《きたな》い机の——邪魔《じゃま》くさいところに植物の育て方なんて本があったりする——片隅《かたすみ》に置いて来訪者を迎《むか》える準備をする。尾田は避難《ひなん》のつもりか、まだ片付いていない書類と共に、部屋の一隅《いちぐう》に場所を移す。

「でも、これからどうやって探したらよいのでしょう？」

「うん、僕はねー、果物《くだもの》の中ではりんご、特にサンふじが好きだな」

まだ事態を察知していない羽黒は、奴《やつ》と会話を成立させようという無駄《むだ》な試みをしている。

なぜか温室で植物を観察しているところを桑田に見つかった鈴木は、投げ縄《なわ》で拘束《こうそく》されたままの姿でいる。

そうして、どんなに蠟《ろう》をよく塗《ぬ》ってもこれほどの勢いはつくまい、という激しさで、生徒会室の扉《とびら》は開け放たれた。

一人の少女の手によって。

「きゃー、みんな、彩波《いろは》だよ！　いち、に、さん、しっ、彩波だよ!!　きゃー、みんな元気だった？　元気だったよね！　彩波はもちろんはなまる元気だよっ！」

驚異《きょうい》的なハイテンションで、ツインテールの髪《かみ》を振り回しながら遠慮《えんりょ》なく少女――和彩波《かのう》――は部屋の中に入ってきた。

彩波が着ているのは濃紺《のうこん》に白いリボンのセーラー服、その上からオレンジ色のダッフルコートを早々と着込んでいる。いまからこの支度《したく》で、一月二月の本当に寒い時季には彩波は何を着るつもりだろう。

と、彩波の服装には一言あっても、別にこの部屋に入ってくることには文句はない。それは彩波の着ている制服が叶野学園の中等部のものだからというだけではなく、俺たちがちょっとどころではない顔見知りだからだ。

「多加良ちゃんっ！」

と叫《さけ》びながらダイビングしてくるのを、俺は両腕《りょううで》で受け止めた。

中二と言われても信じられない位の童顔と体形の彩波は、大変軽いので特にどうということもなく抱《だ》き上げられる。そうしてやると、彩波は機嫌《きげん》のいい猫のように大きな目を細めて笑った。両親が忙《いそが》しい家庭で育ったからか、いまだスキンシップには飢《う》えているのだろう。

「えへへー。尾田ちゃんこんにちは」

「こんにちは」

まずは顔見知りの尾田に手を振る。

「えーと、会長さんもこんにちはっ！　それと、あ、あなたが羽黒ちゃんだね！　よろしくよろしくっよろしくねっ!!」

「は、はい、よろしくよろしくよろしく、です」

初対面の羽黒にも遠慮なく握手《あくしゅ》を求めて、その手をぶんぶんと振られた羽黒はとまどい、されるがままだ。まあ、彩波のハイテンションは慣れれば何の問題もない。

そして最後に、首《こうべ》を廻《めぐ》らせて、さも意味ありげな一瞥《いちべつ》を彩波は桑田に向けた。桑田はその視線を真っ向から受け止めたが、彩波は桑田にだけは挨拶《あいさつ》をしない。

いったい何が原因かは知らないが、この二人は非常に仲が悪い。初対面の時からどうもこんな感じだったような気もするから、波長が合わないというやつなのかもしれない。

「……秋庭くんが疲労《ひろう》骨折する前におりたらどうかしら」

「彩波は羽のように軽いから大丈夫《だいじょうぶ》だもん」

身長は確実に140センチ台の彩波は、俺に抱き上げられていなければ160センチ台の桑田とは目も合わない。

が、羽のように軽くはないので俺の腕がだるくなってきたのも事実だ。結局、俺は桑田の言に従って、彩波を椅子《いす》の上に座らせた。さすがにだだをこねることはなかったが、彩波と桑田の間には目に見えぬ火花が散った。なぜだ?

「な、なんだかものすごいプレッシャーを感じます」

そういう羽黒の足は心なしか震《ふる》えていた。

「ええと、それで和彩波さんとはどちらのかたですか？」

「あー、一応俺からも紹介《しょうかい》しておく。こいつは和彩波。名字から推測出来る通り、叶野学園の理事長子女だ。あんまり特別扱《あつか》いはしなくていいが、泣かすのだけはやめてくれ」

「……そんなことしませんよぅ」

俺の台詞《せりふ》に羽黒は眉《まゆ》を八の字に寄せて、情けない顔を作った。

「あははっ、羽黒ちゃんおもしろいねっ！」

それを見て、彩波は機嫌を直したらしい。

「これから彩波といっぱい遊んでねっ！」

「あ、はい」

「いいけどな、彩波。羽黒はなかなか忙しいから、迷惑《めいわく》はかけるな？」

年下だからというだけでなく、俺はどうも彩波には甘くしてしまう傾向《けいこう》がある。

「それはもえー。妹萌《も》えー！」

わざわざ耳元で囁《ささや》く鈴木を蹴《け》散《ち》らそうとして、紙一重《かみひとえ》でかわされ、俺はたたらを踏《ふ》んだ。危《あや》うく転んで、無様な姿をさらすところだった。

「このやろう……」

「えへっ。冗談《じょうだん》だって」

「冗談の通じる相手を選ぶべきだったな」

俺は思い切り鈴木を睨《にら》みあげると臨戦態勢に入った。

生徒会室にいまだ貼《は》られたままの投票結果――獲得《かくとく》した票の数だけ紙の花が付けられていて、一位と二位の差は花三つ分に過ぎない――が偶然《ぐうぜん》視界に入って俺は思い出す。

そうだ、忙しさにかまけて忘れそうになっていたが、いまは鈴木を倒《たお》す絶好のチャンスだ。

そして俺は、より良い叶野学園にするためにも生徒会長の椅子を手に入れるのだ。

「きゃー、多加良ちゃんかっこいい!!」

「彩波さん、あおらないでくれる？」

「あ、あのあの、やめてください」

「はあ。ますます部屋が散らかる」

四者四様の反応だが、もはや何人《なんぴと》たりとも俺を止めることは不可能――なはずだった。

突如《とつじょ》、閃光弾《せんこうだん》でも投げ込まれたかのようなまばゆい光に生徒会室が支配されてしまわなければ。

その光量は目をつぶらなければとてもやり過ごせなかった。

「な、何事ですか！」

羽黒が驚愕《きょうがく》して叫ぶが、答える声はなかった。

やがて、その光の洪水《こうずい》が去ったのが、瞼《まぶた》を閉じたままでもわかっても、俺は目を開けなかった。次に目を開けた時に何が見えるかは、経験上わかっている。

「おーい、もう開けてもよいぞ。ちょっといつもより光ってみたのだが、どうだったかの？」

時代がかった口調だが、その声音《こわね》だけでも女性の艶《つや》やかさが伝わってくるようだ。

「……やっぱり、でたわね」

「彩波ちゃんが来た時点でわかっていたんだけどね」

声の主と面識のある桑田と尾田は、どちらもあきらめ半分の口調で対応している。

「つれないのう。ところで、多加良、無駄《むだ》な抵抗《ていこう》はやめたらどうかの？　それとも妾《わらわ》が美しすぎるから目を開けられないのか？」

明らかに俺をからかう口調に
「でたな、妖怪《ようかい》」

ゆっくりと目を開けながら、俺は自分の認識《にんしき》に従ってかのうをそう呼んだ。

こいつが妖怪なのは、驚《おどろ》きすぎて声もだせない羽黒の反応を見ればほとんど間違《まちが》いない。

「ほんに……相変わらず無礼だのう」

無礼だと言う割には機嫌《きげん》を損《そこ》ねた風もなく、妖怪は口の端《はし》を上げて笑んだ。


好んで振《ふ》り返りたくもないのだが、なぜかいま、猛烈《もうれつ》にかのうとのファーストコンタクトを振り返らなければならない気がするので、そうする。

俺とかのうの最悪の出逢《であ》いは、一年程前に遡《さかのぼ》る。

あれは、高校受験の前日だった。叶野学園は中等部もあるが、俺は中学は普通《ふつう》の公立校に行っていたのでちゃんと受験せねばならなかった。

そして、俺は勉強の気分転換《てんかん》に公園経由の散歩に出た。いまでも思う、あの日違うルートを選択《せんたく》していれば、と。ドラえもん以前にタイムマシーンがない現在では諦《あきら》めるしかない話だ。

冬の風は冷たいけれど、凛《りん》とした匂《にお》いがする。その空気をほどほどに肺に入れながらしばらく歩いて、公園で一休みすることにした。それが、決定的に運のツキだった。

最近は寒くなくても公園で遊ぶ子どもは少ない。が、最初は誰もいないと思った公園内もよくよく見回すと、ブランコの所にひとりいた。けれど、ブランコをこぐでもなく、俯《うつむ》いたまま動かない。二つに結んだ髪《かみ》も心なしか萎《しお》れて見えて、俺の情け深い心はその子どもを放《ほう》ってお けなかった。

なるべく足音がするように、ゆっくりと近付いていって、声をかけた。

「どうした？」

「……う？」

顔を上げた少女の大きな目は赤く、潤《うる》んでいた。俺はその時、てっきり小学生だと思ったのだが、後に中学生だと知って驚愕する。

つまり、これが彩波との出会いだった。

俺の顔を見上げたきり、口を開けて固まってしまったように動かなかった彩波だが、こういった反応には慣れっこなので――中学生で、しかも眼鏡《めがね》をかけていない俺はかなりの悪人に見えたはずだ――とにかく視線を彩波の高さに合わせる。

「大丈夫《だいじょうぶ》だ。見た目はこんなんでも前科はない。どうした？　困っているなら手を貸すぞ？」

自分的には一番優《やさ》しい口調と声で俺は語りかけた。人間努力が大切だ。

友達か親と喧嘩《けんか》したくらいのことだろうと俺は推測していたのだが、何度か唇《くちびる》をわななかせ

て、しゃくりあげた後、彩波の口から出た言葉は
「い、彩波ね。ま、迷子《まいご》になった」

だった。よほど心細かったのか、また涙《なみだ》が両目から溢《あふ》れ出す。

「そうか。迷子か。どこか遠くから来たのか？」

叶野市の観光スポットは数える程《ほど》しかないが、この時季はスキー目当ての観光客が多い。それなら迷子にも得心が行くと思っておれは尋《たず》ねたのだが
「違う。彩波の家、叶野。歩いてきた」

彩波の答えはまたも俺の推測とは異なっていた。この辺りはあまり迷うような道ではないはずだが、迷う時は人間迷う。俺が言うんだから間違いない。

「じゃあ、とりあえず交番に行こう」

「こーばん？」

俺がそう言って手を差し出すと、彩波は首を傾《かし》げた。この時の彩波の反応に、まさか交番を知らないのかと、俺は驚いたが、彩波がいつもはお抱《かか》え運転手付きの送迎《そうげい》生活をしている筋金入りに箱入りなお嬢《じょう》様だと判明したいまならば理解できる。

「えーと、交番というところには警官がいて、その人はイロハの家を確実に見つけてくれる」

いろいろ考えるのはよして、とにかく俺はそう説明した。

「だから、一緒《いっしょ》に行こう」

「うん」

今度は彩波も頷《うなず》いて、俺の手をとった。

次の瞬間《しゅんかん》、まるでそれを待っていたかのように、刹那《せつな》の閃光《せんこう》と共に、ソレは現れた。

「いやー、男に手を取られるなどどれくらいぶりかのう」

それが、第一声。

一瞬前まで彩波が立っていた場所に、まったく別人が立っていた。

服装も顔立ちもオリエンタルだというのに、銀糸の髪に、金色の瞳《ひとみ》を持った、見たこともない美しい女性が。

俺は不覚にもしばし見とれた後、反射的に手を引いた。

「つれないのう」

そう言われても、とにかく自分がたったいま目にした現象《もの》に納得《なっとく》出来る理由を付加すべく、脳を高速回転させる。脱水機《だっすいき》もびっくり——我が家の洗濯機《せんたくき》はいまだに二槽式だ——な高速回転に、英単語がいくつか吹《ふ》き飛ばされようとかまわなかった。そして
「……どこのイリュージョニストですか？」

一番、あってもいいことを訊《き》いた。そう、公園でイリュージョンの練習中だったのだ！

「いりゅーじょ……？　なにかの、その舌を噛《か》みそうなものは？　食べ物かのう？」

古風な物言いで逆に問われて俺は言葉に詰《つ》まった。

「いえ、手品師なのかと、訊いたんですが」

一応、対年配者モードで訊きなおしてみる。

「手品……奇術師《きじゅつし》のことかの。ならば妾《わらわ》はそのような者ではないのう」

　またも否定。だが俺はくじけなかった。

「ええと、ではさっきまでここにいた女の子はどこに？」

　質問を変える。

「彩波か？　彩波ならばいまもここに。ただ妾が現れている間はそなたには見えぬの」

「……言っていることがわかりません」

　もう相手が真面目《まじめ》に答える気があるかどうかわからなくなって、俺は半分独り言としてそう言った。目の前にいる女は頭がいかれているか、俺を馬鹿《ばか》にしているかのどちらかだと決め付けて、公園を立ち去ろうかと思う。

　けれど――こいつが犯罪者だった場合、彩波と名乗ったあの子をかなり危険な状況《じょうきょう》に放置していくことにならないだろうか。

　結果として、善良で紳士《しんし》的な俺の心はその場から去ることを拒《こば》んだ。後にこの決断を心底後《こう》悔《かい》するとも知らずに。

「……もう一度訊く。女の子、イロハはどこだ？」

　目の前の相手を睨《にら》むようにして、低く問う。こんな時にしか悪人顔は利用出来ないのだから。

「そう睨むでない。妾は嘘《うそ》は言っておらぬ。彩波はここにいる」

「俺は、目に見えるものしか信じない」

「……そうかの。では、これでどうじゃ？」

そう言うと、呪文《じゅもん》の一つもなく女はその場から掻《か》き消えて——代わりにさっきの場所から一ミリも動いていない彩波が俺の視界に納まっていた。

「なっ、どういうことだ？　え、えっ？」

俺はらしくもなく慌《あわ》てふためいた。あれがきっと人生で一番の大慌《おおあわ》てだ。

「あれ？　もしかしてお兄さん、かのう様に会いましたかっ？」

そんな俺を見て弾《はず》んだ調子で彩波が訊いた。

「か、かのう様？」

「銀髪《ぎんぱつ》に、金目のちょーっ、綺麗《きれい》な人に会いましたか？」

一応それに該当《がいとう》する人物と会っていたから、俺は素直《すなお》に頷いた。

「きゃー、かのう様が出てくるなんてっ！　お兄さんは彩波の運命の人に違《ちが》いないですっ！」

「かのう、というのか？　あの女は？」

「そうだよっ。でも呼び捨てはだめだよっ！　かのう様って呼んでね」

「じゃあ、イロハはいままでどこに？」

「ここにいたよっ！　でも彩波はかのう様の憑坐《よりまし》で、だからかのう様が彩波に降りている時は、みんなにはかのう様にしか見えないの」

俺は彩波の言うことを慎重《しんちょう》に吟味《ぎんみ》した。つまり、かのうが現れるのと共に、彩波の姿は消える——いや、存在《からだ》はそこにあるのだろう。ただいまかのうが立っている場所にそのまま。けれど〝かのう様〟がその身に降りた瞬間から——つまり憑坐と化した時から——俺たちには彩波としては認識《にんしき》出来なくなる。かのう様でしか見えなくなる。

彩波はそう言いたいのだろう。

そこに至って、俺は彩波の無邪気《むじゃき》さに若干の危惧《きぐ》を抱《いだ》いた。とはいえ、たったいま自分が見たものを全否定できないのも事実で。

「えーとな。俺は超魔術《ちょうまじゅつ》は信じても、超常現象は信じない派なんだ」

「ふーん」

気のない彩波の返事の直後に、また閃光《せんこう》。

「でも、目にしたものは信じるのであったな？」

次の瞬間そこにいたのは〝かのう様〟の方だった。

「うう」

なんとなく、ここで頷《うなず》いたら負けな気がして、俺は思わず一歩あとずさった。

「では、もう一回見せようかの？」

結局、かのうは俺が頷くまで彩波と入れ替《か》わり続け、最終的に俺は認めざるを得なくなった。

「あー、では改めて訊く。お前とイロハは妖怪《ようかい》か？」

別に人間でないからといって差別する気はなかったから、俺はストレートに尋《たず》ねた。

「彩波は間違いなく人間だのう。まあ、妾は願いが叶《かな》う叶野の地で、願いを叶える存在《もの》。ひと呼んでかのう様、じゃ」

「そうか……。かのうは妖怪だな」

「いやだから、妖怪ではないのだがのぅ。でも、妾を妖怪と仮定しつつもまったく恐《おそ》れぬそなたの名前は？」

「ああ、うっかりしていたな。俺は秋庭多加良だ」

俺はそこで自分が問うばかりで自己紹介《しょうかい》していなかったことに少しだけ羞恥《しゅうち》を覚えた。相手が何者であっても、会話が成立する以上はそれが礼儀《れいぎ》というものだ。

「ふむ。多加良か。良い名だのう。まあ、ここで会ったのも何かの縁《えにし》であろうの。なんでも願いを叶えてやるから、いうてみ？」

銀糸の髪《かみ》を風に遊ばせながら、かのうはそれがさも簡単なことであるかのように言って、笑った。紅《あか》い唇《くちびる》に似合わない、無邪気な微笑《ほほえ》みだった。

「はあ？」

でも、いきなりそんなことを言われて信じる人間はレアだ。だから俺は自分の反応が正しかったと確信している。

「耳が遠いのか？　ではもう一度……」

「いや、遠くない。高音域も低音域もばっちり聞こえる」

「それは良かったの。では、願いを」

「そんなこと、突然《とつぜん》言われて答えられるか」

「んー、では五分ばかり時間をやろう」

たぶん、そこで考え始めてしまったところが俺のだめなところだ。でも仕方がない。あの頃《ころ》俺は若かった。眼鏡《めがね》もまだかけてなかった。

「さて、決まったかの？」

正確に五分後だったかはわからないが、もう一度尋ねられて、なぜか俺は挙手をした。

「いくつか訊《き》きたいことがある」

「うむ。よいぞ」

「願い事は一つだけか？」

「まあ、とりあえずは一つかのう」

「その代価は？」

「ほほ。このかのう様はそんなみみっちいことはせぬよ」

……いい。

この条件は古《いにしえ》の物語に照らし合わせてみてかなり好条件だ。別に叶わなくても、その場合は俺が自力でどうにかすれば良いだけの話だ。と、ヤングな俺は思ったのだ。ふふ、若いってこんなもんだ。

「じゃあ、世界を掌握《しょうあく》する権利をください」

かしこまって、俺はちょっとどきどきしながら願いを唱えた。

「却下《きゃっか》」

その可愛《かわい》らしい少年の願いを、かのうは一刀のもとに切り捨てた。

「……出来ないなら最初から言うなっ！」

「いや、叶えてやることは出来るがのう。それが多加良の一番の願いであればのう」

「いまのところ一番の願いだぞ！」

「うーむ、それは願いというよりは〝夢〟だのう」

「夢と願いは同じだろうがっ！」

なんだかむきになってかのうに嚙《か》み付いた。

「違《ちが》うのだよ」

そんな俺に対してかのうは軽く目を伏《ふ》せて、悟《さと》りきった表情で応《こた》えた。

「というか、多加良は少々変わっておるのかな？」

言いながら、今度は俺の目を覗《のぞ》き込んでくる。

触《ふ》れられてもいないのに、心の奥の奥まで見透《みす》かすような、深い眼差《まなざ》しは居心地《いごこち》が悪かったが、勝負は先に目を逸《そ》らした方が負けだから、懸命《けんめい》に耐《た》えた。

「なんと……そういうことかの」

永遠にも思える数秒間の後、かのうはぽんと手を打つと、少しだけ目を見開いて何度も頷いた。

「どういうことだ？」

そんな意味ありげなしぐさを見せられたら問わずにいられないのが人間だ。

「この叶野市には妾《わらわ》がいるからか、強く願う者が自然と集まってくる。それなのに、多加良の中には夢はあっても願いが見当たらぬ。いや、これはおもしろいのう」

なんとなく自分を否定された気がしたが、いまひとつかのうの言うところが理解出来ず俺は首を捻《ひね》った。

「こんなにおもしろい多加良と出会ったのだから、これは遊ばねば損だのう。うむ。なにをしようかのう」

ぶつぶつと呟《つぶや》きながら、何を思ってか腹黒い笑《え》みを浮《う》かべる妖怪《ようかい》を見守っていないで、俺はこの時逃《に》げるべきだった。

「よし、決めた。多加良、妾の手伝いをせぬか？」

「なにを言い出す」

「いや、なに。妾もさぼっているわけではないのだが、人の願いを叶《かな》えるというのもなかなか大変でのう。手伝いが欲しかったのだ。それに多加良と遊び……いや、なんでもない。どうかのう？」

「……時給はいくらだ？」

「妾のすまいる」

「却下」

すぐに断れる自分でよかったと思う。

「ええー、そんなぁ。断るのなら、呪《のろ》ってしまうが、いいかの？」

「呪えるものならどうぞ」

俺の願い事の一つも叶えられない奴《やつ》にそんなことは出来ないだろうと高をくって言う。

そんな俺の台詞《せりふ》を聞いた次の瞬間《しゅんかん》、人生で最も腹黒い笑みを見た気がする。というか、紅い唇がにたりと笑みの形に歪《ゆが》むのをしばらく夢に見てうなされた。

「では、呪わせてもらおうかの。これより、秋庭多加良は叶野市の外に一歩たりとも出ることかなわぬ」

「はっはー。出来るもんならやってみろ」

これも売り言葉に買い言葉というのだろうか、その瞬間俺は確かに呪われたのだが、信じてはいなかった。

だが、その二週間後、めでたく叶野学園に合格し、合格したら行こうと決めていた大都会に俺はついにたどり着けなかった。

まず、出掛《でが》けに靴紐《くつひも》が切れた。一時間に一本しかこないバスが一時間二十分待ってもこなかった。雪の日にもがんがん走るローカル線が天気なのに運休した。

それでもどうにか特急の出る駅にたどり着いたが、叶野市との境になる川の鉄橋で電車が突《とつ》然《ぜん》の故障に見舞《みま》われた。

そして、結局俺は春休みの間、あらゆる手段を講じて叶野市からの脱出《だっしゅつ》を図ったが、とうとう一度たりとも叶わなかった。

「……呪いなんて、非科学的なものが、存在しようとは」

とうとう、そう呟かずにはいられなかった。

「おほほ。ようやく悟ったかのう」

そこは、間違いなく俺の自室なのに、窓辺にはいつ現れたのかかのうがいた。俺の部屋が二階にあることを考えると、確実に空中に浮かんでいる。

「妖怪も住居不法侵入《しんにゅう》で訴《うった》えられるのか？」

「戸籍《こせき》もないものを捕《つか》まえて裁けるのかのう？」

「……彩波は？」

「彩波がおらずとも少しの間ならばこのように姿を現すことは出来る」

現実主義者《リアリスト》が、世の中には理屈《りくつ》では説明出来ないこともあると認めざるを得なくなる瞬間だった。

「本当に、呪いやがったな」

「だって、いけずなこと言うんだもの」

急に現代風にかわいこぶって見せるが、かのうの本性《ほんしょう》を見極《みきわ》めつつある俺はそんなものにはほだされない。

「誰《だれ》が好んでただ働きをするかっ！」

「それならば、報酬《ほうしゅう》があればよいのかの？」

「まあな」

勢いで返事をしてしまい、俺はまたしても後悔《こうかい》した。

「ではのう。百人の願い事を叶えてやることが出来たら、多加良の願いを叶えてやろうかの。それが夢であったとしても」

「その前に呪いを解けっ！　俺は、高校一年で生徒会長当選を果たし、高校卒業後はT大に入るんだっ！　汚職官僚《おしよくかんりよう》育成機関でも、一応日本最高学府!!　俺様の遠大な計画には東京進出が必須事項《ひつすじこう》なんだ!!　っていうか俺はまだ……東京に行ったことがないんだぁ!!」

俺は心の底から叫《さけ》んだ。しかし、妖怪は聞く耳を持っていなかった。

「呪いを解いた途端《とたん》に逃げられるのはごめんだからのう。ま、そっちも百人達成したらということでよろしくのう」

こうして、俺はかのうの手伝い兼《けん》ゲームに強制的に参加させられることになった。

奇《く》しくも究極の早生まれの俺の四月一日《たんじようび》のことだった。

そういうわけで、まだ百人に到達《とうたつ》していない俺は叶野市から出られないまま日々を過ごし、時々現れるかのうの相手をしなければならないのである。

「おお、美名人。そこな美味《うま》そうなお茶を妾《わらわ》にも一服」

「……お茶を飲みにきたんですか？」

桑田の言葉は非常に冷たかった。当然である。桑田もまた、一度ならずかのうの持ち込んだ厄介《やつかい》ごとに巻き込まれ、迷惑《めいわく》をこうむっている。

それでも最終的に俺たちに福をもたらしてくれるのならば、そりゃあ敬いもするが、かのうは基本的にだらだらしているか、厄介ごとを持ち込むかのどちらかしかしないのだから。

「うう、もう少し優《やさ》しくしとおせー」

もう一つあった。ふざけている。そんなかのうの悪ふざけを止めたのは
「こ、この方はいったい何なのですかっ!?」

という羽黒の絶叫《ぜっきょう》だった。

おそらく、かのうの意思がなくともこいつを見ることの出来る力の持ち主であったはずの羽黒は、だが俺の想像以上に驚《おどろ》いていた、

「おお、そなたが知らずとも妾は知っておるぞ、羽黒花南。ほほ、なかなかに可愛《かわい》らしいではないか。今度妾もそのように髪《かみ》を結《ゆ》ってみようかのう」

「……それは清純派にしか似合わない髪形だからやめておけ」

「本当にうぬらは失礼だのう。花南もそう恐《こわ》がらないでくれぬかの？」

そんな台詞《せりふ》を吐《は》きながら、かのうはつい、と羽黒にその指先を伸《の》ばした。

「ひあっ」

瞬間、電流を流されたかのように羽黒は身をひいた。

「羽黒、大丈夫《だいじょうぶ》か？」

「かのう様、なにをしたんです？」

俺と尾田の咎《とが》める眼差《まなざ》しに軽く肩《かた》をすくめて
「なにもしておらぬよ。ただ、ほれ、多加良たちと違《ちが》って花南は感覚が鋭敏《えいびん》だということを失念しておった」

悪びれずに言う。

「……私たちが鈍《にぶ》いような言い方ね」

「気を悪くしたなら謝るがの」

桑田に媚《こ》びるような表情を見せた後、かのうは鈴木にも視線を投げて
「のう、そなたからも花南に一言いうてくれぬかの？」

「あー、はーい。花南ちゃーん、大丈夫だよ。かのう様は君を生のまま丸呑《まるの》みにしたりはしないからねー」

「そうそう、そんな野蛮《やばん》なことはせぬからの、安心してよいよ。気安くかのう様ってよんでおくれ」

「……とにかく、あまり真面目《まじめ》にとりあうな。疲《つか》れるだけだ」

少しの逡巡《しゅんじゅん》の後、結局花南は俺の言うことに頷《うなず》いた。

「悪かったな、アレのことを説明しておかなくて」

「と、とにかく、いったい何者なのか教えてください！」

まだ、半分以上怯《おび》えを残した顔の羽黒に問い詰《つ》められて、俺は答えを探す。

霊感《れいかん》のある羽黒でも正体の摑《つか》めない存在。だが、名前はあるのでひとまずそれを教えてやる。

「〝かのう様〟と呼ばれている」

「では、か、か、かのう様とは何なのです？」

はた迷惑な存在だ――と即答《そくとう》しそうになったが、それは羽黒の求める答えではないだろう。

が、これにはさすがの俺も返事に窮《きゅう》す。

『かのう様とはなんぞや？』と問われてもそう簡単に説明は出来ない。

彩波たち和一族のように代々かのうの存在を認知《にんち》してきた者たちは土地神、あるいは氏神として祀《まつ》っているらしい。故《ゆえ》に、かのうの憑坐《よりまし》に選ばれるのは代々和一族の直系と決まっているという。

しかし、俺のように幼い頃《ころ》から叶野育ちの人間でも、出会うまではまったく知らなかった。

つまりマイナー中のマイナーな神様……いや、妖怪《ようかい》もどき。そもそも普通《ふつう》に暮らしていれば見えない存在なのだ。

「うーん、事前に渡《わた》された資料に一行くらいは載《の》ってなかったか」

羽黒の反応を見れば、聞くだけ無駄《むだ》だとは思ったが一応確認してみる。

「載っていたらこんなに驚いていません！　こんなすごい力の存在がいるなんて一言も書いてありませんでした!!」

一行の記述もなかったとしてもそれは責められるべきではない気がする。かのうは超《ちょう》マイナー選手なのだから。加えて、羽黒とは違って俺たちにはかのうの持つ力なんてものは感じ取れないからいまいち真実味がない。なので
「まあ、妖怪か、UMA《ウーマ》程度に認識しておけばいいと思うぞ」

とりあえずそう言っておく。

「妖怪？　あまりに違いすぎますよ！」

「この件に関してはこれ以上話しても堂々巡《どうどうめぐ》りだから、その辺りでやめたらどうかしら？」

桑田がそう助け舟《ぶね》を出してくれて、羽黒はようやく引き下がった。

「でも、これだけの存在を感じ取れないなんて……」

恐慌《きょうこう》が去った羽黒を代わりに襲《おそ》ったのは自信喪失《そうしつ》だったらしく、さっきまでの勢いはどこへやら、今度は俯《うつむ》いてしまう。

「それはのう、叶野のすべてに妾《わらわ》の力は及《およ》んでいるから、逆に突出《とっしゅつ》したものを感じられなかったのだろう。このような形でも姿を現せば別であったろうがの。まあ、褒《ほ》めてくれるのはありがたいが、叶野の外には力が及ばぬ若輩《じゃくはい》ゆえむずがゆいのう」

らしくもなく謙遜《けんそん》するが、それが本心とは思えない。

「そ、そうなのですか」

それでも、羽黒の霊能力者としての自尊心は若干の回復をみせたからよしとしておくか。

「で、ただひやかしに来たわけじゃないんだろうな？」

俺はかのうを睨《にら》みながら、低く問う。ネタは上がっているから今日はこの間のように逃《に》がすつもりはない。

「おお、忘れるところであったの。ほれ、王冠《おうかん》を持ってきてやったのだ」

着物の袂《たもと》から直径一センチ程《ほど》のものを取り出して放《ほう》ってくるのを条件反射で受け取った。

握《にぎ》った手のひらには硬《かた》くて少し尖《とが》った感触《かんしょく》。手を広げてみれば、それは瓶《びん》ビール等の栓《せん》。俗《ぞく》に王冠と呼ばれるものだった。

「……だから、こんなものは要《い》らないと、何度言わせる？」

「こんなものではないぞ。これは妾の貴重なこれくしょん、なのだぞ？　それをこうして〝げーむ〟の〝一人くりあ〟の祝いに涙《なみだ》をのんであげているというのに」

着物の袖《そで》で涙を拭《ぬぐ》うしぐさを見せるが、誰《だれ》も騙《だま》されない。横文字には弱いくせにゲームの知識はなぜか豊富にあるかのうは、誰かさんと同じでイベント好きだった。

「ゲーム？　クリア？　いったい何のことですか？」

「かのう様がらみでは、いろいろ複雑なことがあるのよ。あとでかのう様の底意地の悪さとあわせて説明してあげるわ」

「クリアと言ったな？　ってことは、やっぱり今回の騒動《そうどう》に一枚噛《か》んでいたな！」

羽黒のことは桑田に任せて、俺はあっけなくぼろを出したかのうの言葉尻《ことばじり》を捉《とら》えて迫《せま》る。

「んー、今回の騒動というのは、神様探しのことかの？」

「それ以外に何がある？」

「それはまあ、色々とのう。だが、この件は妾とは関《かか》わりのないことぞ？」

この期《ご》に及んでとぼけてみせるかのうを俺は軽く睨んだ。今日は俺も逃がすつもりはない。

「それなら、俺たちがマークしていた神様候補《いずみ》がこっちのゲームに絡《から》んでいたことはどう説明するつもりだ？」

「偶然《ぐうぜん》、としか言いようがないのう。でもこれでまた一人の願いを叶えたのう。いやー、さすが妾が見込んだ男だの」

「ふざけるなよ？」

「ふざけてなどおらぬよ。ゆえに、この件で失敗すればこれが永《なが》の別れとなるのう」

口調はいつものままだったが、その双眸《そうぼう》があまりに真摯《しんし》な光をたたえていたから、一瞬囚《いっしゅんとら》われそうになる。

「……じゃあ、神は本当に存在すると？」

「そういうことだの。妾は確かにこの叶野の地において無敵だが、神を名乗る以上その者は妾より上位の力を持っているだろうの。人間が消えてしまったら、多加良とのげーむは継続《けいぞく》不可能だの」

かのうにしては真剣《しんけん》な面持《おもも》ちで語った内容は、嘘《うそ》と決めつけるにはあまりに真実味を帯びていた。

「いま言ったことはすべて本当か？」

「おふこーす」

それは、つまり
「俺は、俺はこのまま東京タワーにも、通天閣にもエッフェル塔《とう》にも、金字塔《ピラミッド》にも登れないいまこの地で果てるということかっ！」

「……どうして、塔ばかりなの？」

「あー、秋庭は高いところが好きだから」

「ああ、煙《けむり》とば……」

鈴木を瞬殺すべく振《ふ》るった拳《こぶし》は容易《たやす》くかわされたが、結果的に沈黙《ちんもく》させることには成功したのでよしとしておく。そして、不本意だが馬鹿《ばか》のおかげで平常心を取り戻《もど》して、しばし思考した。

「つまり、俺たちは本腰《ほんごし》入れて神様探しをしなきゃならないってわけか」

それは、所詮《しょせん》かのうの仕掛《しか》けた悪戯《いたずら》と思って、どこか楽観的だった俺たちの、そんな気分をすべて吹《ふ》き飛ばす事実だ。

「そうなると、ヘビーだね。胃が痛いな……」

言葉の通り、尾田が胃の辺りをさする。

「念のため伺《うかが》っておきたいのですが、かのう様は〝神様〟ではないのですよね？」

「そうだの。妾を神様のように思っている者も居るが、妾はかのう様だから神様ではないのう」

否定でも肯定《こうてい》でもなく自分という存在を証明するロジックに、羽黒は一瞬面食《く》らったようだが、何とか咀嚼《そしゃく》して、がっくりとうなだれた。

でもな、羽黒、かのうとの付き合いが長くなればなる程お前はがっかりマスターに近づいていくぞ。それは保証する。かのうは人の期待を裏切るのが大好きだ。

「ふふ、花南は愛《う》い娘《むすめ》だのう」

どこか怪《あや》しげな表情を貼《は》り付けて、かのうは羽黒の頭を撫《な》でた。今度は羽黒も逃げない。

それを見て、なぜか隣《となり》で鈴木が息を詰《つ》めた。

俺は鈴木に不審《ふしん》を覚えて首を捻《ひね》ったが、羽黒もまた首を傾《かし》げていた。

「確かに撫でてくださっているのに感触がしませんね」

「ふふふ。そうであろう」

「なぜですか？」

「つまり、憑坐《よりまし》とは言うけど彩波は映像を映し出す映写機に近いってことだ」

俺のわかりやすい説明に、羽黒は感心しきりという顔で頷《うなず》いた。

「ああ、でも花南ちゃん。実体ではないといってもおかしな菌《きん》が移る可能性は否定出来ないから離《はな》れなさい」

言いながら、桑田は既《すで》に羽黒をかのうから引き離しにかかっている。

「ほんに美名人は容赦《ようしゃ》がないのう。妾《わらわ》を見習って少しは寛容《かんよう》を覚えてはどうかの？」

「私は単に敬意を払《はら》うべき存在を、きちんと見極《みきわ》めているだけです」

どちらが正論かと聞かれれば、俺は迷わず桑田に一票いれる。

「そうかの？」

かのうは思わせぶりな笑《え》みを崩《くず》さなかったが、それ以上桑田と言い争うこともしない。

「まあ、とにかく神様探しを頑張《がんば》っておくれ。妾もまだ多加良とは遊びたいし、叶野の地には願いを持つ者が溢《あふ》れていることだしのう」

「ちょっと待て」

「なにかの？」

「お前は、協力する気はゼロか？　俺とのゲームがチャラになればかのうだって困るだろう？」

不本意だが、それを楯《たて》にして俺はかのうとの交渉《こうしょう》を試みる。

「確かにげーむを続けたいのは山々だが、仮に妾が力を貸すとしてどのように？　確かに妾は叶野一の情報通だがの、叶野学園の生徒ではないのだから、それはるーる違反《いはん》であろう？」

珍《めずら》しく、かのうが持ち出したのは正論で、俺は黙《だま》るしかなかった。

「ただ……、どうしてもというのならひんと位は良いかのう。わが地を貸していることだし」

半分独り言のように呟《つぶや》きながら、俺たち全員を視線でひと撫ですると、かのうは一つ頷いた。

「まず、この度咲《たびさ》き頃《ごろ》となっている願《はな》いは全部で三つだのう」

指折り数えながら、かのうはそう言った。でもこれは普段《ふだん》から与《あた》えられているヒントだ。

「それと、そうだの。ようは間違《まちが》い探しかのう？」

「間違い探し？」

「って、右の絵と左の絵の違いは、みたいなあれ？」

「そう、それだの」

桑田の言葉にかのうは満足そうに目を細める。

「それのどこがヒントなんです？　もう少し詳《くわ》しく教えてくださったらお供《そな》えしますよ？」

尾田は今日のおやつのせんべいの残りをちらつかせたが、かのうは懐柔《かいじゅう》されなかった。

「悪いが、今日は甘いものの気分なのでの。それにのう。そこはほれ、考えて貰《もら》わねばならぬの。まあよおく目を凝《こ》らしてみよ、ということでの、頑張っておくれ」

着物の袖《そで》を一瞬《いっしゅん》翻《ひるがえ》したかと思うと、次の瞬間にはもうかのうの姿は無く、後には脱力《だつりょく》した彩波だけ。選ばれた憑坐とはいえ長時間かのうに身体《からだ》を貸していると疲《つか》れるものらしい。

尾田が、そんな彩波を抱《かか》えあげて、椅子《いす》に座らせてやるのを横目に見ながら、俺はかのうのヒントを一応吟味《ぎんみ》してみる。

「……神様は、人間に良く似ていても結局どこか違うってことか？」

「ヒントとも言えないヒントだね」

尾田の言う通りだった。結局あいつに期待した俺が馬鹿《ばか》でした。

「いや、でも待てよ？　これはもしかすると今回発芽する者に、ヒントがあるってことか？」

「ハッガ？」

ひとり、俺にかけられた呪《のろ》いを知らない羽黒が首を捻る。が、あとでまとめて説明することにして、俺は更《さら》に思考をめぐらせる。

かのうも言っていた通り、同じ時期に咲く花はどれも似ていて、願いには共通項《こう》がある。今回の植物は和泉を見る限りラッパ水仙《ずいせん》だ。もしかすると、その共通項が神様探しのヒントなのかもしれない。

ただ、俺の目も発芽するまでは殆《ほとん》ど役にたたないから、これで神様探しがはかどるということもない気がする。

結局俺に残ったのは疲労《ひろう》感だけで――とにかくかのうと話した後はやたらと疲れるのだ――

「とにかく、今日はみんな疲れただろうからこれにて解散だ」

俺はため息と一緒《いっしょ》にそう宣言した。

ジョーカー

近頃《ちかごろ》、人間は誤解をしている。

神様は、人間が嫌《きら》いだと。

それは、どんなに祈《いの》っても助けにいかないから。

どんなに祈っても、決して私が現れないから。

でも、人間は一つ忘れている。

すべての人間は私が創《つく》ったということを。


「なあ、神様が学校にいるんだってさ」

「ええ、神様？」

さわやかな休日明けの朝、その会話を耳にした時の、俺の衝撃《しょうげき》をちょっと想像してほしい。

いたずらにパニックを引き起こさないようにと、くだんの神様探しについては緘口令《かんこうれい》が敷《し》かれていたはずだ。

始まりはどうであったにせよ、いまや一国家の最重要機密どころではすまないこのゲームのことは生徒はおろか教師だって一握《ひとにぎ》りしか知らされていない。その情報が漏《も》れているとはどういうことだ？　いや、ほんとにただの噂話《うわさばなし》かもしれない。

「本物が隠《かく》れているってわけじゃないだろうけど、今月中に見つけたら賞金が出るらしいぜ」

「マジ？」

教室に向かうまでの廊下《ろうか》でも、この手の話が勝手に耳に入った。既《すで》にこの話で持ちきりだった。しかも尾《お》ひれまでついて。

「その話、誰《だれ》から聞いた？」

思わず通りがかりの生徒の首根っこを摑《つか》まえて詰問《きつもん》した。俺の表情はちょっと冷静さを欠いていたのだろう。

「え、ええっと、俺はさっきトイレで小耳に挟《はさ》んだんですけど、話の出所は会長らしいです」

俺の質問に答えた佐藤弘《さとうひろし》の顔はひきつり、声は掠《かす》れていた。

「それは本当か？」

「た、多分」

俺はぎりぎりのところで理性を保つことに成功し、佐藤を穏便《おんびん》に解放してやることが出来た。と同時に、生徒会室への方向転換《てんかん》を余儀《よぎ》なくされる事態に踵《きびす》を返す。

「ま、間近で見るとやっぱ、副会長の顔って迫力《はくりょく》だった」

「……ある意味無事でよかったな」

いまは〝副会長〟の一言も気にしている場合ではなかった。

鍵《かぎ》を使って、生徒会室の扉《とびら》を開ける。まだ、誰も来ていない。俺は扉が閉まっていることを

確認《かくにん》すると
「どこから嗅《か》ぎ付けたっ！　あの野郎《やろう》!!」

それから数分、俺はとても人様にはお聞かせできない罵詈雑言《ばりぞうごん》の限りを吐《は》き出した。これを人前で言ってしまった日には俺は副会長どころか、掃除《そうじ》当番からもリコールされるだろう。

俺が一息ついたのと、羽黒が血相を変えて生徒会室に飛び込んできたのはほぼ同時だった。

「ど、どうしてっ」

肩《かた》で息をして、それ以上羽黒は言葉が出てこない様子だった。

「もう、噂を聞いたか？」

俺が問うと、首ふり人形よろしく何度も頷《うなず》く。

「どうして、極秘事項《ごくひじこう》が学校中の噂になっているのかしら？」

続いて桑田も到着《とうちゃく》した。さすがの桑田も頭痛がする、という感じで眉間《みけん》を押さえている。

「出所は、あいつだ」

「誰も、会長には教えていないはずだけど？」

「あいつがどこから聞き及《およ》んだかは知らないが、とにかく発信源は奴《やつ》で間違《まちが》いない」

「……そう。じゃあ、まずは」

「捕まえに行くぞ」

俺と桑田はきわめて理性的な会話をした。が、漂《ただよ》う殺気まではどうにもならなかったらしく気付けば羽黒が怯《おび》えていた。

「あの、会長ってやっぱり会長さんですか？」

それでも、勇気を振《ふ》り絞《しぼ》って尋《たず》ねてくる。

「奴の他《ほか》に生徒会長はいない」

声が冷たくなるのは自分でもどうしようもなかったが、そう答えると、羽黒は眉《まゆ》を八の字に寄せて両手でこめかみを押さえた。

「とにかく、まずは奴を探し出してこの話がこれ以上広まらないようにする」

「校内で止まればいいけど、下手したらメールを通してネットに流れていることも考えられるわね」

桑田の指摘《してき》に、俺は舌打ちをした。全く世の中が便利になるというのも考えものだ。

「そちらは心配しなくていいと思います。この情報は現在政府の管理下にあるのでちゃんと政府が止めているはずです。神様の定めたルールの都合上、叶野学園高校でのみ、情報を制限することが出来ないだけですから」

結構重大なことを、羽黒は実にさらりと口にした。伊達《だて》に首相のお墨付《すみつ》きは貰《もら》っていないということか。

「じゃあ、学校の内部《なか》は俺に任せてもらおう。今日中にはこの件は何とかする。よし、いくぞ」

こういった不測の事態の時こそ、真の実力が試《ため》される。そうだ、いまが攻《せ》め時だ。とにかく思考を切り替《か》えると、気分が高揚《こうよう》してくるのを俺は感じた。

生徒会室を出てしばらくすると、

「ターゲット発見」

例のごとく鞄から取り出したものか、双眼鏡《そうがんきょう》を構えた桑田が廊下の先を見て告げた。

その姿は肉眼でも容易に確認出来るものだったが。

「あの、自転車に乗っていますよ」

困惑《こんわく》を隠し切れないようすで、すがるように羽黒が俺を見る。

「ああ、自転車だな」

鈴木は悠長《ゆうちょう》に、校内を、自転車で移動中だった。砂の一粒《ひとつぶ》でも校内に落としたら罰掃除《ばつそうじ》をさせてやることを、俺は心の中でひそかに誓《ちか》った。

一度ターンをすると奴のその背中には、眼《め》はぎょろりとして、大きく口の裂《さ》けたでかいお面が負われていた。タンザニアあたりのものか？　一体なんのつもりだ？　魔《ま》よけか？　だとしても、そんなものに俺は怯《ひる》まないけどな。

「奴は俺が確保する。羽黒は俺のサポートに回れ。桑田は臨時集会の手配に回ってくれ」

鈴木に気付かれないように近づきながら、俺は二人に指示を与《あた》えた。

「わかりました」

「OK。でもそれからどうするつもり？」

「まだ決めていない。臨時集会で発言の内容を取り消させるっていう手を考えてはいるが」

ただ、それをすると、どうしても不自然さを抱《いだ》かせることになる。たかが噂話に対する過剰《かじょう》反応が、逆に噂を真実へと変質させる。

「わかった。場所の確保をまずはしておくわ。放送をかけるのはその後にしましょう」

「よろしくたのむ」

桑田はさっそく行動に移った。

「行くぞ、羽黒」

「はい」

「いいか、羽黒は先回りして進路を遮《さえぎ》るんだ。奴が止まったところで俺が後ろから捕《つか》まえる」

「はい、わかりました」

人を避《よ》けながら進んでいく自転車の速度は遅《おそ》く、羽黒はたやすく奴の前に回り込むことが出来た。

「エー、全校のみなさーん。生徒会ではいま、神様をー探していまーす」

拡声器も使っていないのに、異常にでかい地声に、前後百メートルを歩いている生徒が軒並《のきな》み鈴木を見る。

だが鈴木は、俺たちの接近に気付いていない。

羽黒に出撃《しゅつげき》のサインを送る。それを受け取って、羽黒は鈴木の前に躍《おど》り出た。

「止まってくださいっ！」

両手を広げて前に立ちふさがると急ブレーキならぬ足ブレーキで、鈴木は自転車を止めた。

「あ、おはよう。花南ちゃん」

鈴木がのんきに挨拶《あいさつ》をしている間に、俺は背後から躍りかかった。が、その腕《うで》に鈴木を捕《と》らえることは出来なかった。寸前でかわされたのだ。

「くそっ」

「あはは——、まだまだ——」

俺が体勢を立て直している間に鈴木は羽黒を避けて再び自転車をこぎ始めていた。

「ちょっと待てっ！」

「みなさーん、神様を探してーくださーい」

俺の制止を無視して、髪《かみ》をなびかせ鈴木は行く。しかも若干《じゃっかん》のスピードアップを図って。

こんなに常識のない人間が何だって生徒会長なんだ。こうなったら走りながらでも、話を聞かせるしかない。

「神様をー」

「いい加減、黙《だま》れ」

「なんで？」

俺は何とか追いついて、説得を試みる。

「お前がさっきからでかい声で吹聴《ふいちょう》して回っていることは、極秘事項《ごくひじこう》なんだよ」

さすがに声を潜《ひそ》めて、伝える。

「なんで？　だって神様はみんなで探せって言ったんでしょうが」

ようやく自転車のスピードを緩《ゆる》めて、鈴木がまともな——いや、まともにはまだ遠い——会

話に応じる。

「そんな細かいところは知らないが、とにかく、お前の行為《こうい》は、パニックを引き起こすことにもなる。つーか、あの場で話を聞いていなかったお前がなぜそんなにこの件に詳《くわ》しい？」

「いやー、秋葉原《あきはばら》って何でもそろっているんだね」

完璧《かんぺき》なわき見運転で、鈴木は小首を傾《かし》げて見せた。俺には気色が悪いだけだ。

「……盗聴《とうちょう》か」

俺の低い呟《つぶや》きに、鈴木はわざとらしく口笛なんかを吹《ふ》き出した。その唇《くちびる》から流れ出す旋律《せんりつ》がなぜトルコ行進曲なのか、という疑問は頭の隅《すみ》に追いやって
「いいか、とにかくこれ以上、この話を校内に広めるのはやめろ」

「なんで？　人数多い方が早く見つけられると思うけど？」

「誰《だれ》も神様の顔を知らないのにか？　下手すれば魔女《まじょ》狩りが始まるぞ」

「それは、いやだな」

珍《めずら》しく、鈴木の表情が曇《くも》った。どこか痛いような顔。でもそれは本当に一瞬《いっしゅん》のこと。

「わかった。やめる」

「あー、わかってくれてどうも。じゃあもののついでに、臨時集会に出席していただけマスカ？」

「なんで？」

さっきから、なんでなんでと繰《く》り返す、お前はなんでなんでお化けかぁっ——という台詞《せりふ》は

あまりにも馬鹿《ばか》らしいので、飲み込んでから
「あなたの責任で、事態の収拾を図《はか》ってほしいんデスョ。冗談《じょうだん》とでも、嘘《うそ》とでも言って、ね」

わざわざ言わなくても半数以上はそう思っているだろう。だが、何も言わないでいて、校外に事が漏《も》れればアウトだ。噂話が真実味を帯びるというジレンマを抱《かか》えるとしてもその方が善策だ。

「嘘かぁ。嘘をつくのは嫌《いや》だなあ。というわけで、後は多加良っちよろしく」

思考に入り込んでいた一瞬を完璧に衝《つ》かれた。自分勝手な論理を吐《は》き捨てると、爆発《ばくはつ》的な瞬発力でもって、加速した自転車に俺は置いていかれた。もう追いかける気力も失って、俺はただそれを見送った。

「秋庭さん……」

一応後を追っていたらしい羽黒がやっと俺の隣《となり》に並んだ。息切れしているところを見ると、俺は結構長く鈴木と並んで走っていたらしい。話に気をとられていたが、蛇行《だこう》したり、何度もターンをした気がする。

「逃《に》げられてしまったのですか？」

「ああ。でもとりあえず、黙らせた」

「そうですか。それで、この事態を収拾するよい方法は考えつかれましたか？」

羽黒に尋《たず》ねられたが、浮《う》かんでいないものを答えられるはずがなかった。

「あの……私に一つ考えがあるのですが、聴《き》いて頂けますか？」

「どうぞ」

自分のところによいカードがない場合は人の話を聴くことも大切だと俺は思っている。

羽黒の態度もまた自信がありそうには見えなかったのだが。

「集団催眠《さいみん》というのは、いかがですか？」

「集団催眠？」

その言葉の胡散臭《うさんくさ》さに俺は眉《まゆ》をひそめないわけにはいかなかった。羽黒もその言葉によい印象をもっている風には見えなかった。

「これから行われる臨時集会で、生徒および教師の皆《みな》さんに神様探しに関する一切《いっさい》の噂《うわさ》を忘れるように、そんな話は聴かなかったという暗示をかけてしまうのです」

「無理やり忘れさせるわけか……一種の記憶《きおく》の改ざんだな」

到底《とうてい》、気に入ることは出来ない考えだった。そんな、個人の人格を無視するような方法は。

だが、羽黒は更《さら》に嫌なことを告げる。

「この方法ではなく、全校生徒の説得および口止めという方法を選択《せんたく》した場合は、生徒のひとり一人に複数個の盗聴器がつけられ、学校外で本件についてひと言でも漏らしてしまった場合は即逮捕軟禁《そくたいほなんきん》状態に置かれることになります」

「意志を曲げられた自由か、束縛《そくばく》か、二つに一つということか」

「はい」

「羽黒は、こういったことが許されると思っているか？」

そんなことは、羽黒の硬《かた》い表情を見ればわかるのに、俺は意地悪な気分になっていたらしい。

「よくないことだとは思います。でも、神様が見つけられなければ人類の未来はありません」

「そうか。悪かったな、こんなことを訊《き》いて」

「いえ」

「俺がどっちかに決めるんだな？」

「はい」

本当はその意志決定を委《ゆだ》ねられたのは羽黒なのかもしれないとちらりと思った。でも羽黒は俺に譲《ゆず》ってくれたのかもしれないと。

どっちも嫌だという答えはありえない。そんな風に逃げる気はない。本当はみんなにどちらがいいかと、問い掛《か》けたい。問い掛けたい……。

「ん？　そうか、どっちがいいか訊くか」

「へ？　どうしたんですか？　秋庭さん」

「いや、俺が急いで決めなくてもいいだろう、よく考えたら。多数決だ多数決。民主主義の基本」

ポン、と手を打った俺を、例のごとく事態の飲み込めていない羽黒は呆気《あっけ》にとられた面持《おもも》ちで見つめている。

「大丈夫《だいじょうぶ》だ、羽黒。カードはまだあった」

自分の頬《ほお》がほんのわずか緩《ゆる》むのを感じながらそう言って、俺は放送室に向かい、全校生徒に招集をかけた。

突然《とつぜん》の全校集会に、体育館のざわめきはなかなか収まらなかった。そんな中で、俺は壇上《だんじょう》へと登った。

「皆さん静粛《せいしゅく》に」

マイクのスイッチは入れず、それでも俺は声を張り上げたりはしなかった。普通《ふつう》に喉《のど》から出されたそのひと言で、皆が静まることは知っていたので。

そして、静まった聴衆《ちょうしゅう》を俺は一通り眺《なが》め回した。ステージ下にはいつも通りポーカーフェイスの桑田と、不安げな羽黒の姿もあった。尾田は本日欠席。

皆の視線が自分に集まったことを確認《かくにん》して、俺はそこで初めてマイクを手にした。

「皆さんおはようございます。なぜか、生徒会副会長の秋庭多加良です。例によって生徒会長の代理で皆さんに話をします」

俺は静かに皆にこれまでの経緯《いきさつ》を話し始めた。

「皆さんが、今朝耳にした神様探しうんぬんという話は、賞金が出るということを除いて真実です」

途端《とたん》、そこここで会話が交《か》わされる。無言の圧力をかけつつ俺は再び場が鎮《しず》まるのを待った。

「一週間程《ほど》前に、生徒会役員はこの話を校長から聞きましたが、いたずらにパニックが起こることを避《さ》けたいと考え今日まで黙《だま》っていました。そのことをまずお詫《わ》びします」

俺は深く頭を下げた。ステージ下で桑田と羽黒も俺に倣《なら》って頭を下げる。

それから俺は神様探しの経緯を話した。国家機密であること。人類の未来がかかっていること。ついでに俺の東京進出もかかっているがそこは省いた。

この話をすること自体、政府機関及《およ》び校長に反対されたのは言うまでもない。だが、鈴木と同じく俺も隠《かく》し事はたちに合わないのだ。それを間に入ってとりなしてくれたのは羽黒だった。

「それで、噂が広まってしまった以上、俺たちは皆さんに選んでもらわなければならなくなりました。一つはいまのこの話を含め催《さい》眠術ですべてを忘れるという選択。もう一つはこの件を絶対に口外しないという誓約《せいやく》を立てた上で盗聴器《とうちょうき》つきの一ヶ月を送るという選択」

不満がさざなみになって広がっていくのが、壇上からはよく見えた。教師たちだってその不快感を抑《おさ》えきれていない。

いやだそんなの。どっちもどっちだ。

そんな声が耳に届く。だから、俺はもう一枚カードを切った。

「あと一つ。この件を絶対に口外しないことを、俺たち生徒会役員に誓《ちか》う。俺たちは皆を信じるから、盗聴器もスパイもつけない。だから、皆も俺たちを信じてこの神様探しは任せてほしい」

先程とは種類の違《ちが》うざわめきが広がっていく。概《おおむ》ね好意的な感情の波。慌《あわ》てる羽黒を、桑田がなだめるのと、開いた口がふさがらない校長が見えた。だが、神様が定めたルールとやらのおかげで、リアルタイムでお偉《えら》いさんは口を挟《はさ》めない。彼らにしてみれば俺が土壇場《どたんば》で出したカードはジョーカーに他《ほか》ならない。

「ただし、俺たちの信頼《しんらい》を裏切った者には、それなりの報復はさせてもらう」

さりげなく、俺は桑田を見た。その場の半分くらいの人間が視線を追って、事を理解した。

桑田の家は由緒《ゆいしょ》正しい武道の家系である。いまも道場を開き弟子《でし》をとっているし、桑田は学業の傍《かたわ》らそこで師範代《しはんだい》を務める。はっきりいって半端《はんぱ》ではない強さであり、それは叶野校生のよく知るところである。

つまり、そういうことだ。

「逆に俺たちが皆《みな》の信頼を裏切った時には、俺たちをどう扱《あつか》ってくれてもいい」

俺たちは確かに生徒会役員だがそれ以上でもそれ以下でもない。それを忘れることはない。

「さあ、どれを、選ぶ?」

そして、選ばれたカードはジョーカー。

SAVE 2

ユガンダカタチ

きっと神様が間違えたのだと、そう思うことにしている。

自分という存在のいびつさに泣きたくなったその時は。

だから、神様、もしも願いが叶《かな》うならば。

私はもう一度生まれたい。

今度は正しいカタチで。

1

朝からの騒動《そうどう》はどうにか一件落着したが、俺たちにゆっくり休んでいる暇《ひま》はなかった。

その後も、いくつかの事後処理に当たっているうちに気がつけば昼休み。そこで俺たちはようやく生徒会室で休憩《きゅうけい》を取ることを許された。

「秋庭さん、政府機関《うち》も今回は大目に見るとのことですが次はありませんよ」

最後の手を明かしていなかった為、結果的に俺にだまされた形になった羽黒は少々怒《おこ》っていた。身長差のため、下から恨《うら》めしげに見上げられると、意外にプレッシャーだった。

「心配しなくても大丈夫《だいじょうぶ》よ、花南ちゃん。それよりも、次といえば和泉君ははずれだったからどうする？」

「……はずしてすみません」

桑田に悪気はなかったが、まだ羽黒は和泉の件を気に病んでいるようだ。今日、色々な方面に必死に働きかけてくれたのには、羽黒なりの罪滅《つみほろ》ぼしの意味があったのかもしれない。

「あのな、最初からあたりが出ることなんて誰《だれ》も期待していなかったんだから、もう和泉のことを気にするのは止《や》めろ」

大体、いままで各国のお偉いさんが散々探して見つけられなかったものを、あまり短期間で見つけ出してもいけない。焦《じ》らして、焦らしてやったほうが後で色々と恩に着せられるというものだ。

「あと三週間もあれば余裕《よゆう》だ」

俺の台詞《せりふ》は危機感がないととられればそれまでだが、本気になった俺に不可能はない。

「他に、花南センサーに引っかかってきた人はいないの？」

「今日まででは……」

桑田の問いに羽黒は口ごもる。桑田言うところの花南センサーの性能にちょっと不安を抱《いだ》かざるを得なくなっているのだが、そこはまあ、羽黒にも名誉挽回《めいよばんかい》のチャンスが与《あた》えられていいだろう。

神様が願い事を持っていれば俺の目も役に立つが、現時点では依然《いぜん》として頼《たよ》りの花南センサーだ。

「とりあえず、お昼を食べて、それから考えることにしましょう」

「桑田に賛成一票」

「美名人ちゃんに一票」

朝から動きっぱなしでいい加減腹の虫が鳴き出しそうだったから桑田の意見に俺も羽黒も迷わず賛成した。

桑田がお茶を淹《い》れている間に、俺たちは散らかされたテーブルの上に懸命《けんめい》に空きスペースを作った。何とか三人分の弁当とお茶の置けそうな場所を確保した時、ぐうぅぅぅというなかなかに盛大《せいだい》な腹の鳴る音が聞こえた。

俺ではない。方向からして桑田でもない。

その音の発生源は羽黒だった。俺と目が合った瞬間《しゅんかん》に顔を赤くして俯《うつむ》いてしまう。もう少し、上手《うま》く取り繕《つくろ》ってくれれば、俺も知らないふりくらいしてやったのだが、羽黒はそういったことが不得手だった。

気まずい沈黙《ちんもく》がテーブルを挟《はさ》んで俺たちの間に流れた。

その居心地《いごこち》の悪い沈黙を破ってくれたのは、扉《とびら》をノックする小気味いい音だった。立ち上がろうとした羽黒を制して、天の助けとばかりに俺は扉を開けに行く。

「あら、副会長」

「……」

扉の向こうに立っていたのは伏見桂《ふしみかつら》。叶野学園高校三年生、女子。天然なのか、パーマをかけたものか肩《かた》より少し長い髪《かみ》にはゆるくウェーブがかかっている。色も天然か人工か、明るい茶色。目鼻立ちがはっきりしていて、はっきり言って制服が似合わない、ゴージャス系の美貌《びぼう》の持ち主だ。俺の好みではないが、美人の部類に入れて間違《まちが》いない。

いや、好み以前にどういうわけか俺は伏見が苦手なのだが。

「えーと。あら、秋庭君」

俺が返事をしない理由を悟《さと》って伏見は言い直したので、口を開く。

「今日は呼び出した覚えはないが?」

遅刻《ちこく》早退の常習者である伏見は、しょっちゅう俺たちに呼び出しを受けている。だが、俺たちに対する親密度は増しても、遅刻の回数が減る気配はない。

「今日は別の用事で来たのよ。それなのに、ここは椅子《いす》も勧《すす》めてくれないの?」

「散らかっていますが、空いている椅子におかけください」

何も知らない羽黒は勝手に中に招いてしまう。俺のため息に気づかなかったはずはないが、それでためらう伏見ではなかった。

「じゃあ、遠慮《えんりょ》なく。と、あなたは生徒会の新しいメンバー?」

「いいえ。敢《あ》えて言うなら臨時採用です。一年二組に転入してまいりました。羽黒花南と申します」

「随分礼儀《ずいぶんれいぎ》正しいのね。私は伏見桂。三年、よろしくね」

「はい」

中に入れば勝手知ったるという感じで、さりげなく俺の隣《となり》の席に腰掛《こしか》けた。

「それで、ご用件は？」

俺とは違って、伏見に一応先輩《せんぱい》という意識はもっている桑田が尋《たず》ねる。

「そうそう。ねえ、落し物、届いてない？　キーホルダに付けた鍵《かぎ》なんだけど」

「鍵？　届いているか？」

「ちょっとお待ちください」

桑田が遺失物ノートに目を通す。

「ああ、届いています」

あくまで事務的に伏見に対応する桑田である。

「ただ……」

桑田が視線をスライドさせていったその先を見るまでもなく、桑田が無言になった理由はわかった。

「今朝までは見えていたよな、落し物入れ」

「でも、今は見えませんね」

「すいません、散らかし魔《ま》がいるもので」

「ああ、生徒会長？」

そこで、全員一斉《いっせい》に頷《うなず》いたのを見て、伏見は笑った。

「これから発掘《はっくつ》作業をするんで、ちょっと待ってもらえるか？」

「ああ、大丈夫《だいじょうぶ》。わかるから」

「大体この辺ね」

と、適当だとしか思えない感じで当たりをつけると、そこからがらくたをどけた。

果たしてそこからは、落し物入れとしている、某《ぼう》有名菓子《かし》メーカーの箱が発掘されていた。

俺たちは、それとなく互《たが》いに目配せし合った。俺たちの驚《おどろ》きには気がつかず、伏見は勝手にその箱を開けると中から目当てのものを取り出した。

「あー、あったあった。よかった」

喜ぶ伏見に聞こえないように、俺たちは小声で相談をはじめた。

「どう、思う？」

「ただ勘《かん》がいいだけとも思えるし、まだ確証と言える程《ほど》のものではないわ」

「とりあえず身長の問題はクリアしていますね。……捕《つか》まえてみましょうか？」

「いや、待て、慌《あわ》てるな」

「でも、確かなものなんて何一つないですし、それに上からもせっつかれていまして……」

どうやら羽黒も間に挟まれて大変のようだ。まさに中間管理職的な苦悩《くのう》がその眉間《みけん》には刻まれている。

「なんなの？」

だが、結論が出る前に、伏見に話に割り込まれてしまう。ここで下手に動いて逃《に》げられても困る。そう判断して、俺は慎重作戦《しんちょう》でいくことを決めた。

「伏見、お前遅刻の回数が随分《ずいぶん》かさんでいるな」

「あー、うん。低血圧なのよねー、あたし」

「そろそろやばいぞ」

「えっ、嘘《うそ》。ほんとに？」

「ああ、でも事と次第《しだい》によっては五回分、ノーカウントにしてやってもいいぞ」

俺はあくどいと言われる類《たぐい》の笑《え》みをうっすらと浮《う》かべて、伏見に取引を申し出た。

「随分いい話だけれど、ただじゃないんでしょ？」

なかなか察しが良く、伏見は問い返してきた。しかし、こちらの話に興味をもったのは確実だ。

「ああ、ただではない。伏見は大学は推薦《すいせん》で決まっていたな？」

「まあね」

「じゃあ、時間に余裕《よゆう》があるだろう。それも遅刻で留年でもした日にはアウトだが。というわけで、遅刻を五回チャラにしてやるかわりに、今週行われる肝試《きもだめ》しの手伝いをしろ」

実際には生徒会に遅刻をチャラにするような権限はない。しかし、書類の改ざんは出来る。大事の前の小事だこれは。とにかく、俺たちは伏見との接点を持たなければならないのだ。

「人手不足？」

「ああ、お化けのなり手が、なかなか集まらなくてな」

実際これは、肝試し実行委員会から相談をうけている。行事が行事だけに脅《おど》かす側より、脅かされる側に希望者が集まるのは仕方のないことだ。

「脅かす側に回って、行事にかこつけてカップルになろうとする人たちのお手伝い、か」

腕《うで》を組んで、伏見が考え込む。

「……十回チャラ」

「だめだ」

「九回」

「六回」

「八回チャラ」

「……七回だ。これ以上は譲《ゆず》らん」

伏見はなかなかの駆《か》け引き上手だった。上目遣《うわめづか》いに見つめられ、俺は背筋を上ってくる悪寒《おかん》と戦った。

「わかった。七回でいい」

ようやく取引が成立して、俺は一息ついた。

「じゃ、あたし教室に戻《もど》るわ」

「ああ。伏見、六限が終わったらここに集合だ」

「遅《おく》れるなよ」

伏見は鷹揚《おうよう》な笑顔を浮かべると、大きく頷いた。

「じゃあ、またあとで」

そういって、伏見はようやく部屋を後にした。扉《とびら》が閉まり、足音が遠ざかっていくのを確かめると
「あのう、本当に勘が良いくらいで神様候補にしてしまっていいんですか？」

自分も乗り気だったくせに、いまさらな問いを羽黒が口にした。

「大丈夫よ」

それに対して自信満々な答えを返したのは桑田だった。

「えと……根拠《こんきょ》は？」

「桑田センサー」

『はい？』

俺と羽黒は、思わずハモって、それから桑田の顔を見た。でも、限りなく冷静な白い面《おもて》からは何も読めない。もしかして、場を和《なご》ませるための冗談《じょうだん》だろうか？　だとすれば笑ってやるべきなのかと俺は真剣《しんけん》に悩《なや》みかけた。

「いままで黙《だま》っていたけど、私にもある種の波動を察知する力があるの」

「えええ、知りませんでした」

「俺もだ」

単純に驚《おどろ》く俺と羽黒に、桑田は不敵な笑みで応《こた》える。

「そ、それが桑田センサーなのですね？」

「そうよ。でも今回は特殊《とくしゅ》なケースね」

「特殊というと？」

桑田は普段《ふだん》あまり口数の多い方ではないが、喋《しゃべ》らせると話がうまく、どんどん引きつけられていく。

「伏見さんは逆に、そのセンサーに反応がないのよ」

「……それは、あの」

「怪《あや》しいな」

「よし、ならば桑田センサーを信じて、伏見桂を新神様候補《ターゲット》に認定《にんてい》する」

俺の決定に当然桑田は従い、羽黒もどこか怪訝《けげん》な顔をしつつ頷《うなず》いた。

「伏見をマークする算段は付けたが、一つ問題がある」

腹も一杯《いっぱい》になり、桑田のお茶も堪能《たんのう》したところで俺たちは作戦会議を開いていた。

「問題とはなんですか？」

挙手した上で羽黒が質問する。

「伏見に言った通り、今週は肝試し大会が予定されている」

「そうだったわね」

「ええっ！　あれ、嘘《うそ》じゃなかったんですか？　先週も行事を行ったのに今週もですか？　しかもどうしてこの時季に肝試《きもだめ》しなんですかっ？」

　羽黒の驚きはもっともだった。そしてそれは、俺たちの心の声でもある。

「ちなみに正式名称《めいしょう》は〝どきっ!?　季節はずれの肝試し〟よ」

　そのネーミングに明らかに、羽黒はひいた。

「例によって、例の人物の企画《きかく》だ」

　そう告げると、羽黒は妙《みょう》に納得《なっとく》して頷いた。大分奴《やつ》の極悪《ごくあく》さがわかってきたらしい。

「俺は本当にそっちの手伝いをせねばならんのだ。というわけで、伏見の方は君たちに任せる」

　重々しく俺は宣言した。

「ちょっと待って。その企画は実行委員会が進めているはずでしょう？」

　だが、桑田が異議を申し立てた。そして、確かにその通りだ。

「いや……ここに来て、トラブっているのも本当だ」

　実際そういう報告を受けている。しかし、桑田はその更《さら》に奥にあるものを見抜《みぬ》いたようだった。

「伏見さんが、苦手なのですか？」

　痛いところを衝《つ》いたのは、思わぬ伏兵《ふくへい》だったが。

　正直に言えば、そうだ。全校生徒の前で絶対に神様を捕《つか》まえてやるといった矢先に不甲斐《ふがい》ないが、俺の第六感が伏見に近づくことをどうしても許さないのだ。

「そんなことはない。それに俺は時間を有効に使うために他《ほか》を当たろうとも考えている」

「他っていうと？」

それでもまだ、あがこうとする俺に、案の定桑田が突《つ》っ込む。

「挙動不審《ふしん》の奴とか、素行不良の奴とか？」

「神様は、悪いことなんてしないと思います」

これには羽黒の横槍《よこやり》が入った。どうも羽黒の抱《いだ》いている神様像は西洋的なそれらしい。まあ、大半の日本人が、神といわれれば自国の神話の神ではなく西欧《せいおう》のそれを抱く傾向《けいこう》にあるのではないかと思う。

しかし、かのうに会ったあとでもまだ未知なる存在《モノ》にそんなイメージを抱いていられるとは、羽黒はある意味豪胆《ごうたん》だ。

俺たちの探している神様には、いまはまだ名前も顔もないのも事実だけれど。

「とにかく、そういうことだから」

二人の追及《ついきゅう》を逃《のが》れるために、俺は自分の食べた後を片すと、生徒会室からの脱走《だっそう》を試みた。

「苦手なものは克服《こくふく》するためにある、のではなかったかしら？」

桑田が俺の名言を引用したからだ。強がりに聞こえたとしても、これも俺の信条だ。野望達成のためには苦手なものなど有ってはならない。

「それに、少しくらい大変じゃなきゃゲームはつまらないんじゃない？」

結局、桑田のその台詞《せりふ》が決定打となって、俺は覚悟《かくご》を決めた。

「お化け役か……」

一度は了承《りょうしょう》したものの、約束通り放課後に現れた伏見は、どこか不満顔だった。俺たちという助《すけ》っ人《と》の登場にわく、肝試し実行委員会の皆《みな》さんとは対照的に。

「すみません、伏見さん。でもこの手の行事はカップルの成立率が高いから、お化け役はどうしても人手不足で」

肝試し大会の実行委員長、前川美姫《まえかわみき》が伏見に頭を下げる。身体《からだ》は小柄《こがら》で、いかにも文化系という雰囲気《ふんいき》をまとった前川は、眼鏡《めがね》のよく似合う大人しい人間だ。それでも実行委員長という職につき、また美術部の部長も務めているのだから、人を束ねる力はそれなりにあるのだろうし、この企画には適任だ。もっともその人選をしたのは俺だが。

適材適所。それを見極《みきわ》める力のある俺が副会長なのはやはりおかしい。

前川の態度に恐縮《きょうしゅく》したのか
「あ、ああ。いいの。やりたくてやるんだから。それにあたしの遅刻《ちこく》が……」

「伏見」

余計なことまで言いかけるのを、軽く睨《にら》んで止めさせる。

「秋庭さんたちもすみません」

前川は俺たちにも頭を下げる。

「気にするな。俺たちが手伝うのは当然だからな」

そして、言い出しっぺの鈴木はもっと手伝うべきだ。

「でも、例の件のほうは……」

前川の言う例の件とは当然、神様探しのことである。

「心配するな。俺たちは有能だから、一度にいくつでもやれる」

決して自信過剰《かじょう》なのではない。これは事実だ。俺の言葉を聞くと、前川はようやく頬《ほお》をゆるめた。

「それで、準備はどこまで進んでいるの？」

が、伏見が尋《たず》ねると前川の表情はまた少し硬《かた》いものになった。

「学校の七不思議スポットを回りつつ、ミニゲームをクリアしていくっていう、RPG形式の肝試しにするっていう話だったわよね」

「それはおもしろそうですね」

桑田が概要《がいよう》を説明すると、羽黒が目を輝《かがや》かせる。幽霊《ゆうれい》退治もするとか言っていたから、もっと別のリアクションを想像したのだが。

「ええ。そういうわけで、七不思議を集めていたんですが、七つ目が見つからないんです。それでラスボスのデザインも決まらなくて……」

「普通《ふつう》、七つ目を知ったらそいつは呪《のろ》われるっていうけどな」

「呪われてもいいから、いまは七つ目を知りたいです。うう、神様、学校にいるんだから助けてくれませんかね」

がっくりと肩《かた》を落として前川が言うと、同じ実行委員の面々が両手を合わせて祈《いの》るようなポーズをとる。

叶野学園は創立百年に近い歴史があるから、怪談《かいだん》の類《たぐい》もそれなりに転がっているだろうと俺は考えていたのだが、どうやらそうもいかなかったらしい。

「問題なのはそこだけか？」

「はい。いまのところは」

「それなら俺たちは当日、お化けの役をやればいいだけか？」

「あ、はい。その前に衣装《いしょう》あわせと、簡単なシナリオを頭に入れておいて貰《もら》えれば」

俺は準備の進み具合に半ば満足していた。準備室として前川たちに与《あた》えられている家庭科室を見れば、他の生徒も忙《いそが》しそうに働いている。この分ならば間にあうだろう。

となると、やはり問題はラストにふさわしい化け物と怪談。

「よし。じゃあ、俺たちが最後の怪談は見つけてくる」

「えっ、でも……」

やはり最後まで自分の力でやりたいのだろう。前川は迷いを見せ、あたりを見回した。

「……すみません。じゃあ、お願いします」

俺とは違《ちが》う視点で作業の進み具合を見たらしい前川は、最後の怪談探しを俺たちに委《ゆだ》ねることに決めた。

「それ、あたしは付き合わなくていいのよね？」

そこでたわけたことを言ってくれたのは伏見だ。

「安心しろ。お前も俺たちの方に入れてやる」

「そうですよ！　一緒《いっしょ》に怪談を探しましょう!!」

羽黒が必死になって押す。

「花南ちゃん、ほどほどにね」

桑田が小さく囁《ささや》く。全校生徒が事情を知ったとはいえ、神様候補が実際に本物だった場合、俺たちが見定めようとするのを気取られて、隠《かく》れ直されては元も子もないのだ。

「あ、はい。すみません」

「なに、どうしたの？」

「なんでもない。行くぞ、伏見」

誤魔化《ごまか》すように、俺は伏見を連れて家庭科室を後にした。

「それで、怪談を見つけるってあてでもあるの？」

「ある！」

俺は自信たっぷりに伏見に言ってやった。逆に伏見が面食《く》らうほどに。

「ここにいる羽黒。実はその手の勘《かん》が働く」

「勘？」

伏見は訝《いぶか》しげに俺と羽黒を交互《こうご》に見比べる。

「あの、秋庭さん」

「わかってる。でもいまは黙《だま》っとけ」

羽黒が小さく抗議《こうぎ》するのを黙らせて、俺は再び伏見に向き直る。

「羽黒には霊感《れいかん》がある」

「えっ、ほんとう？」

「いえ、あの、少しですけどね」

「でも十分役に立つと思うわよ」

いつもの力が振《ふ》るえないため、思わず謙遜《けんそん》する羽黒をすかさず桑田がフォローする。この二人、なかなかいいコンビになってきた。

「それで、いま集まっている怪談は？」

「夜になると目が光る初代校長の肖像画《しょうぞうが》。音楽室で誰《だれ》もいないのに夜な夜な鳴るピアノ。トイレの花子さん。理科室のマッドサイエンティスト。走る二宮金次郎《にのみやきんじろう》。首なし鎧《よろい》武者」

俺が問えば、いつの間に調べたものか、すぐに桑田から答えが返ってくる。俺と桑田のコンビも健在だ。

「それ、ぜんぶほんと？」

どこか怯《おび》えたように、伏見が問う。

「さあな。でも怪談は伝わっている、ってことだな」

若干《じゃっかん》適当な俺の答えに、とりあえず信じないという選択《せんたく》をしたらしく、伏見は安堵《あんど》の表情を浮《う》かべた。

「ということで、情報収集だ。桑田、羽黒、伏見は三人で行動しろ。俺は一人で大丈夫《だいじょうぶ》だ」

「了解《りょうかい》」

「はいっ」

「はーい、わかりましたー」

とりあえず、二手に分かれることを提案し俺は散開を命じた。決して、伏見から離《はな》れる為ではない。

「いいか、しっかり探《さぐ》って来い。伏見と怪談と両方な」

最後に羽黒にこっそりと耳打ちすることを俺は忘れなかった。


廊下《ろうか》を歩いていてどうも首筋が寒いと思ったら、通り過ぎた窓が開いていた。暖房《だんぼう》の入らない廊下はただでさえ寒いのに、外から風が入ってきたのではたまらない。

「まったく、窓くらいちゃんと閉めておけ」

ぼやきながらも、律儀《りちぎ》に俺は窓を閉めた。が、まだ寒い。それどころかさっきよりも強い空気の流れを感じて、俺は薄暗《うすぐら》い廊下の先に目をやった。

そこで俺の目に映ったのは、軒並《のきな》み全開になった窓。それと人影《ひとかげ》。

「タラッタラッタラッタ」

謎《なぞ》のハミング。音程は外しまくり。だがこれで見当はついた。あいつだ。ついでにまだ自転車に乗っている。

俺は柱の陰《かげ》に身を潜《ひそ》め、気配を殺しつつポケットの中を探った。あいにく、球切れ。ポケットの中には消しゴムしかなかった。それでも何もないよりはマシ。

俺はターゲットとの距離《きょり》を目測する。あいつが至近距離に来るまで、待ったとしても消しゴムは軽い。あいつまで届くかどうかは微妙《びみょう》なところだ。

タイミングが、大切だ。そして俺はあいつとの距離が二メートルになったところで、いつもより大きく振りかぶり力一杯《ちからいっぱい》、投げようとして、やめた。よくよく見ると、その人影が男子生徒のものではなく、女生徒のそれだったからだ。

いくらあいつが中性的に見えるといっても……な。

ただ、あいつ以外に校内で自転車を乗り回す人間がいたことに俺は驚愕《きょうがく》し、眼鏡《めがね》の汚《よご》れを拭《ふ》く。そして、改めてその人影を見て、思い切り脱力《だつりょく》した。

金茶のセミロングに、アーモンド形の瞳《ひとみ》。鼻筋はまっすぐ。口元には微笑《ほほえ》みを湛《たた》えていて、ぱっと見は文句なしの美少女。

スカートから伸《の》びている脚《あし》もすらりと長く申し分ない。

だが、しかし。俺の記憶《きおく》が確かならば、こいつが本来着るべきは、スカートではない。

「鈴木っ！　いったいお前は、何を考えていやがるっ！」

今度こそ、俺は振りかぶって投げた。コースは真っ直《す》ぐ。消しゴムは鈴木へと向かっていったが、目標に届く寸前で拳《こぶし》で軽く払《はら》われた。

「まだまだまーだ。多加良っち」

自転車に軽くブレーキをかけつつ、回転して、鈴木は振り向いた。相変わらずのお気楽顔。今朝の一件に対する反省も何もない。長髪《ちょうはつ》のかつらが似合っていて不自然でないのがより一層いやだ。見ているだけで腹が立つ。

「それは、女子生徒が着るものだとわかっているのか？」

「うん。さっきみんなが仮装しているのを見たら僕も着たくなっちゃって」

それは、肝試《きもだめ》し大会の準備の光景のことを言っているのだろうか？　そして、どこをどういじれば女装につながるのか？

「やっぱり、仮装の初歩は女装だよね」

「そんな話は初耳だ」

今にも血管が切れそうな位頭にきているのだが、喉《のど》から出た声は意外と冷静だった。鈴木が、次に妙《みょう》な行動に出たりしなければ多分そのままでいられた。

鈴木は手品師のごとくマジックハンドを取り出すと、いきなりそれで俺のわき腹をくすぐったのだ。

「こちょこちょこちょー！」

「……何のつもりだ？」

「あれっ、くすぐったくない？」

「ぜんぜん」

嘘《うそ》ではない。わき腹へのくすぐり攻撃《こうげき》は九歳の時に克服《こくふく》した。

「……嫌《いや》がらせか？」

「ううん、違《ちが》うよ。だって多加良っちって、難しい顔ばっかりで、まだ全開で笑った顔見たことないんだもん」

確かに俺はあまり笑わない。だが、お前は笑わない人間はみんなくすぐるのか？　多分、俺の血管はもうすぐ限界だ。

「相変わらず、とっても暇《ひま》そうだな」

「そうでもないよ？」

「ほう？　忙《いそが》しいと？　自転車を漕《こ》ぐのにか？　それとも女装にか？　でも、生徒会の仕事で忙しいのではないだろう？」

皮肉たっぷりに俺は言ってやる。

「うん。まあね」

鈴木はさらりと受け流した。冬の冷たい風のせいばかりでなく、薄《うす》ら寒い空気が流れる。発生源は、俺。

「今週は、肝試し大会だぞ？」

「へェ、楽しそうだね」

「……ちったあ、準備を手伝わんかぁっ!!」

鈴木の第三者な口ぶりに、とうとう俺はぶち切れた。ある意味、これでは鈴木の思うつぼだ。その証拠《しょうこ》に、目の前の女もどきは笑《え》みを深めて俺を見ている。

「だからね、忙しいんだって」

「俺だって忙しいわっ！」

「えー、ならたまには休めば？」

「お前が働けば少しは休めるかもな」

俺がそう言うと、珍《めずら》しく鈴木は考え込んだ。

「うーん、仕方ないなぁ。じゃあ、当日のお化け役ぐらいはやってあげるよ」

「やっていただけるんデスカ。そりゃあ、どうも」

そうですかそうですか。やってあげるときましたか。こいつ、殴《なぐ》ってもいいですか？　いいですね？

「覚悟《かくご》はいいかぁ!!」

と、廊下《ろうか》の真ん中で雄《お》たけびを上げたはいいがそこにはもう奴《やつ》の姿はなかった。

俺が必死に拳を押さえ込んでいる間にまんまと逃《に》げおおせたというわけだ。怒《いか》りを向けるべき相手がいなくなってしまっては、俺はその行き場を無くした怒りを一人で静めるしかなかった。

何度も深呼吸をして、気持ちを落ち着ける。ただでさえ悪人面《づら》らしいのに、俺の顔はいま一体どんなことになっているのか。

冷たい風にしばらく吹《ふ》かれていると、落ち着いた。そして、奴が開け放っていった窓を、一つ一つ閉めて回った。

心の底まで冷え込む冬の夕暮れであった。

2

「ねえ、副……秋庭くんって自宅どっち方面だったっけ？」

「川向こうだが、それが？」

「あたしもそっち。だから、さ。今日一緒《いっしょ》に帰らない？」

二日間、伏見にくっついて回ったが、得られた情報は少なかった。というか皆無《かいむ》に近く、俺たちは正直途方《とほう》にくれていた。

今日の昼の定例報告会で新たに聞けたことといえば、好きなものは映画、綺麗《きれい》なもの。嫌《きら》いなものは花、テレビ。一人暮らしなので料理が得意。その程度で、伏見のプライベートな部分は依然《いぜん》として謎《なぞ》に包まれていた。

伏見は友達がいないわけではないが、学校内での交友関係は狭《せま》い。狭ければ狭いでひとり一人ともっと親密になってもいいのに、伏見の姿勢はあくまで狭く浅く。だから友人の誰一人《だれひとり》として伏見の家に行ったことがない、ということだった。

となれば、放課後の伏見の動向に興味が向くのは当然で、そこに先の申し出はまさしく渡《わた》りに船だった。

「まあ、断る理由はないが?」

「あ、じゃあそういうことで。あたし今日は担任から呼び出されているから、それが終わったら迎《むか》えに行くわ」

どこかほっとした顔で俺に言い置いて、踵《きびす》を返した伏見を見送ってから、俺は隣《となり》にいた尾田に話しかけた。

「これで一歩前進だな」

「桑田さんたちに伝えなくって良いのかな?」

だが、尾田はどこか不安そうな顔で俺を見た。

「下校時間までに校内で会えば伝えるつもりだが、事後報告でもかまわないだろう。肝試《きもだめ》しまで時間もないことだし、怪談《かいだん》収集にも励《はげ》まないとな」

「やっぱり秋庭って、そっち方面には鈍《にぶ》いね」

「そっち?」

「いや、なんでもない。確かに肝試しの方もなおざりには出来ないし」

神様探しも重要だが、同時進行のこちらをおろそかにするわけにもいかない。それなのに、全くもってはかどっていない。昨日も前川に催促《さいそく》されたのだが怖《こわ》い話は集まっても七つ目の怪談は見つからない。

頼《たよ》りの羽黒も、もう発見済みのところには感じるものが無くも無い、というのだが新たなスポットの発見には至っていない。

「それで、どこに行くの？」

歩き始めたのはいいが、行き先はまだ決めていなかったことに、俺はそこで気付いた。

「うーん。体育館はどうだ？」

「夜中にボールをつくような音がして、体育館に行ってみたら自分の頭をボール代わりにして遊んでいる子どもが……」

「っていう話があるのか?!」

怖がるよりも勢い込んで尋《たず》ねる俺に、尾田は苦笑《くしょう》する。

「そういう話を聞いたことはあるけど、うちの学校には無いね。やっぱり、秋庭は驚《おどろ》かす方が向いているよ。これじゃ、頑張《がんば》るお化けがかわいそうだ」

「俺もそう思う」

怖いものが無いわけではないが、俺は多分、恐怖《きょうふ》よりも好奇心《こうきしん》が先に立つタイプだ。もう少し人並みの恐怖心があったら、かのうとの遭遇《そうぐう》も別の展開を見ていただろう。

「きっと、心臓の出来が違《ちが》うんだよ」

「そうか？　でも、尾田だって全然怖がっていないじゃないか」

俺がそう指摘《してき》すると、尾田はしばらく中空に視線をさまよわせて考えた後
「言われてみれば。まあ、生きている人間のほうがよっぽど怖いって思うし」

なんだか自分の言ったことにやけに納得《なっとく》してみせる。

「ああ、そうだ、美術室はどう？　新村《にいむら》先生がいたら面白《おもしろ》い話知っているかも」

「新村か……」

新村要《かなめ》は、叶野学園の美術担当教師だ。叶野学園の卒業生だという話も聞いたことがある。ただし、なかなか一筋縄《ひとすじなわ》ではいかない女教師で、かの有名なダビデ像の臀部《でんぶ》について一時間しゃべっていたという、生ける伝説の持ち主である。

「よし、行くか」

話がまとまったところで、俺たちは方向転換《てんかん》をして美術室へと向かうことにした。目的が目的だけに、行ったところであたりが出るかはわからなかったが。


「新村いないな」

美術室ゆえの配慮《はいりょ》か他の教室に比べて窓の少ない室内をぐるりと見回すが、目的の人物の姿はなかった。

「いつも職員室よりこっちにいる方が長いんだけどね、あの人。今日に限って……」

「うぃーっす」

油断大敵。俺と尾田は背後からその襲撃《しゅうげき》——人それを、ひざかっくんと呼ぶ——を受けた。

結構危ないところで体勢を立て直した俺は
「危ないだろうが！」

相手が誰であるかということも確かめずに、思わず怒鳴《どな》った。

「あ、驚いた？　いやー、そりゃ失礼」

改めて見てみればそこにいたのは小汚《こぎたな》い白衣にジーンズというういつも通りの出《い》で立ちの新村だった。女らしさのかけらも無いのは、口調だけではすまないらしい。でも、悪びれずに謝られたため、俺はすっかり怒《いか》りをそがれた。

「いたんですか、新村先生」

「あい。いました。そこで片づけをしてました」

新村が指し示した場所はなにやら散らかっていた。床《ゆか》で作業していたため俺たちから死角となって見えなかったらしい。脱力《だつりょく》してしまった俺に代わって今度は尾田が新村に話し掛《か》ける。

「今週末に肝試しがあること先生知っていますか？」

「ああ、前川が張り切ってるアレね」

「それです。その関係で学校の七不思議というのを調べているんですけど、何かご存じないですか？」

「前川にも聞かれて、知っている分は教えた」

タバコに火をつけながら、少し不明瞭《ふめいりょう》に新村は答えた。考えてみれば、新村は美術部の顧問《こもん》なのだから前川は真っ先に尋ねたことだろう。俺の頭の働きもたまには鈍《にぶ》るということだ。

「そうか。じゃあ、長居は無用だな。尾田、行こう」

「いや、待て秋庭。何か思い出してやるから、その間に絵のモデルやってくれないか？」

「忙《いそが》しいので辞退させてもらう」

「そうか」

このやりとりは、俺と新村の間でもう何度もなされている。その度《たび》に俺の答えはノー。そして新村はあっさりと引き下がる。たぶんこれは新村式の挨拶《あいさつ》なのだろう。

「あ、先生。あれ、どうしたんですか？」

その時、教室の片隅《かたすみ》に何かを見つけた尾田が声を発した。尾田の視線を追ってみればそこには一枚のキャンバスがあった。

ただし、そこに描《えが》かれた絵には大きな疵《きず》があった。

「肖像画《しょうぞうが》？　ん？　伏見か？」

キャンバスの中では二人の伏見が向かい合っていた。互《たが》いを見つめる、強い眼差《まなざ》し。その二人の間を裂《さ》くように疵は大きく斜《なな》めに走っていた。

「秋庭、伏見と知り合いか？」

「まあ、ちょっとした顔見知りだな」

「アレは、伏見が描いたんだ」

その疵の走った絵を新村は難しい顔をして見ていた。

「疵は、いつ？」

遠慮《えんりょ》がちに尾田が問う。

「一ヶ月、いや、もう少し前か。伏見が推薦《すいせん》で大学に行くって決めた頃《ころ》だな」

「伏見が自分でやったのか？」

「さあ？　犯人はいまだに名乗り出てこない。でも、すごくいい絵だったんだ」

俺は絵のよしあしはよくわからない。でも新村は教科書に載《の》っているいわゆる名画でも時に平気でけなす教師だ。その新村が伏見の絵を褒《ほ》めた。

そんなことを聞いた後にもう一度その絵を見ると、不思議なもので前よりよく見えた。

「伏見は何かと闘《たたか》っていたのか？」

「かもな」

「そして、負けてしまったのかもしれないね」

傷ついた伏見の絵を前に俺たちはしばらく無言だった。

「さて、今度こそいくか」

「おお、行け。怪談《かいだん》はまた何か思い出したら教えてやるよ」

「それはどうも。ただし思い出すなら早めに頼《たの》む」

「おー。神様にでもお願いして、頑張《がんば》ってみるよ」

その言葉の気合の無さに、俺たちは期待はしない方がいいと早々に悟《さと》った。

約束通り、伏見と落ち合った俺たちは群青色《ぐんじょういろ》の空の下、家路に就《つ》いた。他愛《たわい》もない話をしながら数分たった時

「また振《ふ》り返ったね」

尾田が俺に耳打ちをしてきた。俺は無言で頷《うなず》いて、さりげなく後方に視線をやる。

尾田が言う通り伏見は何度も後ろを振り返ったり、不自然なほど周囲を気にしていた。けれど、俺が見る限りは特に何もない。だが、少しでも人通りが少ない場所に差し掛かると伏見のその動作は更《さら》に顕著《けんちょ》になった。

「この辺、痴漢《ちかん》でも出るのか？」

ここまでされたら聞かない方が逆に不自然だと思って、俺は尋《たず》ねてみた。

「あ、ああ。うん、そうなのよ」

「おかしいな……。そんな報告は受けていないんだが」

時刻は五時を回り街灯の光は確かに心もとないが、伏見の怯《おび》えようはやはり過剰《かじょう》に思える。

「何か、事情があるなら言え。善処するぞ」

神様候補である前に、伏見は叶野学園の生徒なのだ。その安全を守る義務が俺たちにはある。

「うん。でも……大事《おおごと》にしたくないし」

なおも躊躇《ためら》う伏見に、俺が更に言い募《つの》ろうとした時だった。一人の男が、曲がり角から現れたのは。

撫《な》で付けられた髪《かみ》に、安物のスーツ。そしてその上からリュックサックを背負っているそいつは、いかにも日本の冴《さ》えないサラリーマンという雰囲気《ふんいき》を醸《かも》し出していた。

俺は、なぜか敵意をもった視線を向けられる。わけがわからず首を捻《ひね》るが、そいつを見た瞬《しゅん》間《かん》、伏見は息を呑《の》んだ。

その反応を見て、俺はいつでも戦闘態勢《せんとう》に移れるように、筋肉に力を込《こ》める。

「気をつけろ」

尾田にだけ聞こえるように、囁《ささや》く。その間も俺は男から視線をはずさなかった。恐怖《きょうふ》に耐《た》え切れなくなったのか、伏見が俺の腕《うで》にしがみつく。

その次の瞬間だった。

「桂ちゃんから、離《はな》れろっ!!」

初めて男が声を発した。ひっくり返った怒声《どせい》は怖《こわ》くはなかったが、男の異常性だけは感じ取ることが出来た。

「伏見、知り合いか？」

念のため、尋ねる。

「顔は知ってるけど、関係性のことを言っているなら、無関係」

ハスキーボイスがいつも以上に掠《かす》れていた。

「……もしかして、俗《ぞく》に言うストーカー？」

「多分、ね」

尾田の推測を、伏見もまた推測で肯定《こうてい》した。

「桂ちゃん、ひどいよ。オレという者がありながら、そんな奴《やつ》らと」

男は俺たちの方に徐々《じょじょ》に歩み寄って来るが、視線が微妙《びみょう》に定まっておらず、いざ攻撃《こうげき》された時に誰《だれ》を守ればいいのかわからず、俺は不安を覚えた。

「いいか、とにかく相手を刺激《しげき》するような発言は控《ひか》えろ」

相手が普通《ふつう》の精神状態だったら話し合いの余地もあるだろうが、どうもそんな展開は望めない。

「いや、もう、遅《おそ》いかも」

「……どういう意味ですか？」

「昨日、かなりひどいこと言って振ったから」

伏見が俺の腕に更に力を込めるのと、男が突進《とっしん》してきたのは同時だった。

「尾田、一一〇番！」

伏見を尾田に押し付けて、俺は男を迎《むか》え撃《う》った。

「くっ」

第一撃は純粋《じゅんすい》に、体当たりだったから何とか受けきって、そのまま男の体を押し戻《もど》す。

「ちょっと、落ち着け」

間合いを取ったところで、俺は男に声をかけてみる。

「桂ちゃんは、オレのだ。渡《わた》さない、絶対に渡さない」

が、俺の説得を聞く耳はやはり持ち合わせていなかった。

ちらりと後方に意識を向ければ、尾田が携帯《けいたい》の向こうの相手と必死に話していた。その隣《となり》で、伏見は不安げにこちらを見ている。格好つける気はないが、怪我《けが》をさせるわけにはいかないと思う。

まあ、刃物《はもの》が出てこなければどうにかなるか？　と俺は暗闇《くらやみ》の中にも光を見つけようとしたのだが、その光は残念ながら、刃物の輝《かがや》きだった。

「ちっ」

思わず舌打ちがもれる。男なら、素手《すで》で勝負しろっ！　これ以上男の頭に血を上らせては危険だから、声に出すことはしなかったけれど、それが俺の本心だった。

もう一度、男との距離《きょり》を取り直す。

「だからっ、早く来てくださいっ!!」

尾田の電話はまだ終わらない。応援《おうえん》が来るまでにはまだ時間がかかりそうだ。俺は、ゆっくりと唇《くちびる》を湿《しめ》らせた。

次の瞬間、男は手にしたナイフを振り上げて、躍《おど》りかかってきた。全体的に動きが大振りなので、二撃、三撃と軽くかわすことが出来た。けれど、武道の心得のない者の動きは逆に読み難《にく》い。

そして、その無軌道《むきどう》な動きを読みきれずに、気づけば俺の背後には壁《かべ》が迫《せま》っていた。

このままいけばまずいことはわかっていたが、うまく方向転換《てんかん》も出来ずに、俺は追い詰《つ》められた。男の唇がいびつに歪《ゆが》み、頬《ほお》の横をナイフが掠めた。

「ちょっとした、大ピンチだな」

そう呟《つぶや》いたのは余裕《よゆう》だったか、その逆か自分でもわからなかった。ただ、ナイフが再び俺を目掛《めが》けて振り下ろされるのだけはわかった。

「待てーっ！　こっちを見ろっ!!」

その声は、まさにぎりぎりのタイミングだった。

「なっ！　なんだとっ!!」

ちょうど男の陰《かげ》になって、誰が何をしたのかはわからなかったが、男の驚《おどろ》きだけは伝わってきた。

「そんな、そんな……」

明らかに、男に隙《すき》が出来ていた。そして、それを逃《のが》す俺ではなかった。

ナイフを握《にぎ》った男の手を蹴《け》り上げ、地面に落ちたナイフを更《さら》に遠くに蹴り飛ばす。

突然の反撃に、ナイフを失った手を男は闇雲に振《ふ》り回したが、その拳《こぶし》が俺に当たることはなかった。逆に、男の両手を取り押さえ、無理やりに背中の方に回す。

ちょっと不吉《ふきつ》な、骨のきしむ音がしたけれど、命の危険を感じた後に容赦《ようしゃ》が出来るわけもなかった。

「尾田、なんか縛《しば》るもの。あー、ネクタイでいい」

「えっ、あ、うん」

尾田の助けも借りて、なんとか男を縛り上げると、俺はそのまま地面に転がして、伏見の方へ振り返った。

「あー、伏見、助かった……」

その瞬間《しゅんかん》の驚きをどう言い表せばよかっただろう。

この寒空の下、伏見の制服のボタンはブレザーはおろか、その下のシャツまでも外れていて、胸が露《あら》わになっていた。

普通なら、赤面の光景だが、制服の上からあれほどふくよかに見えた伏見の胸は、まっ平だった。それが、どんな事実を示しているかといえば
「さ、詐欺《さぎ》だ。男だなんて」

それしか無かった。

「く、くそっ、オレの純情をもてあそびやがって。この野郎《やろう》」

過剰《かじょう》防衛で訴《うった》えられるのもなんなので、ほどほどのところでお仕置きをやめたため、男にはまだ喋《しゃべ》る元気があった。

だが、伏見の顔が色を失い、俯《うつむ》き、うなだれていくのを見ているうちにふつふつと怒《いか》りが湧《わ》き上がってくる。もちろん、このくそ男に対してだ。

「いい加減に、黙《だま》れ」

「あ……？」

「好きだ、好きだと言っておいて、女じゃなかっただけでその言いようか？　ふざけんな」

「なんだとっ！」

海老《えび》のように体をのけぞらせて、男は俺を睨《にら》んだが少しも怖《こわ》くなかった。

「なんだはこっちの台詞《せりふ》だっ！　結局あんたは伏見の上っ面《つら》しか見てなかったってことなんだ

よ!! それで詐欺だのなんだの言うな!!」

一発くらい蹴ってやりたかったが、そんな不毛なことに時間を使っている暇《ひま》はない。

俺は伏見に近付くと、ブレザーを着せ掛《か》けてやった。伏見が自分の身体をさらすのにどれ程の勇気が必要だったか位、その顔を見ればわかった。

俺の代わりに尾田がハンカチで涙《なみだ》を拭《ぬぐ》ってやって、パトカーが来たのは、そのハンカチが伏見の涙をほとんど吸い取った後だった。

3

「というわけで、桑田センサーの異常の原因は伏見が男性だったからだ」

昨夜の顚末《てんまつ》を話し終えると、桑田は椅子《いす》の上で所在なげに身をよじった。

俺と共に危険な目に遭《あ》った尾田は、警察の事情聴取《ちょうしゅ》の疲《つか》れもあってか元気がない。元気なのは、羽黒だけだった。

「あの、それで、伏見さんが男性だということがはっきりしたら、やはり伏見さんは神様候補から外れるわけですか?」

「問題はそこ、だな。俺たちの目を誤魔化《ごまか》すためにわざとという線も考えられなくはない」

別に神様が性別を二つもっていようと、あるいはもっていまいとそれ自体は大した問題ではないように俺は思う。

ただ、ちょっとずるい手だ。こちらには、写真一枚だって与《あた》えられていない状況《じょうきょう》だというのに、その上二重工作というのは。そんな手を神様が使うかどうか、そこが問題なのだ。

だから後は、直接本人から探《さぐ》るしかなくなる。

でも、昨日のあの涙を疑いたくはない。

「ようやくご到着《とうちゃく》よ」

生徒会室の窓から門の方を監視《み》ていた桑田が告げた。時計を見れば、昼休み終了《しゅうりょう》十分前。

「…伏見の事情聴取はそんなにかかったのか」

昨日の今日で、しかも三年生なのにこの時期にもまだ伏見が毎日学校に通わなければならないのは、やはり遅刻《ちこく》の回数がかさんでいるせいだろう。これで推薦《すいせん》が決まっているというのは一、二年次の成績と出席率が余程よかったということだ。

「デリケートな問題だからな、大人数で行くのは考えものだ」

そう言って俺はみんなの顔を一瞥《いちべつ》して、人選をする。

「俺と羽黒が行く。桑田と尾田は授業に出ろ」

俺の決定に桑田は無言で頷《うなず》き、尾田は文句こそ口に出さなかったが、表情には不満が表れていた。

「結果は後で報告するから」

「行って参ります」

伏見の下《もと》へ向かう羽黒の面持《おもも》ちは昨日までとは違《ちが》って随分《ずいぶん》と硬《かた》い。

「羽黒は、伏見が男だったら嫌《いや》か？」

「え……？　いえ、そうですね」

考えてもみなかったのか俺が訊《き》くと羽黒は急に考え込んでしまった。まだ人の多い昼休みの廊下《ろうか》での事なので俺はさりげなく人を避《さ》けながら羽黒の答えを待った。

「嫌ではないです」

そうして出てきた羽黒の答えは実にあっさりとしていた。

「そうか。俺もだ」

「え、でも秋庭さんは伏見さんが苦手だとおっしゃっていたじゃないですか」

「苦手は嫌《きら》いとは違う」

そう答えると、羽黒は首を傾《かし》げた。

「確かに伏見と対峙《たいじ》すれば悪寒《おかん》を覚えた。けれど、それが伏見のポリシーならば否定する気はない」

少し、補足してやった。羽黒が納得《なっとく》したのかしていないのかはわからなかったが、俺にはこれ以上の説明は出来そうになかった。

「秋庭さんは、伏見さんが神様だと思われますか？」

先程よりは幾分《いくぶん》表情を和《やわ》らげて、今度は羽黒が俺に尋《たず》ねてきた。

「そうだな……。それはこの後の、伏見の態度次第《しだい》だ」

そこに伏見がいるかのように真っ直《す》ぐ前を見て、俺は答えた。

「なあに？　怪談《かいだん》でもみつかった？」

　あっさりと教室から連れ出すことに成功した伏見を俺と羽黒は桑田と尾田の退室した生徒会室に通した。

「鍵《かぎ》かけるけどいいか？」

「べつに、いいけど」

　話の途中《とちゅう》で人に入ってこられてはまずいため、一応伏見の許可を取った上で施錠《せじょう》する。

　それぞれが好きな椅子に腰《こし》を下ろすと俺が話の口火を切った。

「もう、大丈夫《だいじょうぶ》か？」

「ええ、おかげさまで。秋庭君こそ大丈夫？　その、巻き込んでしまってごめんなさい」

「俺は無傷だから、気にするな。それよりも、訊きたいことがあるんだが」

「……あたしの本当の性別のこと？」

　伏見は変に誤魔化そうとはしなかった。

「ああ」

「そうよね、ばれちゃったのよね」

　こちらの出方を窺《うかが》う伏見の視線を正面から受け止めて俺は頷いた。

「花南ちゃんも、知ってるの？」

「俺が話した。だが、執行部《しっこうぶ》以外には知らせていない」

「それで、ばれたら退学になるの？」

「生徒会にそんな権限はない」

静かに俺たちは会話を進めて行く。

「なぜ、女性の格好を？」

基本的に直球勝負の女、羽黒が尋ねる。

「変に回りくどくなくていいけど、どうしてそんなことを訊くの？」

「ちょっと確かめておきたかっただけだ」

開き直りともとれる伏見の態度に、俺はあくまで冷静に応じる。

「そう。あたしが、身体《からだ》は男でも心は女だからとか言ったら信じるの？」

「それが真実なら」

俺の言葉に羽黒も頷く。だが、そんな俺たちを見て伏見はその綺麗《きれい》な顔を歪《ゆが》めた。

「……違うわよ。これは親への反抗《はんこう》。でももう疲《つか》れたから、大学に入ったらやめるわ。まあ、ばれちゃったんだから今日からやめてもいいんだけど」

その言葉に、真実を感じることは出来ず、俺は正直失望していた。

だが、それと同時に俺の眼球はまたも痛み出した。ずきずきと、身体中に鈍《にぶ》い痛みが広がっていく。和泉の時よりも若干弱い痛みだが、痛いことには変わりがない。

なんで痛みに強弱をつけるんだ？　かのうに得があるとは思えない以上、これはあいつの悪《あく》趣味《しゅみ》に違いない。

「秋庭さん？　どうかしましたか？」

「大丈夫だ、なんでもない」

側《そば》にいた羽黒には異常に気付かれてしまったようだが、俺がそう言うと、一瞬《いっしゅん》の逡巡《しゅんじゅん》の後、伏見に視線を戻《もど》した。

「……私たちは、このことを口外しません。ですから服装のことはご自由にどうぞ」

おそらく、羽黒も俺と同じ答えにたどり着いたのだろう。淡々《たんたん》とした口調から、それが伝わってきた。

「時間を取らせて悪かった。授業に戻ってくれ」

もはや、俺の目を伏見は見なかった。

けれど、一瞬、強い痛みが脳天までも駆《か》け抜《ぬ》けて。

俺の目にはしっかりと、願いの萌芽《ほうが》が見えた。芽吹《めぶ》いたばかりの双葉《ふたば》は光を弾《はじ》く。なぜだか美しくて、それがまた俺を虚《むな》しくさせた。

立ち上がると、鍵を開け、俺は伏見のために扉《とびら》を開けた。怒《いか》りすら、伏見に対して覚えなかった。

「遅刻《ちこく》チャラの件とこれは関係があるわけ？」

「いいや。別件だ。手伝ってもらえば約束は守る」

「わかった」

最後にようやく泣きそうな顔をして伏見は俺を見た。何か言うかと思って待ったが、結局伏見は何一つ本当のことは言わず出て行った。

その後しばらく、羽黒の口から漏《も》れるのは重いため息ばかりだった。そして、熟考の結果俺の出した答えを聞いて、そのため息は更《さら》に盛大《せいだい》なものとなった。

「伏見は違《ちが》うな」

「あの、その根拠《こんきょ》を伺《うかが》いたいのですが」

報告書でも書くためか、羽黒が理由を求める。

報告の義務があったとしても、そこでは省かれるだろうから、俺は伏見の植物《はな》については言わないことにした。

「神様が自分の性別にこだわるか？」

「でも、伏見さんはご両親への反抗だと」

「そんなの嘘《うそ》だってわかっただろう？」

逆に俺に尋ねられて、羽黒は渋々《しぶしぶ》頷《うなず》いた。

「また、振《ふ》り出しなのですね」

「そういうことだ」

俺たちはまたゼロ地点に立たされた。本来なら、後ろを振り返っている暇《ひま》はない。けれど、伏見をこのまま放《ほう》ってはおけない。

伏見の生活の一部に土足で踏《ふ》み込んだその責任はとらなくてはならない。

そして、願いの植物を咲《さ》かせて、摘《つ》み取ってやらなければならない。

目を閉じれば、まぶたの裏には伏見の絵が蘇《よみがえ》る。二人の伏見。それはそのまま、伏見の内面の葛藤《かっとう》のようでもあった。でも、どうしてやったらいいのかわからない。

あの小さな芽。願いはその胸にあるのに、その願いを消そうともがいている伏見がいる。願いを叶《かな》える――自分に課されたこの仕事を傲慢《ごうまん》に感じるのはこんな時だ。

けれど、どんな形であれ俺は〝願い〟を叶えなければならない。

「自分が二人、か」

俺の独白の意味が羽黒にはわからなかっただろうが

「少し、伏見さんの気持ちがわかるような気がします」

羽黒はそう言って俺を見た。

「私は、自分がこうして高校生活を送れるなんて思ってもいませんでした。これは任務ですけど、でもなんだか最近朝起きるのが楽しみなんです」

俺は、いまここにいる羽黒しか知らないし、叶野に来る前の羽黒の仕事にも興味はない。けれど、嬉《うれ》しそうにそう語る羽黒を見て俺も嬉しくなったのは事実だ。

「伏見さんも、朝起きるのが楽しくなれば遅刻なんかしませんよ」

「そうだな。生徒の遅刻を無くすのも立派な俺たちの仕事だな」

「はい」

「よっし！」

羽黒に勇気付けられるとは俺もまだまだだが、とにかく気合を入れ直して事に当たることを俺は決意した。

＊

空を吹《ふ》き抜ける風は、もうすっかり冬のもので、吐《は》き出す息もほのかに白く染まる。

「ここで時間つぶすのも、いい加減厳しいな」

ひとりごちて伏見は首をすくめた。

「風邪《かぜ》ひくよ」

声と共に、首元に柔《やわ》らかく暖かい感触《かんしょく》がしたのでゆっくりと振り向くと——脱力《だつりょく》した。

「会長、いったいどういうつもり？」

伏見の記憶《きおく》では男子生徒だった生徒会長は、いまや見事な女子生徒へと変身をとげていた。もともと中性的な顔立ちだったような気がするが、今は本当の女性のようにしか見えない。

「…あたしへのあてつけ？」

そんな人物ではないと知っているつもりだったが、昨日からのささくれだった気持ちではそうとしか思えなかった。

「そういうのではないよ。ただ、少しは君の気持ちがわかるかと思って」

「それで、わかった？」

「んー、わかんなかったね」

ブレザーのポケットに手を入れて、なんだか子どもみたいに笑うのを見て、伏見は毒気を抜《ぬ》かれてしまう。

「……ねえ、もしも生まれ直せるとしたら、君はやっぱり」

「女に生まれたいわ。だって、神様が間違えたんだから」

さっき、秋庭には話せなかった本心をなぜか彼には言えた。

「そう。……でも」

ふいに風が強く吹いて、鈴木の言葉は最後まで聞こえなかった。

「いま、なんて言ったの？」

「なんにも？　そのマフラーあげるから、風邪ひかないようにね」

本当に何もなかったかのように、軽《かろ》やかに踵《きびす》を返して鈴木は行ってしまった。

「いったい、何しに来たのかしら？」

その背中を見送りながら、伏見は首を捻《ひね》ったが、もとより奇行《きこう》の多い人物だから考えたところでわからなかった。

ただ、彼がくれたマフラーは、とても暖かくて、伏見の心を少し温めてくれた。

＊

「よお、調子はどーだ？」

「ぼちぼちだ」

放課後、とにかく差し迫《せま》った問題として七つ目の怪談《かいだん》を求めて俺はさまよっていた。効率を上げるために桑田たちとは別行動だったから新村に遭遇《そうぐう》した時は一人だった。

「秋庭がぼちぼち、なんて言うってことは進展なしか」

「まあな。それより、なんか思い出したか？」

「思い出した出した。それでいまからお前らのところに行こうとしてたんだよ」

「本当かっ！」

思わず新村の顔面に迫ってしまう。

「おー、目の保養」

わけのわからないことを言う。さてはからかわれたかと思い新村から離《はな》れて背を向けた。

「教えるなら早くしてくれ」

「もうちょっとそれなりの態度があると思うよ、秋庭君」

「例えば？」

「にっこり笑って、今度、絵のモデルやりますから教えてください、とか」

背中を向けたままでも、やっぱり相手にするんじゃなかった。作り笑いは出来ないし、モデルなんてやっている暇《ひま》は当分俺にはないし、やる気もない。加えて、絵にして楽しいモデルなら他《ほか》に一杯《いっぱい》いるはずだ。それに美術室の椅子《いす》は学園で最悪の座り心地《ごこち》を誇《ほこ》っているから嫌《いや》だ。

「わかった、ごめん秋庭」

謝っているが、俺は振《ふ》り向いてやらなかった。

「あのな、うちの学校に七不思議なんて元々ないんだよ」

が、その爆弾《ばくだん》発言には振り向かざるを得なかった。

「なにいっ！」

俺は思わず廊下《ろうか》で大声を上げた。

「昨日さ、ここの生徒だった頃《ころ》の同級生と久々に飲んでな、怪談の話になったわけだ。で、そいつも六までは知っていた。でも、七つ目がどうしてもでてこないんだよな。それでよくよく二人で考えてみたならば、そういや、叶野学園六不思議だった、という結論に至った」

えらそうに腕《うで》を組んで、自分の話に頷《うなず》きながら新村は事の真相を語った。

数秒、俺は天を仰《あお》いだ。

「なんてことだ。早速《さっそく》前川に伝えないと。サンキュー、新村」

礼もそこそこに俺は駆《か》け出した。

「おーう。この借りは必ず体で返せよー」

その台詞《せりふ》は、聞こえなかったふりで押し通そうと思う。


「な、ないんですか…」

俺の報告に前川は呆然《ぼうぜん》と言った感じでその場に立ち尽《つ》くした。その他の実行委員も「そんな」だの「じゃあどうすれば」などと口々に囁《ささや》きあい、家庭科室は一時騒然《そうぜん》となった。

またも「ああ、神様」なんて呟《つぶや》く声が聞こえる。俺はそんな様子に逆に首を捻った。

「なにをそんなにがっかりすることがあるんだ？　無いなら俺たちで作ればいいってことだろうが」

俺の発言が飲み込めるまで、しばらくの時間が必要とされた。

「あ……。そうですよね」

「そうだ」

そして今度は先程《さきほど》とは種類の違《ちが》う喧騒《けんそう》が室内に溢《あふ》れる。

「そうか、そうだ。そうなんだ」

文法の活用法を覚えるみたいに、繰《く》り返しては頷く前川を、俺は招き寄せる。

「なんですか？」

「時に、新たに化け物を考案して制作する余裕《よゆう》のあるやつらはいるのか？」

「あ……、その。一応どんな物にも対応出来るよう材料だけは揃《そろ》えてあるんですが、人は……」

俺の指摘《してき》に案の定前川は頭を抱《かか》えた。一つ一つの物にえらく手がかかっているのを見て、俺はそう踏《ふ》んだのだがどうやら当たりだったらしい。

「そこで、だ。俺たちに任せてみないか？」

「秋庭さんにですか？　でも、秋庭さんって美術の成績は2じゃないですか」

「なっ、なぜそれを知っている。まあいい、俺たちと言っただろうが」

渋《しぶ》っている前川の頭を両手で挟《はさ》むと俺はその目前に迫った。こんな時こそ、悪人面《づら》の出番だ。

「悪いようにはしない。俺たちに任せるんだ」

「は……い」

悪人面の効果は絶大だった。頰《ほお》を赤くし、目を潤《うる》ませて前川は何度も頷いた。そうか、そんなに怖《こわ》かったか。でもちょっとだけ傷ついたぞ。

「ようし、話は決まった。じゃあ前川そういうことでよろしく」

前川の了承《りょうしょう》を得ると、俺は次の手を打つべく駆け出した。一秒たりとも立ち止まっている暇はない。


校内を走り回っている途中《とちゅう》で俺は桑田、羽黒、尾田と合流を果たし、この件を伝えた。

「……ええと、それは私に本物を連れて来いということですか？」

羽黒は、はじめ、大きな勘違《かんちが》いをした。

「違うわよ、花南ちゃん。本物がいたら洒落《しゃれ》にならないわ」

桑田に間違いを正されて、羽黒はきょとんとした後、赤面した。

「す、すみません！」

忘れそうになっていたが、羽黒は霊感《れいかん》少女だった。そんな風に考えるのも仕方ないだろう。

「大丈夫《だいじょうぶ》よ、花南ちゃん」

「え、ええと。私たちで新しい怪談《かいだん》を作るんですか？」

「おもしろそうね。でも」

「時間は足りる？」

「足りないなら作る。とにかく、まずは伏見を見つけることが先決だ」

桑田たちに説明をする間も、俺は足を止めず、目は伏見の姿を探していた。

さすがに、あの後俺たちの前に姿を現すとは思っていなかったが、靴箱《くつばこ》にはまだ靴があった。

「なんで伏見さんなの？」

昼休みの話し合いの結果は桑田にも尾田にも伝えてある。

「尾田も一緒《いっしょ》に伏見の絵を見ただろう？」

「見たけど、それが何？」

「上手《うま》かっただろ。だからだよ」

多分、伏見が本当にやりたいことは、いま推薦《すいせん》が決まっている大学には無い。だから、伏見は本当の自分を封印《ふういん》しようとしている。あの絵の疵《きず》も伏見自身がつけたものだろう。

でも、そんな自制には意味が無い。

たとえどんなに傷ついても、傷つけられても。

願いは、それでも願いは叶《かな》えるためにある。

この化け物作りがきっとそのきっかけになる。俺はそんな直感にその時突《つ》き動かされていた。

ようやく見つけた伏見は屋上にいた。なんだか暖かそうなマフラーをしていて、ちょっとだけ羨《うらや》ましい。

そして、寒空の下でも伏見の願いの植物《はな》はまっすぐに上を向いていた。

「あら、今日の手伝いサボったから探しに来たの？」

「ああ、そうだ」

「しかも皆《みな》さんそろって？」

俺たち四人を挑発《ちょうはつ》的に眺《なが》め回して伏見が言う。

「怪談探しはやめだ。代わりに俺たちで新しい怪談を作ることになった。だから、手を貸せ」

「なんであたしが？　遅刻《ちこく》の件ならもういいわ。春休みも学校にくればすむんだから」

完璧《かんぺき》に開き直ったらしく、伏見の口調はきつかった。

「それはお前の勝手だ」

「そしてこれは、秋庭君の勝手。でも異議はないわ」

「その通りだね」

「でも、私も秋庭さんに賛成です」

四対一。どう考えたって伏見の分が悪い。だが、伏見はそれで引き下がりはしなかった。女装で学校に通い続けた根性《こんじょう》は伊達《だて》ではないということだ。

「嫌《いや》よ」

「なんで」

「嫌なものは嫌なの!!」

「へえ、それならなんで行きたくも無い大学には行くんだ？」

あんまり強情《ごうじょう》だから、俺はかまをかけてやった。見事に伏見は引っかかり、絶句した。

「お前の絵。見たぞ」

「……なにを急に」

「新村、褒《ほ》めてた。俺はよくわからないけど、いいと思った。闘《たたか》っている感じがした。だから、女装しているってわかった時、お前は胸張ってこれが自分のポリシーだって言うと思ってた」

胸の双葉《ふたば》がぐんと伸《の》びる。真っ直ぐに。

今度は伏見も、俺から目を逸《そ》らさない。もし、目を逸らしても、俺は無理やり向けさせるけど。

「いま、ここにいる伏見が、女の方の伏見が、お前なんだろうが！　それがお前がなりたくてなった自分なんだろうが！　だったらどこまでも貫《つらぬ》き通せ!!」

途中から、自分でも何を言っているのかわからなくなった。気がつけば、伏見は泣いていた。化粧《けしょう》が崩《くず》れることも気にしないで。

だから、俺の言葉は伏見に伝わったんだろうと、思った。

そして、俺が思っていた以上の働きを、それからの伏見は見せた。

気がつけば、肝試《きもだめ》し大会当日を迎《むか》えていた。


「どうですか、みなさん」

「あー、うん」

当日、俺たちに割り振《ふ》られた役を発表すると。桑田・音楽室の幽霊《ゆうれい》。羽黒・トイレの花子さん。尾田・鎧《よろい》武者。そして俺は理科室のマッドサイエンティスト。ちなみに鈴木は適役、走る二宮金次郎だ。俺たちは各階のボスキャラとして配置され、チェックポイントでチャレンジャーたちに問題を出す。それが解ければ次の階に進んでいける。

前川が練りに練った肝試しはそういう趣向《しゆこう》の下《もと》に、午後五時にスタートした。

俺はラスボス一つ手前のチェックポイントを守ることになっているから、最初のチャレンジャーが来るまでは実は暇《ひま》だ。

小道具として持たされたチェーンソーの具合を調べていると
「死にたいか?」

背後から首を絞《し》められた。少しも力は入っていなかったが。

「何だ、伏見」

「もう! ちっとも驚《おどろ》かないのね。つまらないわよ」

「尾田にも、俺は驚かないから脅《おど》かす方でよかったと、この間言われたばっかりだ」

「そっ。ね、ちょっと隣《となり》いい？」

「チャレンジャーが来るまでならな」

俺は待機場所の床《ゆか》のスペースを少しあけてやった。ラスボス、死神の伏見は黒く長い装束《しょうぞく》のすそをうまいことさばくと、俺の隣に腰《こし》を下ろした。

胸の植物は蕾《つぼみ》をつけて、今にもほころびそうだ。それは和泉の植物と同じく水仙《すいせん》に似ていて、色も蕾を見る限り淡《あわ》い水色。経験上、同じ時期に咲《さ》く願いは同じ形をしていると知っている。

タイムリミットは間近。でも、伏見の表情を見ていると、不思議と俺の心に焦《あせ》りは浮《う》かんでこない。

もう、花は咲くだろう。そんな気がするのだ。

「この仕事、やらせてもらえて楽しかった。ありがとう」

「あんなに嫌がったのに、随分《ずいぶん》楽しそうだったな」

意地悪く言ってやると、伏見は頬《ほお》を膨《ふく》らませた。

「あたしの秘密を最初に知ったのが秋庭くんたちでよかったわ。いま、本当のこと言ってもいい？」

「どうぞ」

俺は広い心で快く了承してやった。

「自分が人と違《ちが》うなって事に気がついたのは小学生の頃《ころ》だった。他《ほか》の男の子が遊んでいるようなおもちゃには興味が無くて、女の子のお人形や、スカートに興味があった。初めてスカートをはいたのは小学校五年生。スカートをはいて鏡の前に立った時、ああ、これが本当の自分なんだなって思った」

ゆっくりゆっくり、一つずつ思い出を引き出すように伏見は語った。俺は、その独白を黙《だま》って聴《き》いてやる。

「中学の時に、親にその姿を見られてね。ものすごく怒《おこ》られたわ。しばらく家から出してもらえなかった。うち、けっこういい家なのよ。だから進路を決める時あたしは親に言ったの。ほら、叶野ってこれでも県内トップの進学校でしょ。だから叶野に受かったら、その三年間だけ、女として生きることを許してくださいって」

それはまた、なんともいえない条件を出したものだと俺は思ったが黙っておいた。

「それで、叶野に受かってあたしは晴れて女の子として高校生活を送り始めたってわけ。さすがに家から毎朝送り出すってわけには行かなくて、あたしはあのアパートを借りた。父は学費以外出してくれないから結構生活きつかったけど、楽しかった。三年目を迎えるまではね。三年生になったら大学のことを考えなくちゃならなかったから。大学は親の望む方面に、男として通うって約束だったから、ね」

「それで、どうするつもりだ？」

マッドサイエンティストの衣装に血糊《ちのり》をつけながら、俺は伏見に尋《たず》ねた。訊《き》いて欲しそうだったから。

「大学は、行く」

その答えに、俺は思わず血糊の入ったチューブを力一杯《ちからいっぱい》握《にぎ》り締《し》めていた。

「うわ、大流血」

ふざける伏見に俺は怒鳴《どな》ってやった。

「伏見っ！　お前には俺様のありがたい話がわからなかったのかっ！」

「だって、仕方が無いじゃない。神様が間違えたんだから。あたしを男としてこの世に送り出したんだから！」

死神のフードを目深《まぶか》にかぶって俺の視線から頭をすっぽりと隠《かく》して伏見はそうのたまった。

これに、俺が切れないはずがない。

「神様が間違えただあっ？　人のせいにするんじゃないっ！　いったい神様とやらが、お前のなにを決めたっていうんだ!!　いつだって決めてきたのはお前じゃないか！　そんなこともわからないのか？」

伏見の頭からフードを取り去ると俺は一気にそうまくし立てた。

「だって……」

「だってじゃない！　お前は自分の生きたいように生きろ！　そうでなきゃ後悔《こうかい》するぞ！　神様がなんぼのもんだ！　俺の方が絶対に偉《えら》いっ!!」

「多加良の言う通り」

またも、気がつけば俺の隣には鈴木がいた。二宮金次郎の格好をすると心までそうなるのだというように、静かな表情で。

「神様は間違えたわけじゃない。生まれたその後は、その人生はすべて人間のものだ。神様は選択肢《せんたくし》すら用意していないよ」

すがるように、伏見は奴《やつ》を見た。

また、おいしいとこ取りに来やがった。とんびに油揚《あぶらあ》げをさらわれる前に、俺は言いたいことを言わせて貰《もら》うことにした。

「本当のお前なんて、いまこの瞬間《しゅんかん》にしかいないんだ。将来の自分を考えるなんて無駄《むだ》なことは止《や》めておけ、以上」

階下から悲鳴が聞こえてきた。まだ座り込んだままの伏見を無理やり立たせて、俺は持ち場へと向かわせた。

その胸の植物《はな》は綺麗《きれい》に咲《さ》いて。

そして見る間に美しく結晶化《けつしよう》していく。

なんだか惜《お》しいような気がしたけれど、掠《かす》めるように手を伸《の》ばして、手折《たお》る。

「頑張《がんば》って脅《おど》かせよ」

最後にそれだけ声をかけてやった。

一組目のチャレンジャーは思ったよりも俺に驚《おどろ》くことなく問題をクリアして行ってしまった。その後、伏見のいる屋上から悲鳴が聞こえ、俺に驚かなかったチャレンジャーたちは血相を変えて階下に逃《に》げていった。

叶野学園の七つ目の不思議は〝屋上の死神〟。

希望の無い人間の魂《たましい》をそいつは食《く》らう。その大鎌《おおがま》で首を断《た》ち切る寸前死神は問う。

『あなたの一番の望みは？』

時間内に答えられなければ、死神の餌食《えじき》になる。けれど、もし、答えられたその時は……。

二組目が俺のところを通過していった。盛大《せいだい》な悲鳴を響《ひび》かせた後、チャレンジャーたちは屋上から戻《もど》ってきた。

「あの天使様、すごい綺麗だったねー」

「この羽もすごく綺麗」

彼らの手には、真っ白い羽が握られていた。

それが、この肝試《きもだめ》しをクリアした証《あかし》。

死神のその問いに答えられた時、人は今度は天使に出会う。そういう仕掛《しか》け。

これだけのことを伏見は考えて創《つく》り上げたのだ。だからあとは、伏見次第《しだい》。

Off Record

「オー、見事な天使だな」

「新村先生。でもこの羽、結構重いんです」

新村の率直《そっちょく》な感想に、伏見は照れたように笑ってみせた。

「さてさて、伏見、進路はどうする？　やっぱり変えないつもりか？」

口調はいつもと変わりなかったが、表情は教師のそれへと変えて、新村は伏見に問う。

「秋庭くんが私の絵を褒《ほ》めて……アレは多分褒めてくれたんだと思うんですけど。まあ、褒めてくれました。あとコレも」

「それで？」

「自分で決めなきゃ後悔するだけですよね。……美大に進もうと思います」

「そうか」

晴れ晴れとした伏見の顔を見ていれば、答えは自明だったけれど、それでも伏見の口から直接聞けたことを新村は嬉《うれ》しく思った。

やはり、教師の下手な説教よりも、秋庭多加良である。

「それと、この女装も続けます」

「いいんじゃないか？　あとはお前の気合次第だ」

「気合は、十分ですよ。いやになるほど秋庭君に貰いました」

「そいつはよかった。じゃあ、きいてもいいな？　伏見の一番の望みは？」

「秋庭くんのお嫁《よめ》さん」

「ははっ、合格だ」

ココロノメイロ

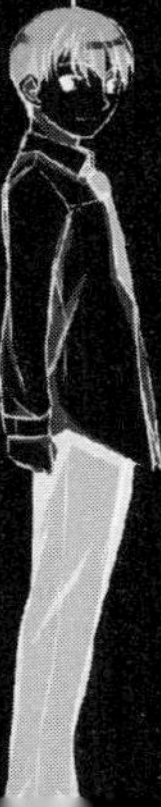

神様どうか僕を救ってください。

もう暗い道を歩くのは疲《つか》れました。

出口はどこにあるのかわかりません。

神様助けて。

神様助けて。

助けて助けて助けて助けて助けて助けて助けてたすけてたすけてたすけてタスケテタスケテ

1

地球が本来の軌道《きどう》から本格的に外れつつある。そんな異常事態の知らせが羽黒によってもたらされたのは今朝のことだ。

こちらのタイムリミットも迫《せま》っている。

叶野学園の中に入ってこられない日本政府及《およ》び各国の関係者はあわただしく動いているらしい、のだが、叶野学園高校の生徒会室は緑茶の清々《すがすが》しくふくいくとした香《かお》りに包まれ、実に穏《おだ》やかな時が流れていた。

「ふーっ」

桑田の淹《い》れてくれた緑茶は舌の上で甘く、喉《のど》を落ちていくと自然にそんな吐息《といき》が出る。

「あー、久々にリラックスするなー」

「そうねぇ」

「だね」

椅子《いす》を日向《ひなた》に移動させてリラックスタイムを楽しむ面子《メンツ》から外れているのは羽黒だけだった。

「芋《いも》ようかん食べる人」

桑田のおやつ攻撃《こうげき》にもつられず、一人難しい顔をして、俺たちを睨《にら》んでいる。

「なんだ、羽黒？」

「なんだって、それはこちらの台詞《せりふ》です！　みなさん、期限まで二週間を切ったことわかっていますよね！」

いままでにない語気の強さで迫ってくる羽黒に、一瞬《いっしゅん》だけ俺は気圧《けお》されそうになった。

「大丈夫《だいじょうぶ》だ、わかっている」

「本当ですか？　私、昨日電話でだいぶ姉にせっつかれたんですよ！」

「お姉さん？　花南ちゃんのお姉さんも同業者なの？」

「ええ、直属の上司です」

桑田の問いにもそちらを向かないまま羽黒は答える。俺を見る目がかなり据《す》わっているのは、なるほど電話で気合を注入されたためか。

「さすがに今週は行事も無いんでしょう？　皆《みな》さん、神様探しに専念していただけますね」

羽黒は俺の肩《かた》を摑《つか》んで、離《はな》さない。少し手がずれれば絞《し》め殺されそうな勢いだ。

『あるよ』

そんな俺の危機的状況《じょうきょう》にもかかわらず尾田と桑田は見事なハーモニーを奏《かな》でてくれた。

「あ、あるんですか？」

告げられた事実に羽黒はかなり驚《おどろ》いて、手の力が一気に緩《ゆる》む。その隙《すき》に俺は羽黒から距離《きょり》をとった。結果的に俺は助かったが、尾田と桑田にその意図があったかどうかは少々怪《あや》しい。

「でもまあ、今週のは出たとこ勝負だから」

「準備も楽だし、降るもの降らなくちゃ順延だけど」

「今度はいったい何を？」

すっかり気勢を削《そ》がれて、呆《あき》れたように羽黒が問う。

「今回は季節感のあるイベントよ」

桑田の出したヒントに、羽黒は懸命《けんめい》に頭をひねる。

「冬といえば、あれだろ」

見かねて、俺も助け舟《ぶね》を出してやる。

「なべ大会？」

「それもいいな。でもハズレ」

「ほら、白くて冷たくて」

桑田、それは限りなく答えだ。

「……雪ですか？」

「ほとんど正解。雪合戦とかまくら作りをするの」

羽黒に甘い桑田がおまけの正解をやると
「かまくら……テレビでしか見たことがありません」

今度は羽黒はどこか夢見るような表情になった。

「花南ちゃん、結構あったかいところの生まれ？」

「はい、宮崎県です。だから雪って珍《めずら》しくって」

「そうなの。もう少し説明するとね、かまくらは大きさと完成までに要する時間で、雪合戦は相手の陣地《じんち》の旗をどっちが先に取るかで競うのよ」

南国育ちの羽黒に、桑田が親切に説明してやる。

「まあ、雪かきも一緒《いっしょ》に済んで一石二鳥ってわけだね」

最後に尾田が締《し》めて、羽黒はようやくすべてに得心がいったようだ。

次いで、俺たちも打ち合わせに入る。

「天気図を見たところ、いい感じの前線が張り出しているから中止はなさそうだな」

「今週中に降るのね？」

「じゃあ、道具だけはそろえておいた方がいいね」

「そうだな。ああ、賞品も出さなくていいし、安上がりでいい行事だな」

基本的に倹約家《けんやくか》の俺はこの点に実に満足して呟《つぶや》いた。ところが
『あるよ』

再び、桑田と尾田は見事に声を重ねた。

「なにィー！　俺は聞いてないぞ！」

「いや、お金はかかってないから安心して」

さすが尾田、俺のことをよく理解した適切な言葉をありがとう。

「お金がかからないものって、なんだ？」

一瞬の恐慌《きょうこう》は去って、俺が訊《き》くと桑田と尾田は、なぜか言いにくそうに互《たが》いの顔を見た。

「一日生徒会長権だよー」

扉《とびら》は唐突《とうとつ》に、実に豪快《ごうかい》に開いた。そして、言いたい事だけ言うと扉も閉めずに鈴木は去っていった。しかし、俺は追わなかった。

「今日はジンジャーですか。いったいどこから入手されたんでしょう？」

羽黒も大分鈴木のテンションに慣れたようだ。だが、いま問題とすべきは鈴木の本日の乗り物ではない。発売前の名前で呼ばれた乗り物に運転免許証《めんきょしょう》が必要かどうかなんてどうでもいい。

聞き捨てならない一言を鈴木は残していったのだから。

「……一日生徒会長様権、だと？　鈴木は確かにそう言ったな？」

俺はその場にいる全員を半ば睨むようにして、確認《かくにん》を取る。多分いま、俺の目はらんらんと

輝《かがや》いている。

「だから、当日まで黙《だま》っておこうって言ったじゃないか」

「……私が言ったんじゃないわ。あの人が言ったの」

「あ、あの。秋庭さん、大丈夫《だいじょうぶ》ですか？」

心配してくれるな、羽黒よ。握《にぎ》る拳《こぶし》に徐々《じょじょ》に力を込《こ》めながら、俺は心の中で答えた。

一日生徒会長様権。

ああ、なんと素晴《すば》らしい響《ひび》きだろう。そう、たとえ一日でも重要なのはその座につくことである。

一日あれば、俺には叶野学園の既存《きそん》の機構を五分の一は改革できるはずだ。たった一日でも俺の有能さを知ってしまった民衆がそののち無知蒙昧《むちもうまい》な鈴木に耐《た》えられるはずがあろうか、いや、ない。後は棚《たな》からぼた餅《もち》が転がって来るのを待っていればいい。

「よっしゃあ！　来たれ冬将軍！　おいでませ雪の女王！　降れ降れ雪よ、三十センチ、いやもっと積もってくれていいぞ!!」

鈴木はくだらないことしか思いつかないと思っていたが、これは今世紀最大のヒットだ。

「あの、秋庭さんはどうにかなってしまったのでしょうか？」

「大丈夫よ。しばらく放《ほう》っておけば元に戻《もど》るから」

「それはそれとしてさ、たしかあれグループ参加だったよね。四人一組。その場合賞品にもいろいろ問題が生じるんじゃないの？」

なにやら背中に複数の視線を感じたが、俺は早速《さっそく》インターネットで――実は生徒会室にはパソコンがあったりする――かまくら情報を集め始めていた。

「ねえ、四人一組にまた僕のこと入れてる？」

そう問われてマウスを動かしつつ
「もちろん」

俺は当然とばかりに答えた。

「また、勝手に……」

尾田のその小さな呟きを、その時俺は聞き流した。そのことを、後に後悔《こうかい》することなど知らずに。

「ああ、そういえば来年度の部活動予算なんだけどさ。運動部にもう少し回せないかな？」

「ん？　どうしてだ？」

マウスをクリックする手を止めて、俺は尾田に向き直った。

「うちの運動部は文化部に比べて目立った活躍《かつやく》がないから難しいぞ？」

尾田の申し立てに俺は事実を述べるしかない。すべての部に平等に活動費を回してやりたいのは山々だが、そうもいかないのが実情だ。そういえば、以前にも尾田からこんな風に尋《たず》ねられたことを俺は思い出した。

「どこか、ごり押ししてきているところでもあるのか？」

会計という役職上、尾田に全権があると思い込んでいる人間は結構多いのかもしれない。

「いや、別に。……頑張《がんば》っているところも多いからさ」

尾田はそう言うと誤魔化《ごまか》すように笑った。それは、俺があまり好きではない笑い方だ。

「何かあるなら……」

「何もない。それより、雪降るといいね」

「あ、ああ」

タイミングを逃《のが》して、俺はもう何も言えなくなってしまった。

「僕、次の授業体育だからお先に」

そう言い置くと、尾田は部屋を後にしてしまった。その背中を見送ると、俺は再びパソコンに向かおうとして。

あの、覚えのある痛みに襲《おそ》われた。

眼鏡《めがね》を外して、瞼《まぶた》を押さえる。それでも、目の奥から重く鈍《にぶ》い痛みはせり上がってくる。

「秋庭さん？　どうしました？　具合でも悪いんですか？」

「秋庭君、もしかして？」

こんな風に俺が痛がっている所に何度か居合わせている桑田に、そうだと答える代わりに頷《うなず》いて、更《さら》なる痛みに襲われる。

男の子なので、女の子の前で悲鳴を上げるわけにはいかない。身体《からだ》をくの字に折って、自分で自分を抱《だ》きかかえるようにして痛みを堪《こら》える。それでも、生理的な涙《なみだ》だけはどうしようもなかった。自分では拭《ぬぐ》うことも出来ないでいると、桑田がそっと拭ってくれた。あとで必ず礼を言おう。

「きゅ、救急車を呼びましょう！」

しかし、俺のこの状態を目にするのが初めてな羽黒は、哀《あわ》れなくらい動揺《どうよう》している。

「その必要はないわ」

「なにを冷静にっ！　こんなに苦しんでいらっしゃるんですよ？　急なご病気としか……」

「これは病気じゃないの！　願いの植物《はな》が芽吹《めぶ》く時には、秋庭くんはいつもこの痛みに襲われるの!!」

羽黒が声を大きくするのに対抗《たいこう》して、桑田《くわた》も声を張り上げる。

「……いつものことなのよ」

そして、すぐにそれを恥《は》じるように、声を落とした。

「発芽、ということはご病気では、ないのですか？　でも、あの、こんなに苦しそうにしていらっしゃるのに」

「誰《だれ》かの発芽が終わるまではこのままね」

「かのう様はこのことをご存じなんですか？　どうにかしてもらうことは？」

「知っているに決まっているわ。どうにかしてもらえるものならとっくに頼《たの》んでいるわよ。……かのう様の意地の悪さがこれでわかったでしょう？」

ようやく事情を飲み込んで、今度はおろおろする羽黒に対して、桑田の口調は若干《じゃっかん》きついものだった。もっともその鋭《するど》さはかのうに向けられたものだが。

まるで、眼球に刃物《はもの》を突《つ》きたてられたかのような鋭い痛みが全身に回った後、俺はひとまず痛みから解放された。

発芽の最中はかなり痛いが、終わってしまうと痛みは身体のどこにも残っていない。

いつもは。けれど今回は、過去のどんな時よりも痛かった。その為《ため》か、まだ全身に痛みの残《ざん》滓《し》が散らばっているようだ。

「……騒《さわ》がせて、わるかったな」

「いえ、いえっ。それよりも本当にもう大丈夫《だいじょうぶ》なんですか？」

痛かったのは俺なのだが、なぜか羽黒の目が赤くなっていて、俺はちょっと面食《く》らう。

「んー、大丈夫大丈夫」

なんとなく、羽黒の頭をぽすぽすと叩《たた》いてやる。そして、ふと視線をずらすと桑田と目が合った。あれ、メンチきられてる？

「く、桑田？　どうした？」

思わず腰《こし》が引けてしまう俺だ。

「なんでもないわ」

言いながら、ハンカチをしまおうとするのを目に留めて
「ああ、さっきはありがとな。それ、洗濯《せんたく》して返すからこっちに寄こせ」

俺は手を差し出した。

「別にいいわ」

だが桑田は、すばやくそれをポケットの中に戻《もど》してしまい、無理やり奪《うば》えばもはやセクハラなので俺はしぶしぶ諦《あきら》めた。

「……で、誰かが発芽した」

「ということは、やっぱりかのう様の発言は、願いの植物と関係があるというヒントだったということですねっ！」

羽黒よ、お前は俺のあの苦しみようを見てまだなおアレを信じられるのか。

「……ですよね？」

俺と桑田の凍《い》てついた眼差《まなざ》しにようやく気付いて、羽黒は声と身体を小さくした。

落ち着け、俺。羽黒にあたっても仕様がない。深呼吸を一つする。

ついでに、なんとなくパソコンの画面に目を戻せば、どう検索《けんさく》にヒットしたものかクロスワードパズルが表示されていた。

そして、それを見て俺は羽黒の言うことにも一理あると考え直す。

縦のヒントと横のヒント。同じ数ずつ提示されているそれは、でも単独《ひとつ》では答えに結びつかない。

かのうのヒントも、このパズルと同じように、それだけでは用を成さない。

だが、現時点ではっきりしている情報をそこに足せば、おぼろげにもその形は見えてくるかもしれない。俺は頭の中で、いくつかのピースを組み合わせてみた。

「かのうの性格の悪さについては後々ゆっくり話して聞かせるとして、まあ、今回に限ってあいつの話を信じるとしてだ」

「いくらかのう様でも、自分の生活は守ろうとするでしょうしね」

「かのうは植物《はな》は三つだと言った。そして、現時点で花は二つ咲《さ》いた。ということは、事によると三つ目の植物《はな》の宿主が神様とか、どう思う？」

かのうの性格の悪さも考慮《こうりょ》に入れた推論を俺は桑田と羽黒の前に出してみた。

「……つまり、かのう様のヒントは、人間と神様の何らかの違《ちが》いを探せ、ということだったのかしら？」

「もしかすると、な」

ただ、気にかかるのは、人間よりはよっぽど器用に、何でもこなしそうな神様が願うかどうかということだ。

「それならもう、神様は捕《つか》まえたも同然ですねっ!!　早速《さっそく》探しに行きましょう！」

だが、俺の懸念《けねん》など知らずに、さっきとは打って変わって、羽黒は喜びに満ちた表情を浮《う》かべてそう言った。確かにこれで神様が見つかれば、それはこの場の誰にとっても嬉《うれ》しい結末だが、なぜだか俺は胸騒《むなさわ》ぎを覚えていた。

そして、俺の場合、悪い勘《かん》に限り、的中率が非常に高い。

とにかく誰が〝発芽〟したのかを見極《みきわ》めるべく、俺は校舎内をあてもなく彷徨《さまよ》っていた。

そして、少し歩くうちに俺は、休み時間の喧騒《けんそう》がいつもと違うことに気付く。

「なあ、次の時間小テストだって」

「ええっ、まじで？　ああー神様助けて！」

どこかふざけた調子の会話に、どういうわけか違和《いわ》感を覚える。そうして、耳を澄《す》ましてみればまるで、流行語のように〝神様助けて〟という声がそこら中で聞こえることに俺は気付いた。

それは魔法《まほう》の呪文《じゅもん》のようで、でもどこか薄っぺらい言葉。

おそらく、神様がいるとわかったことによる現象だろうが、あまりいい感じはしない。これをどこかで聞いている神様はどのような気分でいるものか。

その点、和泉や伏見の神様に対する願いは真摯《しんし》だったと思う。もしかしたら、これが共通項《こう》なのかもしれない。そんな風に思考を巡《めぐ》らせつつ
「ほんとに雪降るのかなー」

澄みきった冬の青空を眺《なが》めて一人ごちてみる俺だ。そんなこんなで俺が黄昏《たそがれ》ていると、唐突《とうとつ》に背中から体当たりを受けた。

「おわっ！」

すわ、鈴木の襲撃《しゅうげき》かと振《ふ》り返ってみれば、そこにいたのは羽黒だった。

「す、すいません。ああっ、秋庭さん。探しました！　大変ですっ！」

「どうした？」

息せき切って駆《か》けてきた様子の羽黒、俺は慌《あわ》てて向き直る。

「尾田さんが、数人の男子に絡《から》まれて……」

「なにっ！　場所は？」

「部室棟《とう》の裏です」

羽黒の言葉をすべて聞き終わらないうちに俺は走り出していた。


果たしてそこには、いかにも屈強《くっきょう》な体育会系種目の男子に囲まれた尾田の姿があった。

「桑田」

既《すで》に桑田の姿はそこにあって、尾田たちに気付かれないように建物の陰《かげ》に隠《かく》れて事の成り行きを窺《うかが》っていた。

「あいつら」

早速俺が出て行こうとするのを桑田が押しとどめる。

「ちょっと待って。来年度の部費のことで無茶言われているみたい。でも、まだ手は出されていないわ」

「出されてからじゃ遅《おそ》いだろうが」

冷静すぎる台詞《せりふ》を発した桑田を睨《にら》みつけると、俺は今度こそ制止を振り切って尾田と奴《やつ》らとの間に立ちふさがった。

「あ……、副会長」

俺が姿を現すと尾田を取り囲んでいた奴らは一歩身をひいた。俺の腕《うで》っ節の強さもそれなりに知られているらしい。

「部費のことで文句があるなら、こっちが納得《なっとく》いくような予算案を持って直接俺のところに乗り込んで来い」

限りなく冷気をはらんだ眼差《まなざ》しで、俺はその三人を睨みつける。

「なあ、猫山《ねこやま》、犬上《いぬがみ》、熊沢《くまざわ》」

「す、すみませんでしたっ！」

これ見よがしに俺が指の関節を鳴らすと、三人は一斉《いっせい》に頭を下げた。柔道部《じゅうどう》に空手部という面子《メンツ》の割に情けない態度。

「いいか、今度俺のことを〝副会長〟と呼んだり、尾田にからんだりしたら……」

「もうやめてくれよ」

俺が更《さら》に彼らを脅《おど》しにかかったその時、割り込む声があった。その声の主は誰《だれ》あろう尾田のものだった。

最初、その言葉は猫山たちに向けられたものだろうと俺は判断した。だが程《ほど》なくして、尾田の眼差しが自分に向けられていることに気付く。

「いいかげんにしてくれ。僕をいつもいつも、まるで自分の所有物か何かのように扱《あつか》って」

誰に向かって、何を言っているのか。尾田の突然すぎる態度の変化に俺は困惑《こんわく》するばかりだった。

「尾田？」

「もう、うんざりなんだ。秋庭に付き合って色々なことに巻き込まれるのは。人助けに、神様探しに、次はなに？」

尾田が次々と吐《は》き出す言葉は耳から入っても頭のなかでぐるぐると回るばかりだ。

「尾田？」

「なれなれしく呼ばないでくれ。自分がいなきゃ僕には何も出来ないと思っているんだろう？」

「そんなこと思っていないし、俺は嫌《いや》がることに尾田を巻き込んだ覚えは無い」

ようやく俺はそう言うことが出来た。でもそれを聞いた尾田は唇《くちびる》をゆがめて笑った。

「嫌だなんて、言わせてくれなかったじゃないか」

頭の中が真っ白になった。返す言葉が見つからない。

「尾田君。言い過ぎよ」

「そうです。いったいどうなさったんですか？」

そんなに見かねるような状況《じょうきょう》に追い込まれていたのか、俺に加勢すべくとうとう桑田たちも尾田の前に姿を現した。

「おや、皆《みな》さんお揃《そろ》いか。もしかして、今度は僕のことを見張ってたわけ？　あれ？　ってことはもしかして僕が神様候補？　いや、それはない。ないよ、絶対にない」

そう言うと、尾田は壊《こわ》れたように笑い出した。

「羽黒さんの霊感《れいかん》、やっぱり全然だめみたいだね」

笑いこけながら尾田が言うのに、羽黒が涙《なみだ》ぐむ。そこが、俺の我慢《がまん》の限界だった。

「いい加減にしろ」

「ああ、いい加減にする。だから秋庭もいい加減にしてくれ」

尾田の声があんまり冷たくて、泣きたくなる。目の前にいるのが、本当に尾田なのか、わからなくなる。

でも、目も、鼻も、口も、手も、胸も、足も、すべて俺の知っている尾田だった。わからないのは、その内側《こころ》だけ。俺の知らないところで、何か変質してしまったのか。だけど、どうやって、それを確かめればいいのか、わからない。

混乱した頭が弾《はじ》き出したのは
「なら、勝負だ」

そんなもので。

「勝負？」

「ああ。雪合戦勝負。どうだ？」

「僕が勝てないと思って、そんなことを言うんだろう？」

「かもな。でもこの勝負を受けなきゃ、お前は闘《たたか》わずして負けるってことだな」

本当はどうするのが一番いいのかわからないのに、わざと挑発的《ちょうはつ》な言い回しで、俺は尾田に挑《いど》んだ。

「いいよ。君たち、勝ったら部費の件考慮《こうりょ》してあげるから僕のチームに入らないか？」

その挑発に乗って、尾田はさっきまで自分を脅していた人間を早速勧誘《さっそくかんゆう》して、チームの一員にしてしまう。

俺はそれを黙《だま》って見ているしかなかった。

「僕が勝負に勝ったら、もう僕に付きまとうことは止《や》めてくれるね？」

「……ああ」

「じゃあ、勝負の日まではお互《たが》い話し掛《か》けないということで。それじゃあ」

そして、尾田が腕組みを解いた時見えたものに、俺は愕然《がくぜん》とした。自分の見たものが信じられなかった。あまりの急展開にいまだ頭がついていかず、行ってしまう尾田の背中を見送ることしか出来なかった。

「……どうして、尾田の胸に芽があるんだ？」

呆《ほう》けたような、俺の呟《つぶや》きをけれど桑田は聞き逃《のが》さなかった。

「秋庭くん、いまの本当？」

訊《き》かれていることはわかったが、俺はまともな答えを返すことは出来なかった。

「だって、俺と尾田は幼稚園《ようちえん》からの付き合いなんだぞ。色々な思い出があるんだ。もし、尾田が……」

それ以上口にしたくなくて、俺は黙って唇を引き結んだ。

「とにかく調べてみましょう」

落ち着かせるように、桑田が俺の肩《かた》を叩《たた》く。

「……でも、やっぱりありえない」

「調べましょう」

桑田が珍《めずら》しく強く出ても、俺には逆らえるだけの気力が無かった。

3

友達のことを調べる。それはものすごく気の重いことだった。

俺にとって尾田は特別な存在だ。

いまでこそパーフェクトな頭脳を誇《ほこ》る俺だが、一度くらいは壁《かべ》にぶつかったこともある。しかも割と早い段階で、掛け算という壁に。

どういうわけか、ご幼少のみぎりの俺は九九が理解出来なかったのだ。ただ暗記すればよかったのだといまならば思う。でもその時の俺は、九九がわからなかった。そんな俺に九九の手ほどきをしてくれたのが、同じ団地に住む尾田だったのだ。なかなか納得《なっとく》しない俺に根気よく教えてくれた尾田は、小二にしてかなり我慢《がまん》強い子どもだった。

それは、尾田が喘息《ぜんそく》持ちでよく休む子どもだったからかもしれない。そして、健康優良児の俺が出来る恩返しといえば、給食のパンとか、プリントの類《たぐい》を尾田に持っていくことだった。

鶴《つる》の恩返しならぬ多加良の恩返しは、それでいまも続いている。

けれど、もしも尾田がくだんの神様だったら、この記憶《きおく》はいったい何なのだろう。どこから、来たのだろう。

桑田や羽黒が一緒《いっしょ》に来るというのを断って、俺はいま、放課後の尾田の足取りを追っている。決して気付かれないように、細心の注意を払《はら》って。

今日は何の委員会も無いからすぐに家に帰るかと思われた尾田は、図書館に寄ったり、職員室に行ったりとなかなか用事が終わらず、帰ろうとしなかった。高校に入ってクラスは違《ちが》っても、一緒にいる時間はけっこう長いと思っていたのに、こんな風に日々の過ごし方が違うことに俺はいまさら気がついた。

でも、何よりも俺を愕然とさせたのは、尾田の願いがわからないことだった。

「やっぱり、代わりましょう」

尾田が席を外したのを見計らって桑田がそう囁《ささや》いた。

「いや、俺が……」

「秋庭君じゃ、尾田君を客観的に見るなんてことは出来ないでしょう?」

痛いところを、ぐさりとついてくる。桑田に容赦《ようしゃ》は無かった。

「とにかく、もっとしゃんとして。そんなのは……」

終わりまで言わずに、桑田は俺の代わりに尾田のあとを追った。俺のことを気にしながらも、羽黒もそれに続いた。

一人取り残されて、俺も自分自身の不甲斐《ふがい》なさをかみ締《し》めていた。


「なあ、俺はずっと尾田に嫌《きら》われていたのかな？」

尾田の監視《かんし》を始めて二日目、俺にあるまじき弱気が口を衝《つ》いて出た。

「秋庭君……」

「秋庭さん」

桑田も羽黒も気遣《きづか》うように俺を見る。

これでは、だめだ。平常心を取り戻《もど》そうと、深呼吸を繰《く》り返す。でも、その度《たび》に尾田の言葉が蘇《よみがえ》る。少し前から、尾田の言葉の端々《はしばし》に違和《いわ》感を覚えることはあった。けれどそれに気付かないふりをしていた。そのツケが回ってきたのだ。

「あの、あれから私も良く考えてみたんです。あの日の尾田さんは、本当に尾田さんらしくありませんでした。ですから、その……偽者《にせもの》では？」

「それは、神様ってことか？」

「はい」

「確かにいつもの尾田らしくはなかった」

　羽黒は俺を勇気付けるためにもそんなことを言ったのだろうが、見当違いだ。

　アレは、尾田だ。そして、尾田の言葉だ。かなり勝手極《きわ》まりないことを言っていた。

　俺が尾田に付きまとっているなどとも言った。いつ俺がストーカー行為《こうい》をした？　あれ、なんか、だんだん腹が立ってきた。

「ワーッハッハッ！」

　タイミング的には最悪に、その耳障《みみざわ》りな声は響《ひび》き渡《わた》った。思わず姿を探すと、西棟《にしとう》の三階から鈴木が顔を出していた。

「ついに、頭がおかしくなったか」

「頭以前に着ているものが理解不能」

　桑田の指摘《してき》どおり、鈴木はハンググライダー用のスーツみたいな、どこかの怪盗《かいとう》の衣装《いしょう》のようなものを身にまとっていた。

「いいかー、多加良っち」

「親しげに呼ぶなっ！」

　鈴木が叫《さけ》ぶのに俺も負けじと叫び返す。

「この度の勝負、拙者《せっしゃ》は尾田殿《どの》の加勢をすることに決め申したーっ!!」

「はあっ？」

　なぜそのなりで時代劇——というよりも戦国武将——の口調なんだ。俺は鈴木の話の内容よりもそっちの方に一瞬《いっしゅん》気をとられてしまう。

「故《ゆえ》に、拙者の助太刀《すけだち》、この度ばかりは期待するだけ無駄《むだ》でござるー」

「ざけんなっ！　そもそもお前は数に入ってないわっ!!」

「はーっはっはっはっ。そのような強がり拙者には通用せんぞ多加良氏《うじ》。では、首を洗って決戦の日をまてっ！」

喋《しゃべ》りたいだけ喋ると、鈴木はおもむろに窓の枠《わく》に上った。背中には何かの装備一式。

「アーイム・ア・バード」

そうして、とうとう鈴木は空の星に——はならず、風もないのにハンググライダーで見事に飛行して見せた。

「まあ、鳥みたい」

ひどく色のない声で桑田が感想を述べた。

俺は鈴木がどこかの電線に引っかかることを心の底から祈《いの》った。今すぐ首根っこ摑《つか》まえてふんじばってやろうにも、さすがに距離《きより》がありすぎたから。

けれど、鈴木のおかげだと認めたくはないが、怒《おこ》ったせいか元気が出てきたのも事実。

そしてようやく思い至る。

そうだ。あの日、あの場で俺はもっと怒ってもよかったはずだ。言われっぱなしで大人しくしているなんてそれこそ俺らしさに欠けていた。

尾田はいい奴《やつ》だ。でも、今回の尾田にはむかついた。

「なんだ。俺は怒ってよかったのか」

そんなことにいまさら気付くとは俺もまだまだということか。

「よーし、わかった！」

「なにが？」

「神様の居場所ですか？」

俺が思考の迷宮から出てくるのを待っていたらしい二人は俺の言葉にすぐに反応した。ただ、やっぱり羽黒は的を外した。

「絶対尾田に勝つぞ！　あいつが神様ならそれはそれだ！　とにかく暴言の数々を謝らせる!!」

「いいんじゃない？」

桑田が柔《やわ》らかく微笑《ほほえ》んでみせる。

「ついでに、生徒会長の椅子《いす》もいただきだ！」

「はいっ！　勝ちましょう。そして神様も見つけましょう！　ついでに私にも謝ってもらいますよ！」

羽黒は妙《みょう》な張り切り方をしている。

「でも、一人メンバーが足りないんだけど」

確かに尾田が抜《ぬ》けてしまったので俺たちのチームは三人になってしまった。

「むう。俺のコネクションの中から誰《だれ》か入れるか……」

最強の布陣《ふじん》を考える俺の中に、もはや迷いはなかった。

数日後。朝窓を開けると深夜に降り積もった雪は街を白く覆《おお》い尽《つ》くしていた。

されど、空は快晴。

「これは、雪が溶《と》け出す前に決行だな」

窓を開けて、空気の冷たさと息の白さを確かめて
「負けないぞ、尾田」

天に誓《ちか》う。

4

叶野学園高校指定体操着は、男子は黒、女子は落ち着いた青。色鮮《いろあざ》やかとはいえない色彩《しきさい》が雪の上では存在感を増す。

「みなさーん。おはようございまーす」

ただし、壇上《だんじょう》の鈴木だけは蛍光《けいこう》イエローのジャージを着ている。いったい、どこで売っているのか。そしてなぜ頭の上に人民帽《ぼう》？

「おはようございます」

おそらくこの場にいる大半が心の中で突《つ》っ込みを入れているはずだが、みな律儀《りちぎ》に声を返す。

「うーん。今朝は元気だね！　今日は〝あったかわくわく秘密基地〟作りと－〝守れ僕たちの心の旗〟ゲームがんばりましょーう」

かまくら作りと雪合戦にそんな別名があったとは知らなんだ。と、ほとんどの生徒が無言になってしまった中で、決戦の火蓋《ひぶた》は切って落とされた。

この数日、尾田とは会っていない。宣言通り、あいつは俺を避《さ》けまくってくれた。おかげで会計の仕事は滞《とどこお》っている。

今日も多分戦いの本番までは会わないだろう。

尾田の代わりにチームに入れたのは和泉である。俺が一声かけると快く承諾《しょうだく》してくれた。南国育ちの羽黒が雪にはしゃぎつつも寒さに震《ふる》えているのを横目に、俺と桑田は雪質の確認《かくにん》に余念がない。固まりやすい良い雪だと、俺たちは判断した。

「じゃあ、まずは予選を兼《か》ねたかまくら作りから競技を開始します」

現場の指揮は体育委員に委《ゆだ》ねてあるから、俺たちもまたその指示に従って動く。

「開始のホイッスルが鳴ったらはじめてください。出来上がったら我々のところに報告を。審《しん》査《さ》をして合格がでた時点で完成とし、タイムを記録します。タイムの上位十組が雪合戦進出となります。それでは準備、よろしいですか？　用意」

ぴーっ!!　笛の音は遠くまで鳴り響《ひび》いた。さすが体育委員長喜多芳江《きたよしえ》。陸上部で鍛《きた》えた肺活量は無駄ではない。

などと悠長《ゆうちょう》なことを考えている場合ではなく、まずは場所取りに俺たちは走った。日向《ひなた》よりは日陰《ひかげ》がベストポジションだ。校舎の陰になった一角を俺たちは確保することに成功した。

「俺と和泉が雪を積み上げていくから、桑田と羽黒は固めていってくれ」

「了解《りようかい》」

「はい。絶対に勝ちましょうね」

「精一杯《せいいっぱい》、手伝わせてもらいます」

　スコップを担《かつ》ぐと、さくりと雪に差し入れた。意外と重い手ごたえと共にごっそりと雪がすくえた。

　降り積もった雪は重たい。それでも何度もスコップですくっては積み上げて山のようにしていく。それを桑田たちが押し固めていく。これをしっかりしておかないと、あとで中に空洞《くうどう》を作る時に崩《くず》れてしまう。

　意外といいチームワークで俺たちは予選を五位で突破《とっぱ》した。ちなみに尾田たちは三位。体育会系を擁《よう》しているだけはある。

　そこで俺は久々に尾田を見た。すっかり猫山たちを従えている尾田は、でも少し顔色が優《すぐ》れないように見えた。

　体調が悪いのに無理しているんじゃないか？　昔よりは強くなったっていってもやっぱり無理したらだめだろう、とか俺は思わず心配をしてしまった。

　宿主とは裏腹に、尾田の胸の植物は順調に育っていた。蕾《つぼみ》が大きく膨《ふく》らむのも時間の問題だろう。

尾田がいったい何を考えているのか、俺にはいまだにわからない。この勝負のあとになにが待っているのかも。

でも人間に人間の心がわからないのはあたりまえだ。他人の気持ちがよくわかる、なんて事を言う奴《やつ》がいたらそいつは超能力者《ちょうのうりょくしゃ》だ。決して覗《のぞ》いてみることが出来ないから、人は人との関《かか》わり合いを時に求めて、時に恐《おそ》れるそういう生き物なのだ。

「結構やるみたいよ、向こうのチームも」

「負けません」

桑田と羽黒も向こうのチームを見つけて気合が入ったようだ。この二人に心配はないだろう。

「ゆっき、ゆっき、ゆっきがっせん」

むしろ、あんなに浮《う》かれた鈴木を擁している尾田たちのチームの方にハンデがあるのではないかと、少々同情する俺だった。

雪合戦はトーナメント方式だ。つまりは最終的に勝ち抜《ぬ》いたチームが優勝。

尾田のチームとは出来れば決勝で当たりたいものだと思っていたが、そう上手《うま》くいくはずもなく、くじ引きの結果、俺たちは初戦でいきなりぶつかることになった。

校庭に作られた雪合戦コートの両端《りょうはし》に赤と白二つの旗がそれぞれはためく。コートの準備が整うと俺たちは向き合って整列した。

「やあ、久しぶり」

「ああ。そっちが避けまくってくれたからな」

戦う前から睨《にら》んでくる尾田をかわす余裕《よゆう》もなく、俺は睨み返した。

「ちゃんと、戦う気になっているんだね」

不敵にも尾田は笑って見せた。到底《とうてい》楽しそうには見えなかったが。

「絶対に勝つ」

「負けないよ」

「だいじょぶ。僕がいれば鬼《おに》にかなぶん！」

「かなぶんじゃあ、勝てないわね」

桑田が鼻で笑っても、鈴木は自分のいい間違《まちが》いに気付いていなかった。代わりに、尾田が頭痛を覚えたような、苦い顔をしていたけれど。

「では、試合開始!!」

その声と共に、俺たちはまず先程《さきほど》作られた幾《いく》つかのかまくらの一つの陰に隠《かく》れた。ここでまずは雪球を作るのだ。

かまくらを防壁《ぼうへき》にしながら相手の陣地《じんち》に踏《ふ》み込んでいきその奥にある旗を奪取《だっしゅ》する。それが本格的雪合戦のルールである。もちろん、相手の雪球に当たったらその時点でアウトだ。その辺はドッジボールと同じ。ただし外野からの復活はない。

「旗ー、旗を守れーそして奪《うば》えー」

奴の奇妙《きみよう》な歌が響くが、雪が音を吸い取るためか今日はさほどのダメージはない。

俺は試《ため》しに雪球を一つ投げてみた。が、そのために顔を出した途端《とたん》、相手チームの猛攻《もうこう》にさらされる。雪球がひとつ耳元を掠《かす》めていった。

「っ！　結構やるな」

「相手陣地に攻め込んでいくのは大変そうね」

「まずは雪球をたくさん作っておくことですよ」

寒さで羽黒の頬《ほお》は赤かったが、桑田と共にせ《せ》っせと雪球を作る手には力が入っていた。

「ありったけ球を作ったら、ところ構わず投げてくれ。その間に俺と和泉は相手の陣地に踏み込むぞ」

「わかりました！」

いちいち気合の入っている和泉に苦笑《くしよう》をもらしつつ、羽黒は楽しそうなので、俺は少し安心した。

「そろそろ、いいか？」

球切れになったのか、相手の攻撃《こうげき》がやんだのを見計らって俺たちはかまくらの陰から飛び出した。

後ろから、援護《えんご》の雪球が飛ぶ。ちなみに、味方の雪球に当たってもアウトになる。もちろん前からも雪球は来る。だが、俺の推察通り、雪球の増産中らしく、そう頻繁《ひんぱん》にはこない。

桑田たちの援護射撃がやむまでの間に、俺たちは大分相手の陣地に近づくことが出来た。

だが、おそらく先程の攻撃の間に尾田チームの誰《だれ》かが既《すで》に俺たちの陣地に入っていることも考えられる。むしろ確実にそうだろう。

この競技は、時間との戦い、そして相手との腹の探《さぐ》り合いだ。勝機を探るべく、俺はしばらく近くのかまくらに待機することにした。

＊

新たなかまくらの陰《かげ》に隠れて、尾田は鈴木と共に雪球作りを再開した。

「今日は随分《ずいぶん》協力的だね」

「いつもだって、十分協力しているよー」

なんとなく会長に話し掛《か》けると、なかなか立腹ものの返事が返ってきた。ちょっと多加良の気持ちがわかる瞬間《しゅんかん》だった。

だが、ここで声を荒《あら》らげてはならない。尾田はぐっとこらえると雪球作りに集中した。

いや、集中しようとした。そうでなければ、多加良のことを考えてしまうから。

小さい頃《ころ》から、ずっと友達だった。いつだって、何でも尾田より上手にこなしたけれど、それでも友達だと思っていた。

以前《まえ》は。

手を伸《の》ばせば、いつだって届く距離《きょり》にいた。触《ふ》れようと思えば、いつだってそう出来た。助けてほしいと、一言いえば、神様みたいに彼は助けてくれるはずだった。

でも、それを言ったら何かが終わりになる気がして、言えなかった。

ありふれたたとえをするならば、彼は太陽だ。でも、自分は月ですらないくず星だ。きっと近付けば燃えてしまう。だから、より一層、憧《あこが》れは募《つの》る。そのことに気付いてしまった。

少しも対等ではないのに友達だなどと言えるのか、ということに。

「……どうして、僕のチームに入った？」

結局沈黙《ちんもく》に耐《た》え切れずに、尾田は会長に尋《たず》ねる。ずっと、心のどこかにひっかかっていたからかもしれない。

「なんでだろうね」

「秋庭への対抗《たいこう》意識？」

そんなものが鈴木の中にあるとは思わなかったが、物は試《ため》しで訊《き》いてみる。

「あははー、違うよー。僕と多加良っちを比べるだけ無駄《むだ》だよ」

その言葉の裏など尾田には少しも読めなかったが、なぜかその台詞《せりふ》は胸に深く突き刺《さ》さる。

「そうだね。完璧《かんぺき》な人間と自分を比べるなんて、虚《むな》しくて、馬鹿《ばか》らしいだけだ」

「大体同意見。でも、きっと憧れてやまないのは……彼が未完成だからだよ」

彼の声も表情も、その瞬間だけいつもの彼ではないみたいで、とても穏《おだ》やかなのに、ひどく寂《さび》しげだった。

「さてと。向こうはもう、僕たちの旗にかなり近づいているねー。どうしよっか？」

「え？」

彼の言葉に尾田が背後を振《ふ》り返ると、犬山たちの隠《かく》れているあたりで雪球のやり取りが見えた。

「まずい」

先に旗を奪われれば負けだ。

「だからね、僕が囮《おとり》になるから、君は旗を取りにいって」

「なに？」

「話し合っている時間はないよ。僕が道を開くから君はまっすぐに旗を目指すんだ」

尾田に否《いな》という間も与《あた》えず、持てるだけの雪球を抱《かか》えると彼は走り出した。

「なんなんだ？」

ふざけていたかと思えば、急に真剣《しんけん》になる生徒会長に振り回されている気がしつつも、尾田は仕方なく彼の後ろに続き、もう一度背後を振り返った。誰かが——多分、多加良だ——尾田たちのチームの白旗に突進《とっしん》していくのが見えた。

それを目の端《はし》に捕《と》らえた瞬間、尾田は猛烈《もうれつ》なダッシュをかけた。

＊

俺たちの陣地《じんち》と尾田たちの陣地の双方《そうほう》で、雪球が途切《とぎ》れたのを見て、俺はそれを好機と捉《とら》え勝負に出ることにした。

「和泉、援護《えんご》を頼《たの》む」

背後は振り返らずにそう言い置くと、俺は白い旗を目指して走り出した。

だが、俺が駆《か》け出すのとほぼ同時に、尾田の陣地からも出てくる者があった。

俺を目掛けて飛んでくる雪球を避《よ》けながらも目を凝《こ》らせば、それは鈴木だった。陽動にも見えるトリッキーな動き。けれど、その表情はいつになく真剣に見えた。

そうして、自分に向かってくる雪球を軽《かろ》やかにかわしながら、鈴木と俺は一瞬すれ違《ちが》った。

「負けないよ」

「こっちの台詞だ」

言い交《か》わして、そのまま横を駆け抜《ぬ》ける。勝負は、俺と鈴木のどちらが先に旗を取るかで決まる、そう思われた。視界の端に猛然《もうぜん》と走る尾田を見つけなければ。

「ちっ、やっぱり囮か！　和泉、急いで陣地に戻《もど》れ」

肩越《かたご》しに指示を出せば、俺の目線で事態を察した和泉は身を翻《ひるがえ》す。

尾田はもう、赤旗以外は何も見ないで、前のめりに懸命《けんめい》に走っていた。

俺も、負けじと加速する。考えてみれば、尾田はいつも俺の味方だったから、こんな風に真剣に勝負をするのは初めてだ。そう思うと、なぜだか気分が高揚《こうよう》した。

小さな雪山の天辺《てっぺん》に立つその旗が、すごく特別なものに見えてくる。

俺は山を駆け上がろうとしたが、猫山たちが本気でブロックをしてくる。その攻防《こうぼう》の間にも、自陣の方にちらりと目を向ければ、尾田が赤旗に手を伸ばしていた。

絶対に届くと思った。それなのに、尾田は雪山の上で、一瞬《いっしゅん》バランスを崩《くず》した。乾《かわ》いた地面の上ならばすぐに体勢を立て直すことも出来ただろうが、雪上ではそうはいかない。

無様に膝《ひざ》をついて、でも、その視界の隅《すみ》に鈴木の姿を見つけて、尾田が叫《さけ》ぶ。

「会長！　早く取って!!」

だが、尾田の侵攻《しんこう》を阻止《そし》すべく、恐《おそ》るべき速さで和泉も自陣に戻ってきていた。

尾田の声を聞いた鈴木もまた、和泉と共に雪山を駆け上がる。

このままでは負ける！

俺は腰《こし》を落とすと、犬上と熊沢の間を抜いて、一気に駆け上がる。

そして、俺は白い旗を手に摑《つか》んだ。

5

後で聞いた話では、俺と鈴木はほとんど同時に旗にたどり着いたそうだ。だが、和泉のガードに阻《はば》まれて、結局鈴木は旗を取れなかった。

それが、勝負の分かれ目だった。

尾田のチームに勝った俺たちは決勝まで進み、そこで見事に敗れた。さすがに、野球部チームには勝てなかった。一日生徒会長様権が取れなかったのは非常に残念だが近い将来に、絶対に自力でどうにかするつもりだから、いい。いいんだ。

競技は半日ちょっとで終わり、晴天のため案外雪解けが早いことも手伝って、いまグラウンドはぐちゃぐちゃで、かなりの惨状《さんじょう》である。それはそれとして、後片付けを終えて自分の教室に戻るとその机の上には手紙が置かれていた。

『時計塔《とう》で待っています』

見慣れた筆跡《ひっせき》で、たった一行書いてあった。

「時計塔？」

確かその建物は修復中なのを思い出して、俺は首を捻《ひね》りつつも、その手紙をポケットにしまいこんだ。


ホームルームを終えると、俺は桑田と羽黒と、指定された待ち合わせ場所へと向かった。

叶野学園の歴史の中でも、三代目理事長は特に変わった人だったらしく、学校の中にある、これは必要なのかと首を捻りたくなるものは大体この人の仕業《しわざ》らしい。時計塔は、あっても差し支《つか》えはないが、以前は隣町《となりまち》のどこかにあった時計塔を気に入った三代目が無理やりこの学校に移築してしまったというエピソードを伝えている。

その頃《ころ》からあるものだから、最近では老朽化《ろうきゅう》が目立ち危険だからと修復作業の運びとなったのだが……。

俺たちが呼び出されたのはそんな場所だった。

「入っていいのかしら？」

「今日は作業は休みだって言うから大丈夫《だいじょうぶ》じゃないか？」

「これが時計塔ですか」

塔という程《ほど》大きなものではなく高さもせいぜい三階建ての建物くらいしかないささやかな物の何に感動したものか羽黒が長い嘆息をもらす。

「行くぞ」

俺は二人を促《うな》がすと青いビニールシートをめくって塔の中へと足を踏《ふ》み入れた。

ビニールシートが若干《じゃっかん》光を通しているものの、中は薄暗《うすぐら》かった。

「足元気をつけろよ？」

「ひゃあっ」

言ったそばからつまずき体勢を崩した羽黒をすかさず支えておいて、俺は周囲を見回した。

「あいつはどこにいるんだ？」

「上だよ、秋庭」

吹《ふ》き抜《ぬ》けになっている塔の上部から声が降ってきて視線を上げると人影《ひとかげ》が見えた。狭《せま》い階段を、ゆっくりと上っていくと、時計塔の最上階に尾田はいた。

「やっぱり、秋庭には勝てなかったよ」

どこかすっきりとした顔をしていた。けれど、胸の植物《はな》は堅《かた》い蕾《つぼみ》のまま。

「じゃあ、俺たちに言ったことをすべて謝って戻ってくればいい」

花が咲《さ》かなければ、俺には摘《つ》むことが出来ない。内心の焦《あせ》りを隠《かく》しつつ俺は進言した。

でも、尾田はゆっくりと首を振《ふ》った。

「なんで？　俺は別に根にもったりしないぞ」

「そうよ。また一緒《いっしょ》にお茶を飲みましょう」

「戻《もど》ってきてください」

かわるがわる俺たちが説き伏《ふ》せようとする間、尾田はずっと首を振り続けた。まさか、神様だから戻ってこられないとでもいうのだろうか？

「秋庭。あの時、どうして僕が怒《おこ》ったかわかるかい？」

「この間のことか？　まったくもってわからない」

頷《うなず》くかわりに真っ直《す》ぐに俺を見て尾田が問い掛《か》ける。

「あの時僕はとても情けなかったんだ。あいつらに嫌《いや》だとも、止《や》めろとも言えない自分が。そして、そんなところを秋庭に見られたことがひどく辛《つら》かった」

ようやく尾田が語り始めた真実はあまりに胸が痛かった。

「前から思っていたことがある。僕は秋庭の友達としてふさわしくないんじゃないかって。それが、あの瞬間《しゅんかん》に確信に変わったんだ。だから僕は賭《か》けに出た。何か一つでも君に勝てることがあればこのまま友達でいてもいい。でも負けたその時は……」

そこで、尾田は黙《だま》ってしまった。尾田の独白に、桑田も羽黒も無言だった。

そして、俺はすごく、怒っていた。

「ふさわしいとかふさわしくないとか、なんだそれはっ!!」

これが怒鳴《どな》らずにいられるか。俺は尾田の首根っこを摑《つか》まえると耳元で怒鳴ってやった。

こんなことを考えるのは、人間しかいない。

「いいか、尾田。よく聞けよ。俺は自分のことは自分で決める。付き合う友達だって、自分で決める。お前は俺が選んだんだ！　他《ほか》の誰《だれ》かから選ばれたわけじゃないんだぞ!!」

鼓膜《こまく》が破れるくらいの大音量で怒鳴ってやった。

「僕だってそう思ったさ。でも、どうしたって人は僕たちを比べる。秋庭といる限り僕は比べられるんだよ」

激昂《げっこう》する俺に対して、もう何か悟《さと》ってしまったかのように尾田は静かだった。襟元《えりもと》を押さえる俺の手をとって離《はな》すと、そのまま尾田は作業用の足場の上に立った。

背後にはブルーシートがはためいている。その更《さら》に後ろに青空が見えるのは幻《まぼろし》だと思いたい。

「僕は君に負けた。神様は僕には味方してくれなかった。だから僕は君のいないところに行く」

「神様は、誰の味方もしない。そして誰も救えない」

いつの間に現れたのか鈴木が俺の隣《となり》に立っていた。だが、いまはこいつに構っている暇《ひま》はない。

尾田の論理は飛躍《ひやく》しすぎだ。けれど、本人はもう固く心に決めている。

「尾田くん。危ないわ」

「そうです。間違《まちが》って落ちたら軽い怪我《けが》ではすみません」

尾田を引き戻そうと二人が前に出ようとするのを、俺は両腕《りょううで》を広げて、止めた。

「尾田。俺を本気で怒らせる気か？　お前は俺との約束を忘れたのか？」

ぎりぎりのところで理性を保っているため俺の声はひどく低い。

「やくそく……？」

「やっぱりか。ふざけんなよ？　忘れたんなら言ってやる。お前は、俺が生徒会長になった暁《あかつき》には副会長で、俺様が世界国家の帝王《ていおう》になった暁には参謀《さんぼう》につく約束だろうがっ！」

それはまだ、尾田にしか話したことのない俺の野望だ。俺は必ず世界を一つに統一してその帝王になるという野望を、ずっと胸に掲《かか》げ続けている。

だから、そのための努力を惜《お》しまずに俺は生きてきた。

だから、俺は強い。

「いいかっ！　お前は俺様の大切な友人だっ！　だから、勝手に離れたり、死んだりするなっ！　神様なんかに祈《いの》る前に俺に祈れ!!　絶対に神様よりも俺の方が偉《えら》いっ」

靴音《くつおと》も高く俺は尾田に歩み寄るとその腕を強くひいた。勢い余って尾田は床《ゆか》に転がる。

俺はしゃがむと尾田に視線を合わせた。どういうわけか、尾田がぼやけて見えた。

何かぬるい水が、目から溢《あふ》れていた。それは、尾田の目からもこぼれていた。

「わかったか！　尾田!!」

まだ呆然《ぼうぜん》とした様子の尾田に俺は確認《かくにん》を取った。

「……わかり、ました」

「ならばよしっ！」

俺は尾田の手を取って立ち上がらせると、しばらく、その手を離さなかった。

そうして、俺が瞬《まばた》きする間に尾田の願いの植物《はな》は開いて、薄《うす》水色の花は更に透《す》き通っていく。

ぼやけた視界で見るその花はそれでも美しかった。

Off Record

「多加良は？」

「顔洗いに行ったわ。最後までこれは汗《あせ》だとか言い張りながら」

尾田が尋《たず》ねると、口調のわりに優《やさ》しい顔をして桑田が答えた。

「そう。久々に見たな、多加良の泣き顔」

「解禁なの？」

尾田が、多加良の名前を呼び捨てにするのを耳にして、桑田は訊《き》いた。

「なにが？」

「多加良って呼ぶの」

「まあね。どうやら僕は未来の参謀らしいから」

「その話、私は初めて聞いたわ。やっぱり、目下のライバルは尾田君みたいね」

初めて自分の内心を明かしてみせる桑田に、尾田は一瞬驚《おどろ》いたが、やがてそれは喜びへと変わる。

「そうか。桑田さんやっぱりそうなんだ。どうりで彩波ちゃんと仲悪いわけだ。あれ、じゃあもしかして桑田センサーって？」

「あー、あー、あー。……あのまま時計塔《とう》にいてもらった方がよかったかしら」

カレナイハナ

ああ、どうして世界は不完全なのだろう。ああ、どうして人間は未完成なのだろう。

この身体《からだ》を模して創《つく》ったはずなのに、どうして彼らには血潮が流れているのだろう。

どうして彼らは永遠の時間を生きられないのだろう。

これは、すべて、私の罪だろうか？

ならば、これ以上人間が苦しむのなら、このいびつな失敗作を私は壊《こわ》すべきなのかもしれない。

でも、その前に。一度だけ私は、人間の手を取ろう。


「おい、尾田、ちょっとこっちに来い」

顔を洗って戻《もど》ってくると、桑田となにやら楽しそうに話していた尾田を俺は呼んだ。

「なに？」

「どうやら、お前の願いは叶《かな》ったようだから、植物《はな》は摘《つ》み取らないとな」

水仙《すいせん》を模したその植物花《はな》は、これ以上ない程《ほど》に透明《とうめい》に結晶《けっしょう》化して、時計塔の中に時折差し込む冬の光を弾《はじ》いていた。

「うん、じゃあお願いします」

尾田の了承《りょうしょう》を得て、俺はその植物に手を伸《の》ばした。どこか冷たいような、それでいて弾力《だんりょく》のある感触《かんしょく》。今日も、それが手に伝わってくると、俺は信じて疑わなかった。けれど。

「あれ？」

そこには空気の質感——つまりはなにもなく、俺の手は虚《むな》しく空を切った。

そこに確かに植物は見えているのに、触《ふ》れることが叶わない。こんなことはいままでなかった。

「どうしたの？」

何度も何度も胸の辺りに手を伸ばす俺を見て、尾田が尋ねてくる。いたずらに不安をあおりたくは無かったが、俺は正直に答えるしかなかった。

「植物《はな》が……摘めない」

非常事態だった。

「ちょっと、どういうこと？」

桑田が眦《まなじり》を上げて、俺に問うが

「俺にもわからない」

そうとしか答えられなかった。にわかに焦《あせ》りだす俺たちに対して

「あの、そこにお花が咲《さ》いていて」

と、羽黒は尾田の胸を指差した。その間も、俺は尾田の胸に咲いた植物を摘もうと手をかけ

ては失敗していた。

「そのお花が摘めないと、どうなるんですか？」

深刻さの欠片《かけら》もわかっていない調子で聞いてくる羽黒に、けれど俺は、心に重く刻まれている記憶《きおく》のフラッシュバックから、答えることが出来なかった。

桑田も蒼《あお》ざめて声が出せないようだ。

「植物は咲いている限りは、宿主の生命活動やら色々なものを養分にして咲き続けるんだよね」

俺に代わって答えたのは尾田だった。

「だから、願いが叶ったなら摘み取ってもらえないと、まずは身体が限界を迎《むか》える。一週間もすればベッドから起き上がれなくなるよ」

「……いずれは心も、な」

最後はなんとか俺が引き受けることが出来た。

「それは、つまりどういう？」

「下手なしゃれにもならないが、植物状態ということになる」

胸に、枯《か》れない植物《はな》を抱《だ》いたまま。

俺の言葉に、羽黒は息を呑《の》んだ。

「そんな、そんなのだめです！　どうにかしてください！」

そして、今度は叫《さけ》ぶ。

「んなこと言ったって、摘めないいんだよっ！　折れないいんだっ！」

叫び返しながら、もう一度、尾田の植物に手を伸ばすが、またも空を切る。行き場のなくなった手は、そのまま中空で震《ふる》えた。

「……どうにか、してください」

うなだれて、声に嗚咽《おえつ》が混じり始めた羽黒の肩《かた》を尾田がそっと叩《たた》く。この中で一番落ち着いているのは、どうも当事者たる尾田のようだ。

その一方で、桑田は口元に手を当てたまま、なにやら考え込んでいる。まだ顔色は悪いが、思考は正常に戻っているらしい。

「ねえ、秋庭くん。もう一度その植物をよく見てくれないかしら」

そして、なにか思い立ったのか、俺にそう言った。その意図はわからなかったが、とにかく言われた通りに、俺はもう一度尾田の花を見た。

「どこか、違《ちが》うところはない？」

眼鏡《めがね》を拭《ふ》いて、よく目を凝《こ》らす。ぱっと見は水仙に似ている。ラッパのような花びらも、上に向かって伸びている葉も……

「ん？」

もう結晶化しているので判別しづらいが、俺は葉の部分に目を凝らした。本来ならばないはずの細い一本の筋が葉に通っている。これは、和泉や伏見の植物には見られなかったものだ。

「かのうのヒントは間違い探し、だったな？」

桑田の言いたいことは、もうわかった。

「尾田、ちょっと腕組《うでぐ》みをしてみてくれ」

そこを踏《ふ》まえて、俺は記憶の隅《すみ》にひっかかっていた違和《いわ》感の正体に気付いて、尾田に言った。

尾田が胸の前で腕組みをすると、植物《はな》は綺麗《きれい》に隠《かく》れてしまった。

かのうの花は何か遮蔽《しゃへい》物があっても俺から見えなくなるということはない。

かのうのあの台詞《せりふ》を、変化球無しの、ストレートなヒントとして取るのならば
「この植物《はな》は、間違っている」

そういうことだ。俺の答えに、桑田も尾田も頷《うなず》いた。

「ええっ、ということは、尾田さんの原石《たね》は他《ほか》の方が蒔《ま》いたということですか？」

「単純に考えればな。ようするに、かのうの蒔いた原石《たね》との違いを見極《みきわ》めろってことだったわけだ」

俺の推理は答えにかすってはいたものの、若干《じゃっかん》間違っていたということになるが、これは俺の優秀《ゆうしゅう》な頭脳のせいではなく、かのうが根性悪《こんじょうわる》なせいだろう。

「で、例えば、羽黒のような超能力者《ちょうのうりょくしゃ》に、こんな風に原石を蒔くなんてことの出来る奴《やつ》はいるか？」

「そんなの、人間に出来るわけがありません！」

羽黒には自覚がなかっただろうがそれは俺を満足させるに十分な答えだった。

「つまり、かのう様以外にこんなことが出来るのは神様くらいってことか」

俺と同じ答えを導き出しながら、尾田はその場から立ち上がろうとして、ふらついた。

「大丈夫《だいじょうぶ》かっ！」

「うん。雪合戦の疲《つか》れで身体《からだ》がだるいのかと思ったけれど、それだけじゃないみたいだね」

口調こそ軽かったが、その声は少し掠《かす》れていて、俺は唇《くちびる》を噛《か》んだ。

「……とにかく、尾田君に原石を蒔いたのが神様ということなら、この植物を摘めるのは」

「神様だけ、か」

桑田の言葉を引き取って、俺はそう答えを出した。

「そんな、どうして神様がこんなことを？」

羽黒は神に失望したのか、いまにも泣き出しそうな顔をしていた。

「さあな。ただ……」

もしも俺を本気にさせるためだけにこんな人質《ひとじち》を取るような真似《まね》をしたのだとしたら、そいつが誰《だれ》であろうと俺は許す気はない。

「ここからは一つの容赦《ようしゃ》もなく、本気で、いくぞ」

俺は、宣言した。

イノリ

神様《わたし》はいつもテレビを見ている。ノーカット、無修正の『現実《ノンフィクション》』だけをテレビは映す。

すべての人の数だけ、私はテレビを持っていて、そこに映るのは一人の人間の人生。

どんなにその人が苦しんでいても、どんなに助けを求めていても、私は見ているだけ。

すべての人が私が創《つく》った存在《もの》であるが故《ゆえ》に。すべての人が愛《いとお》しいから、私は誰も救えない。

それでも人は毎日祈《いの》る。

『どうか神様助けてください』

それなら、私は誰に祈ればいいのだろう?


「神様の決めたタイムリミットまであと五日か」

「昨日電話でお話した某国《ぼうこく》首相は、たいへんお怒《いか》りでした。とにかく急げと」

おそらく一件ではない、各国のお偉《えら》いさんからの電話攻勢《こうせい》は深夜まで続いたのだろう。羽黒の目の下には隈《くま》が出来ていた。

「私、きっとお仕事くびになります。ああー、神様お願いしますー」

「そしたら普通《ふつう》の女子高生に戻《もど》ればいいじゃない?」

桑田が慰《なぐさ》めともいえないことを口にする。

「急ぎたいのはこっちも同じだ」

つい、いらいらとした口調になってしまうのは、俺たちも行き詰《づ》まっているからだ。

あの後俺たちはとにかく、かのうと会わなければならないという結論に達した。

そして、かのうに会いたい場合には、彩波に渡《わた》りをつけてもらうのが一番だった。俺はすぐさま彩波に連絡《れんらく》をとった。

ところが、だ。彩波は電波の届かない地球の裏側に旅行中だった。

それでも、数日のうちには戻ってくる、と言われたのだが、その後なんの音沙汰《おとさた》もない。

かのうは絶対にこの非常事態に気付いているはずだが、彩波と共に旅行に行っているはずもないのに現れる気配はない。こっちが会いたくない時には出てくるのに、会いたい時には何で出てこない、かのうというのはそういう奴だ！

だから、俺たちの神様探しは行き詰まっていた。

隣《となり》に座っている尾田の顔色をちらりと見れば、とても良いとはいえない状態だった。

本来ならば安静にしていてもらいたいのだが、この場にいることは尾田の意志だから仕方がない。だが、衰弱《すいじゃく》した様子の尾田を見ていられなくて、俺はステージの上に目を向けた。というのも、現在俺たちは体育館で、全校音楽集会の真っ最中だったからだ。

いまは合唱部の模範《もはん》歌唱中。今日はどういうわけか賛美歌を歌うことになっている。

この全校音楽集会の目的を考えれば納得《なっとく》出来ないでもない選択《せんたく》ではあるが。

神様の決めた期限まではあとわずか。けれど、神様はまだ見つからない。

ぎりぎりまで政府はこの情報を公開しないことに決めたらしく、世間は至って平和だが、事情を知らされてしまっている叶野学園内部ではそうはいかなかった。

日に日に、生徒の間では不安感が高まっていて、落ち着かずにそわそわする者が増えていた。それでも落ち着かない位ならば、まだましで中には暴力や破壊《はかい》行動に出る人間もいて、教師陣《じん》の頭を悩《なや》ませていた。

そこで、とりあえずストレス発散には大声で歌を歌うことという結論になったらしい。

それで、この全校音楽集会なのだが
「神を賛美しつつ、助けてくれという歌か」

ドイツ語の歌詞はそう訳すことが出来た。

「なあ、どうして、今回のかのうの植物《はな》はラッパ水仙《ずいせん》なんだろうな？」

「うーん、日本にはなじみがないけど、復活祭《イースター》には欠かせない花らしいよ」

「復活祭か」

キリスト教の行事だ。なんとなく、神様といわれるとこの宗教と結び付けて考えてしまうのは俺だけではあるまい。

「今回の共通項《こう》は、神様に祈ることか？」

「どうだろうね。確かに、必死になって神様って叫《さけ》んでいた気はする」

俺は思わず尾田の顔を凝視《ぎょうし》した。けれど、そこにはマイナスの感情を見て取ることが出来なかった。

「そうか」

「うん」

もうすぐ植物状態になるかもしれないというのに、尾田は相変わらず落ち着いていた。

「……そんなに冷静でいられるのは、まだ神様を信じているからか？」

そう尋《たず》ねずにはいられない程《ほど》に。

「それは違《ちが》うよ。あれ、わからないの？」

ややからかうような調子で言われて、俺はむっとして尾田を見返す。

「自分が言ったんだよ、神様よりも秋庭多加良を信じろって。多加良を信じているから、僕は怖《こわ》くない」

尾田はまっすぐに俺の目を見て言った。

「そうか」

俺には、それしか言えなかった。でも、それで十分だった。

「で、あいつはいつ合唱部に入ったんだ？」

「自分が音痴《おんち》だっていう自覚がないんじゃない？」

「それか、口パクというやつでは？」

羽黒が会話に加わってくる。やはり謎《なぞ》に思っていたらしい。俺たちに散々に言われていることなど少しも知らず、鈴木《すずき》は壇上《だんじょう》で大口を開けて歌っている。

「あいつ……歌詞を忘れたな」

よりによってサビの部分で口を閉じてしまった。そして、そのフレーズが終わるとまた歌いだす。

「やっぱり、にわか部員は隠《かく》せなかったわね」

桑田の指摘《してき》に俺たちは大きく同意した。

「それでは皆《みな》さん、一緒《いっしょ》に歌いましょう！」

音楽の作石教諭《さくいしきょうゆ》の指揮で、今度は全校での合唱が始まった。

「なに……？」

その次の瞬間《しゅんかん》、異変に気付いたのは桑田ばかりではなかった。体育館はこれまでにない大合唱に包まれていた。

いつもはどれだけ大きな声でと言われても、歌わない者が多く、音楽集会はピアノの音ばかりがよく聞こえる。

それが今日に限って、ピアノの伴奏《ばんそう》が掻《か》き消えるほどの大合唱。

「異常事態だな」

俺の声は隣の尾田にさえ届いたかわからない。

神に祈《いの》る歌声——けれど俺にはそれは神に対する不満のように聞こえた。

こんなにも祈っているのに、どうして救ってくれないのかという、身勝手な感情の発露《はつろ》みたいだと思った。

その歌の波に迎合《げいごう》していない生徒はわずかだった。その中には、和泉や伏見がいた。その他《ほか》には以前俺が願いを叶えた人間の顔がちらほら。

つまり、いまさら神に祈るまでもない人間だけが平静だった。

なんとなく、それが喉《のど》にひっかかった魚の骨のように、気にかかる。

が、それに対する答えを出す前に、見覚えのある黒服——和家の使用人だ——が音もなく俺の隣に立っていた。

「彩波様がお戻《もど》りです」

それ以外の情報がもたらされる筈《はず》もなかったが、待ちに待った一報に俺は大きく頷《うなず》いた。

他の三人も黒服の存在に気付いて、それを理解する。俺たちは足早に体育館を抜《ぬ》け出した。

鈴木は壇上で、また同じところで口を噤《つぐ》んでいた。

「きゃー、多加良ちゃんっ!!　彩波だよっ！　いろはにほへと、彩波だよ!!」

俺たちよりも先に生徒会室に来ていた彩波は、地球の裏側から戻ったばかりとは思えない程元気だった。

「旅行は楽しかったか？」

「うんっ！　ねえねえ、お話聞きたい？」

小さくジャンプを繰《く》り返している彩波が、すぐにでもその旅行について話したいだろうことはよくわかった。でもいまはその願いを聞いてやることは出来ない。人類全部の命よりもまず、尾田の命がかかっているのだから。

「彩波、俺はかのうと話をしに来たんだ」

「ええー、彩波に会いにきてくれたんじゃないの？」

俺がそう告げた途端《とたん》に彩波は頬《ほお》を膨《ふく》らませた。

「悪い。でもいまは一刻を争うんだ」

彩波の肩《かた》に両手をかけて、俺が真摯《しんし》に語りかければ、それが解《わか》らぬ彩波ではなかった。

「もう、しょうがないな。その代わり、今度彩波とデートしてね！」

「それとこれとは別問題……」

なぜかすごい勢いで彩波に迫《せま》ろうとした桑田を羽黒と尾田が二人がかりで押さえる。

「わかった。今度な」

「絶対だよ！」

俺が了承《りようしよう》すると彩波は満面に笑《え》みを浮《う》かべて、静かに目を閉じた。

すると、彩波の顔はまるで凪《な》いだ日の湖のように静かになる。眉《まゆ》一つ、まつげ一本動かさない、静寂《せいじやく》。

ふと、目の前の少女が人形ではないかと疑いたくなった次の瞬間。

刹那《せつな》の閃光《せんこう》に瞬《まばた》きをしたその後には、かのうがいた。

「皆のもの、機嫌《きげん》はどうかの？」

「お前に会うまでは確実に良かったな」

「ほんっとに、無礼だのう。呼ばれたから現れたのにこの仕打ち。帰ろうかのう」

「吐《は》くこと全部吐いたら帰してやるよ」

苛立《いらだ》った気分のままの言葉の応酬《おうしゆう》に、だがかのうは相変わらずだった。

「で、妾《わらわ》をわざわざ呼びつけたのは、〝げーむくりあ〟の報告かのう？　そして、ようやく王《おう》冠《かん》の素晴《すば》らしさがわかったというわけかのう？」

「そんなもの一生理解するつもりはない！」

「うむ？　では神様が見つかったか？　それともその反対かのう？」

中空でかのうが悠然《ゆうぜん》と足を組み替《か》えると、足に嵌《はま》った連環《わ》がしゃらんと音を奏《かな》でる。

笑っているその顔は、どう考えてもこちらの事情を知っていて、その反応を楽しもうとしている顔だ。

「……お前が言った間違《まちが》い探しっていうのは、この尾田に咲《さ》いた植物のことだな」

問いというよりは確認《かくにん》のつもりで俺はかのうにそう切り出した。尾田の胸に一瞥《いちべつ》をくれて、かのうは頷く。

「まあ、そうだのう」

「あのっ、ちょっとは真面目《まじめ》にお願いしますっ！」

どうも真面目に見えない――というより本当に不真面目だ――かのうに俺より先に切れたのは羽黒だった。

「花南ちゃん、怒《おこ》っても疲《つか》れるだけよ」

桑田はそう言ってなだめにかかったが、そういう桑田もきつい眼差《まなざ》しでかのうを睨《にら》んでいた。

「おお、怖《こわ》いのう」

「それより、この植物は俺には摘《つ》めなかった。かのうには摘めるのか？」

「んー、それは神の原石《たね》ゆえ、妾には無理だの」

それは自分が相手よりも格下だと認めることに他ならなかったが、そう告げるかのうにはなんのためらいもなかった。

「やっぱり、神様の仕業《しわざ》なんですか。……じゃあ、この植物は神様にしか摘めないってことですよね？」

その自分には見えない植物を、けれども指差して尾田が問う。

「そういうことだのう」

この植物が尾田の胸に咲き続けていることの意味を、その先に待っていることを知らないはずがないのに、かのうは尾田を見て笑った。怒《いか》りが沸点《ふってん》に達する。

「知っているなら、とっとと神の居場所を吐け」

剣呑《けんのん》さを隠《かく》さずに、鋭《するど》く命じる。

「それは学校であろう？」

わざと俺の言葉の意味を取り違えてかのうはそう言ってのけた。

「いいから、言え！　尾田にはもう時間がないんだ！　俺は……俺はもう二度とあんな人は見たくないんだ!!」

最後に俺を見て、笑ったあの人。

そして、胸に蕾《つぼみ》だけの植物を茂《しげ》らせたまま、いまも眠《ねむ》るあの人。

あんな思いは一度で十分だ。

「……まったく、ふがいないのぅ。神様の一人くらいまだ見つけられぬのか？　妾のひんとも活《い》かせなかったというのかの？」

俺の言葉に胸を打たれたはずもないが、ようやくかのうは俺たちに向き合う。

「のう多加良、神は願わないと思うかの？」

「は？」

唐突《とうとつ》な問いに、すぐには反応の出来なかった俺を見て、かのうは意地悪く笑んだ。

当然、かちんときた俺はこの優秀《ゆうしゅう》な頭脳をフル回転させた。

そいつの真贋《しんがん》は置いておくとして、いまこの瞬間《しゅんかん》も神を名乗るものが、叶野学園に存在するのはどうやら事実だ。

神は願うのかどうか、確かに俺は疑問に思った。

いまのかのうの口ぶり、加えて、叶野市には強い願いを抱《だ》いて、まるで引き寄せられるかのように人が集まるのもまた事実。ならば……

「神にも、願い事があるってことか」

「そうではないかのう」

「けど、尾田以降に発芽した人間はいないぞ？」

俺がそう言うと、かのうは怪訝《けげん》そうに眉をひそめた。

「ほんとうかの？」

「お前に嘘《うそ》をついてもなんのメリットもない」

「ふむ、確かにのう。だが、先日の発芽の折は、いままでになく痛まなかったか？」

白々しくも、俺の目を示して、かのうは問う。

「……そういえば、いつもの倍くらい痛かった気がする」

「そうであろうの。何しろ、神の願いだからの」

「……なに？」

ということは先日の発芽の痛みは尾田の植物《はな》に対してではないということになる。瞬時に、その場にいた全員の耳目《じもく》はかのうに集中した。

「そう見つめられると照れるのう」

「ふざけている場合じゃないだろうが！　それ、本当なのか？」

「嘘ではないよ。ということは、神様とやらはこの叶野の地の、かのう様の理《ことわり》を曲げたということかの……」

そう呟《つぶや》きを唇《くちびる》に乗せた、次の瞬間。

同じ、紅《あか》い唇には凄絶《せいぜつ》な笑《え》みが浮《う》かんでいた。

「多加良の目に映るはずのものを隠すとは、の。妾の理に外れる。これは、許せぬのう。ならば妾《わらわ》も一矢報《いっしむく》いねばのう？」

言いながら、向けられたかのうの眼差しは背筋が凍《こお》るほど冷たかった。そして、同じくらい冷たそうな指先で——実際はそんなものは感じられないのだが——俺の瞼《まぶた》に触《ふ》れた。

いつもとは違《ちが》う、ちりっとした痛みが一瞬走る。

「これで、見えるだろうよ。それでは、世界が終わらなかったらまた会おうの」

そうして、かのうは現れたとき同様、一瞬の間に掻《か》き消えた。

「……秋庭くん、大丈夫《だいじょうぶ》？」

「あ、ああ」

いつものように脱力《だつりょく》してその場にしゃがみこんでしまった彩波を黒服たちが抱《かか》えて連れて行くのを見送りながら、俺はかのうとの会話をもう一度反芻《はんすう》した。

かのうが言うには、神も願う。

では、いったい何を願うのだろう？

人の祈《いの》りは様々で、それはこの一ヶ月の生徒たちの様子を思い出してみれば得心がいく。

人は神に祈る。

ならば、神は誰《だれ》に祈る？

「ちょっと、待て。さっき、あいつが歌わなかったフレーズ思い出せるか？」

俺の問いに、尾田、桑田、羽黒の三人が一斉《いっせい》に口ずさんだのは。

『神よ、救いたまえ』

神もまた願う。

でも神は、きっと自分には祈らない。

ならば、神様というのは……

「え、ちょっともしかして」

「あの人が？」

「そうなのですか？」

みんな、ちょっと嫌《いや》そうな顔をしているのは気のせいではあるまい。俺も、ものすごく嫌だ。

それでも俺が一つの回答を口にしようとしたその瞬間、生徒会室の扉《とびら》は開いた。

「あー、みんなだけで集まっておやつ食べようとしてたでしょ！」

お前は小学生かっ、という鋭《するど》い突《つ》っ込みをすべく声の主に目を向けて
「やっぱりか！」

俺はその胸を指差した。

そこに、ばっちり、蕾《つぼみ》をつけた植物《はな》が見えたからだ。

「神様は、お前だ!!」

だが、俺の叫《さけ》びを最後まで聞かずに、鈴木は走り出していた。

「灯台下暗しとはこのことだな」

「……まったくです」

「そんな悠長《ゆうちょう》なこと言って、追いかけなくっていいの？」

「桑田の言うのはもっともだが、これまでの経験上、作戦を立てなければ、捕《つか》まえることは不可能だと思われる。つまり捕獲《ほかく》作戦を実行するに当たり、問題となるのは奴の足の速さだ」

俺の考えに、みな賛同して頷《うなず》く。

「あいつの逃《に》げ足は最高に、速い」

「いつも、逃げられていますもんね」

羽黒の正直さは時に多大なダメージを俺に与《あた》える。

「でも、顔も名前もわかったんだから、校内放送ででも呼べばいいんじゃない？」

顔には疲労《ひろう》の色が濃《こ》く見えるが、頭の回転は健在らしく尾田が言う。

「確かにその通りですね」

「そうだな、ただ単にこのゲームを終わらせるだけならそれでいい。だが問題は尾田の花だ。もしもゲームオーバーになった瞬間《しゅんかん》に神様が消えてしまったらどうする？」

俺の示した可能性に、しばしの沈黙《ちんもく》が落ちる。

「それは、困るわね」

「だから捕獲か」

俺は鷹揚《おうよう》に頷いて見せた。そして、おもむろに口を開く。

「……人海戦術にはさすがのあいつもかなうまい」

「ジンカイ？　人海っていうともしかして」

「もしかしなくても、アレ？」

「アレ？　アレってどれですか？」

　羽黒は別として、俺の言わんとしているところが早くもわかったらしい、桑田と尾田は互《たが》いに顔を見合わせなぜか浮《う》かない様子だ。

「不満か？」

「そんなことはないわよ。いい作戦だと思う」

「でも、人海っていうと、あれだよね？　〝プロジェクトK《ケー》〟」

「その通り」

　俺は自信満々で大きく頷いた。

「プロジェクトK？　あの、プロジェクトKというのはなんですか？」

「プロジェクトKっていうのは、叶野学園全生徒に非常招集をかけることなんだけど」

「ああ、Kは叶野学園のKですか」

「注目すべきところを間違えているぞ、羽黒」

「すみません」

「とにかく用意だ。尾田準備を頼《たの》む」

「はいはい」

　渋々《しぶしぶ》と、尾田は生徒会室のロッカーを開けた。

「アレ、飾《かざ》りかと思っていました」

その中から尾田がマイクとその他もろもろの機材を取り出すのを見て羽黒が言う。

「あの中にはかなり、色々なものが収納されているのよ。別名四次元ボックス」

「はあー、すごいですね」

羽黒が桑田に騙《だま》されている間に、尾田はマイクを緊急《きんきゅう》回線につないだ。

「はい、どうぞ」

尾田からマイクを受け取って、それで準備は整った。

「あー、てすてす。本日は晴天なり。はい、皆《みな》さんご機《き》嫌麗《げんうるわ》しゅう。こちらは秋庭多加良です。只今《ただいま》より生徒会権限でもって〝叶野っ子クラブ〟の招集です。授業は速《すみ》やかに止《や》めてください。先生方、抗議《こうぎ》は受け付けません」

「か、叶野っ子クラブって」

「うん。また、アレなネーミングよね」

「多加良は子どものくせに、おニャン子だとか、桜っ子だとか、クラブってつくアイドル集団が結構好きだったんだよね」

俺の背後で盛大《せいだい》なため息が聞こえたがそんなものは無視して俺は続けた。

「いいか、ものども！　ターゲットは生徒会長だ！　探し出して捕まえろっ！　ただし、名前は呼ぶなよ！　なおこの招集を無視するものは後日、すごいことになる。以上、始めっ!!」

自分にエンジンがかかってきたのを、俺は感じた。もう、鈴木を野放しにはしておかない。

「あの、本当に授業を中止にして皆さん動かれるのですか？」

「中にはサボるのがいたとしても、三分の二以上は動くと思うよ。何だかんだいっても多加良は人気者だし」

「似たようなものは連綿と受け継《つ》がれていたみたいだけれど、この〝叶野っ子クラブ〟は秋庭くんの提案が承認《しょうにん》されたものだしね」

「でも実際にかかる日が来るとは、誰《だれ》も思っていなかったでしょうね」

「おい、俺たちも行くぞ」

お茶を片手に話し込む桑田たちを俺は急《せ》かした。

「今日の乗り物はローラーブレードでしたよね」

何気に羽黒は奴《やつ》との遭遇《そうぐう》率が高かった。いまになって思えば、これは霊感《れいかん》のなせる技《わざ》だったのかもしれない。

「羽黒、お前のお仲間はちゃんと押さえておけよ？」

羽黒の仕事仲間は今も学校の周りを張っているだろう。隙《すき》あらばもぐりこんできて手出しされかねない。

「はい。わかっています。お任せください！」

そう言って、胸を叩《たた》いて見せる羽黒はもう、立派な叶野っ子だった。

「神様はルールを守って、この一ヶ月、学校の外には出ていない」

かのうの理《ことわり》とやらは曲げても、自分のルールは曲げていない。鈴木が誰よりも早く学校に来

て、誰よりも遅《おそ》くまで学校にいたのは、つまりはそういうことだ。

外枠《そとわく》が出来上がれば、パズルのピースがどんどん埋《う》まっていく。

「なんで、まだ逃げるのかは知らんが、その他のルールをあいつが守ってるんだったら、こっちも守らないとフェアじゃないだろう？」

そして、なによりも大切なことが一つある。

「これは、俺のゲームだ」

久々にテンションが上がって、腹の底から笑いがこみ上げてきた。

「よーしっ!!　待っていやがれ!!！」

雄《お》たけびを上げると、俺は猛《もう》スピードで走り出した。

多加良が走り去った後、残された生徒会執行部《しっこうぶ》プラス一は、軽いパニックに襲《おそ》われていた。

「い、いまの、秋庭さんですよね？」

「はい、花南ちゃん落ち着いて。深呼吸――」

「そんなの無理でしょ、桑田さん。自分も動揺《どうよう》しているくせに」

尾田の指摘《してき》通り、桑田は耳まで赤く染めていた。よくよく見れば指先も小刻みに震《ふる》えている。

「うう……。今回もまた不意打ちだったわ」

「あ、あんなお顔初めて見ました」

「僕だって久しぶりだよ。あの全開笑顔《えがお》はね」

そう、彼らのパニックの原因は、秋庭多加良その人だった。

「普段《ふだん》は笑っても、シニカルなのよね。その上自分の美貌《びぼう》に自覚持ってないし」

「以前自分のお顔を悪人顔だと評されたのは冗談《じょうだん》だと思っていたのですが……」

『めちゃめちゃ本気』

尾田と桑田の声は見事に重なった。

多加良は自分の顔を悪人顔だと思い込んでいるが、事実は真逆なのだ。

漆黒《しっこく》の髪《かみ》に、黒曜石のように艶《つや》やかで澄《す》んだ双眸《そうぼう》。鼻筋は通って、唇《くちびる》は薄《うす》く形がよい。それら素晴《すば》らしいパーツが絶妙《ぜつみょう》に配置されて、実際の彼は天人もかくやという容貌《ようぼう》なのである。

そのあまりの美しさに、たいていの人間は彼と初対面の時言葉を失うのだが、どこでどう回路がこんがらがったのか、多加良はそれを自分が悪人面《づら》のせい、と理解している。

普通《ふつう》の表情でそれだけのものなのだから、笑顔はその比ではない。

「でもあの笑顔が出たってことは……」

「うん。あの笑顔が出たってことは多加良の理性の枷《かせ》が外れた証拠《しょうこ》でもあるんだ」

幾分《いくぶん》冷静さを取り戻《もど》した桑田と尾田は眉《まゆ》を曇《くも》らせる。

「それは、切れたということですか？　でもいままでにも怒《おこ》っていらっしゃいましたよね」

「いや、アレはまだ理性のある状態。まだ止められる余地があった」

「……いま頃《ごろ》、にっこにこで廊下《ろうか》を爆走《ばくそう》中だろうね。血を見ないで済むことを祈《いの》るよ」

この中の誰よりも秋庭と付き合いの長い、尾田のため息は一番重かった。

「お強いのですか？」

「常識はずれに」

「……ならば私たちは、こんなことをしている場合ではないのでは？」

「そうね」

「じゃあ、追いかけますか」

ナモナキネガイ

私には名前がない。

ああ、確かに最初は名前があった。

私のことを人々は〝神様〟と、そう呼んだ。

助けてくれと。救ってくれと。幸福になりたいと。

人が祈る度《たび》に、呼ばれる〝名前《カミサマ》〟。いつしかそれは記号となってしまった。

だから、私には名前がない。

だから、どうか、誰《だれ》か私の名前を呼んでくれ!!

1

廊下には人が溢《あふ》れかえっていた。俺様の招集に、かなりの人数が応じてくれたということだ。

「いいか、奴《やつ》を見つけたらとにかく確保だ。俺を呼ぶのはその後でもいい」

指示を与《あた》えながら、俺は鈴木の姿を求めて止まらずに走っていく。これだけの人数を動員して探しているにもかかわらず、鈴木の姿を見たという奴になかなかぶち当たらない。

東棟《ひがしとう》から西棟に場所を移す。俺の勢いに、生徒は皆道を開ける。

「あのっ、南棟のほうで見たっていま連絡《れんらく》が」

携帯《けいたい》を振《ふ》り回しながら、俺に必死で伝えてきたのは前川《まえかわ》だった。

「でかしたっ」

俺はガッツポーズを決めながら、前川に笑顔を向けた。すると、なぜか前川の顔は瞬間湯沸《しゅんかんゆわか》し器さながらに赤く染まった。

その反応は理解出来なかったが、俺は情報を基《もと》に、進路を南棟へと変更《へんこう》する。

前川の情報は確かだったらしく、南棟に近づくにつれ、情報量は多くなった。だがそれはまた、俺に混乱ももたらした。

「ちょーっと、多すぎるな」

その時、俺のポケットで携帯が震《ふる》えた。足は止めずにコールに答える。

「もしもし」

「多加良?」

「そうっ」

「いまのところ集まっている情報をこっちに伝えてくれ」

「ホシは、南棟の方にいる模様」

俺は訊《き》かれるままに、いくつか得た情報を尾田に伝えた。

「その情報を総合して考えると、南棟でも上の階を目指している可能性が高い」

「わかった。これから向かう」

待っていやがれ、生徒会長、いや、偽《にせ》生徒会長。

いま俺を走らせているものの一つに俺の個人的な怒《いか》りがある。それは俺の中に一つの確信があるからだ。

鈴木が偽者の生徒会長ならば、本物はどこにいるのか、そして誰なのか、という問いが生ずる。

ならば、答えは一つ。いまここにいる、この俺様が本当の生徒会長だ。

たとえ相手が神様だろうとこの俺様をたばかり、こき使ってくれた罪は重い。

床《ゆか》を蹴《け》る足に更《さら》に力を込《こ》めて、俺は南棟の階段を駆《か》け上がった。そしてついに、奴の影《かげ》を捉《とら》えた。なるほど、羽黒の言っていた通りローラーブレードで悠々《ゆうゆう》と走っていやがる。

何人かの生徒が捕《つか》まえようと取り囲んでいたが、さすがというべきか、鈴木はすべてかわす。

「ちょっと道開けろっ!!」

俺が叫《さけ》ぶとモーゼの十戒《じっかい》のワンシーンのように人並みが割れた。

俺はポケットを探《さぐ》った。確かな手ごたえ。さっき入れておいたボールだ。

俺と鈴木との勝負も対戦成績も、おそらく改ざんされた記憶《きおく》だろうが、それはそれでいい。

「俺様のEX《エクストラ》38号受けてみやがれっ!!」

投球フォームも気にせずに俺はがむしゃらにボールを放《ほう》った。

小細工なしのストレート勝負。

そして、鈴木もまた真っ向勝負を買って出た。いったいどこから持ち出したのか、木製バットで俺の球を打ち返した。球は俺の脇《わき》を掠《かす》めていった。

「ぴ、ピッチャー返し」

どこかで誰かが呟《つぶや》いた。

「まだまだ、甘いボールだね。早く捕まえないと、時間切れになるよ」

言いながら、ローラーブレードを脱《ぬ》いで窓枠《まどわく》に上る。捕まえるチャンスではあったが、ここは三階だ。下手すれば自分もろとも下にまっ逆さまという状況《じょうきょう》を想像してしまうと、手を出そうにも出せない。

窓を大きく開けたのを見て、俺は次の手を読んだ。

「ちょっと待てっ！　それは反則だろうがっ」

俺の呼びかけもむなしく、奴は窓の外へと身を躍《おど》らせた。そこここで悲鳴が上がったが、俺は命の心配はしていなかった。窓の下を覗《のぞ》いてみれば俺の予想通り、鈴木は十点満点の着地を見せていた。

「くそっ」

俺はダストシュートの扉《とびら》に手をかけた。一見、俺の体など通り抜《ぬ》けられそうもない。でもそれはちょっとした目くらましだ。これは、隠《かく》し扉の類《たぐい》で、どこにどういったものがあるかは、代々生徒会メンバーだけに伝えられてきた。

ためらわず、俺はダストシュートへと身をすべりこませた。

そして、一瞬のうちに地上に到達《とうたつ》すれば、そこには桑田が待機していた。

「もう少しよ。頑張《がんば》って」

桑田の手からスペシャルドリンクを受け取ると、俺は校舎の陰《かげ》に消えたばかりの鈴木の後を追う。

もはや鈴木に乗り物はない。神様の力、とやらを使わない限りは、これで俺たちの力は五分五分だ。

俺の追跡《ついせき》を逃《のが》れて鈴木は、北棟へと向かっていた。自分の脚力《きゃくりょく》のみで走っても鈴木はなかなかに速かった。俺と鈴木の差は詰《つ》まりそうで詰まらない。ずっと自力のみで走りっぱなしの俺はいい加減疲《つか》れてきていた。

「まちやがれっ」

「待てといわれて、待てるはずがない」

いけしゃあしゃあと言いくさる鈴木に、俺の怒りが最後の燃焼《ねんしょう》を見せる。少しずつ、奴《やつ》との間が詰まる。そして、あと一歩のところで、俺たちは屋上にたどり着いていた。

だが、鈴木はまだ逃《に》げ続けようとする。再び地上へ。これ以上逃げ回られてはかなわない。

そこで俺は上着を脱ぎ、大きく放り投げた。

上着は上空で大きく旋回《せんかい》して、そこから一転、急降下すると、鈴木の頭の上に落ちた。

不意に視界を遮《さえぎ》られて、さすがに鈴木の足も止まる。そのチャンスを俺が逃すはずがない。

鈴木の目を塞《ふさ》いだまま、制服の袖《そで》を交差させて自分に引き寄せ、俺は鈴木の腕《うで》を取ろうとした。

が、ここまで来て鈴木はそれを嫌《いや》がった。

「触《さわ》るのはだめだ。この涙《なみだ》の一滴《ひとしずく》さえ、人間には重すぎるから」

よくわからない理屈《りくつ》だったが、とりあえずはそれに従うことにする。

俺は鈴木の服の袖を掴《つか》んで
「つーかまーえた！」

高らかに宣言した。

2

俺は捕まえた神様をとりあえず、生徒会室に連行した。

部屋の外では一目神様を見てやろうという生徒たちがひしめいていたが、中から鍵《かぎ》をかけて、入れないようにさせてもらった。写真でも撮《と》っておいて、後日見せればいいだろう。

「さあ、捕まえたぞ」

「うん、捕まっちゃったね」

捕縛《ほばく》された神様は少しも悔《くや》しそうではなかった。

「ほら、そしたら早く名前を呼んで！」

神様はそう言って俺たちを急《せ》かしたが、それは正直二の次だ。

「それはとりあえず置いとけ。とにかく、尾田の植物《はな》をどうにかしろっ!!」

俺が怒鳴《どな》りながら尾田の胸を指差せば、神様は同じ軌道《きどう》で視線を動かした。

「ああ、そうだった。やっぱり人真似《ひとまね》というのは上手《うま》くいかないな」

自嘲《じちょう》の響《ひび》きと共に立ち上がると、神様は尾田の前に立った。

「でも……願いは、叶《かな》ったんだね」

ひどく穏《おだ》やかな声に、尾田は怒《いか》りも見せずに黙《だま》って頷《うなず》いた。

「文句の百個くらい言ったらどうかしら？」

俺に代わって桑田が勧《すす》めるが、尾田は笑って首を振《ふ》った。

「もういいよ」

「そう言ってもらえるとありがたい」

そして、神様はその指先で、透明《とうめい》な植物《はな》を折り取った。

植物《はな》はその手の中から見る間に消えていって、後には何もなかった。

「これでいいかな？」

残る植物《はな》は神様の胸に生えている一つしかない。だがソレは蕾《つぼみ》のまま、咲《さ》く気配はない。

ひとまず、全員胸を撫《な》で下ろして、俺たちは脱力《だつりょく》してそのまま腰《こし》を下ろした。

「それじゃあ改めて、名前を呼んでくれ」

全員を、まるで特別に親しい友人のように見渡《みわた》して、神様はそう言った。それが、神様の願いならば、名前を呼んだ瞬間《しゅんかん》に植物は結晶《けっしょう》化するだろう。

が、そこでしばしの沈黙《ちんもく》が落ちる。

「ここにいる方が神様なのはわかりましたが……」

「そういえば、名前って」

「なんだろう？」

いまさらながら、顔を見合わせる三人とは別の理由で俺は首を捻《ひね》った。

そういえば、神様を生徒会長と呼んだことはあっても、皆《みな》は名前で呼ぶことはなかった。

ただ一人、俺を除いては。

不意に、記憶《きおく》がフラッシュバックしてくる。

そう、確か俺にもあいつの名前を呼ぼうとして呼べなかったことがあった。それは、全校生徒の名前と顔を一致《いっち》させているという自負のあった俺にはかなり屈辱《くつじょく》的な出来事だった。

いま考えれば、思い出そうにも思い出せなかったことに得心が行くが、その時俺は、一分近く悩《なや》んだ末、一つの賭《か》けに出たのだ。

すなわち、日本で一番多い名字で呼んでみる、という賭けに。

そして、確かに神様は返事をしたのだ。

名前は呼ばれなければ、意味がない。

だから、俺は全校生徒の名前を間違《まちが》えずに呼ぶ。

それが、人を認め、受け入れる第一歩だから。

もしも、神様も俺と同じ考えならば……いや、このゲームのルールを見ればそれは明らかだ。

それならば、もう迷うことも、躊躇《ためら》うことはない。

どんな名前でも、ただ、呼んでやればいい。

この世界に存在を認識《しら》せるために。

「鈴木!!　お前の名前は鈴木！　そんでもって神様鈴木！」

大きな声でそう呼べば、なんとも形容しがたい表情を浮《う》かべて、俺を見た後
「はい」

小さく返事をした。

胸の植物はきらめきを放ちながら結晶化して、俺はそれを摘《つ》み取った。


「よし。これでゲームは終了《しゅうりょう》だな」

「うん、そう。ああ、楽しかったなあ」

「こっちはひたすら疲《つか》れたけどな。それで、この後はどうすればいいんだ？」

俺は一番答えを知っていそうな羽黒にまず訊《き》いてみた。

「えっ、この後ですか？　ええと、あの、そういえばなんの指示も受けてない、です」

神様鈴木を除いてその場にいた全員が脱力した。

「……まあ、とりあえず、人類の危機は救われたから良しとしようよ」

尾田がそう言って場を収めようとした時

「あれ、みんな賞品はいらないの？」

神様鈴木が言った。

「……そういえば、そんなものがあったような」

「肝心《かんじん》なことを忘れないで欲しいなぁ。神様を捕《つか》まえた人間には楽園をあげる。つまり、次の神様になれるんだ」

「はあっ？」

開いた口が塞《ふさ》がらないとはこのことだった。

「この場合、秋庭多加良にその権利がある」

神様鈴木をはじめとして、全員の視線が俺に注がれた。

「……秋庭多加良は賞品の権利を放棄《ほうき》する」

俺の決断は早かった。だが、その場にいた桑田も、尾田も、羽黒も俺の決断に異議を唱えたりはしなかった。

「やっぱりね」

神様鈴木でさえもそう言った。

「あたりまえだ。俺は神様が逃《に》げ出してくるような退屈《たいくつ》な楽園になんか興味はない」

「……それにしても、秋庭さんには神様に対する畏敬《いけい》の念というものが全く感じられませんね」

「もともと持っていないんじゃない？」

「ありうる」

外野がなにやら言っているが、俺は無視を決め込む。

「代わりに、いくつか質問させてもらおうか？」

「どうぞ」

「どうして、こんなゲームを思いついたんだ？」

まずはそれから。巻き込まれた形の俺たちには色々聴《き》く権利があるはずだ。

「秋庭多加良、君が言ったように、楽園はひどく退屈な場所でね。だからこのゲームの第一目的は暇《ひま》つぶしだ」

俺は少々あきれたが、次の問いに移った。

「じゃあ、叶野学園を選んだ理由は？」

「叶野学園の命名の由来は願いは叶《かな》う、だろう？　そこが気に入ったもので」

またもくだらない理由だったが、この二つの問いはいわば前哨戦《ぜんしょうせん》だ。いよいよ俺は核心《かくしん》に入った。

「なぜ、尾田に願いの原石《たね》を蒔《ま》いた？」

「彼と僕が似ていたからだよ」

神様鈴木はそれだけ答えて、後は口を噤《つぐ》んでしまった。

意味はよくわからなかった。でもそれは嫌《いや》な答えではなかったから、俺は納得《なっとく》してやった。

「じゃあ、どうして生徒会長の椅子《いす》を、俺から奪《うば》った？」

俺は固唾《かたず》を呑《の》んで、神様の答えを待った。

「それは……それは、生徒会長の君がこの学校で一番楽しそうだったからだよ」

「は？」

「確かに」

「納得の答えね」

「そうですね」

神様鈴木の答えに満足出来なかったのは俺だけだった。

「いや、待て。……それだけの理由で、お前は俺から一ヶ月も生徒会長の座を奪ったと？」

「うん」

「コンクリートの重石《おもし》つきで真冬の日本海に沈《しず》められるのと、富士山《ふじさん》の樹海に両手縛《しば》られて放置されるのとどっちがいい？」

「僕は神様だから死なないけど、出来ればどっちも遠慮《えんりょ》したい。つまらなそうだからね」

少しも悪びれずに、神様鈴木はそう言ってのけると穏《おだ》やかに笑った。

「さっきから詰《つ》まるの詰まらないのって、そればっかりだな」

俺が指摘《してき》すると、神様鈴木は笑顔《えがお》を曇《くも》らせた。

「僕は随分《ずいぶん》と君の質問に答えたから、こちらの話もそろそろ聴いてくれるかな？」

「そっ」

そんな暇はないと言いかけた俺の口をふさいだのは見えない力だった。

〝聴いてくれるかな〟（懇願《こんがん》）、ではなく、〝聴いてくれるかな〟（黙《だま》って聴けよ、このやろー）だったわけである。

「さっきも言ったけれどね、僕の住んでいるところは本当に退屈なんだ。人間にはゲームにやる気を出して貰《もら》うために、ちょっと偽物《にせもの》を見てもらったんだけどね。僕の楽園にあるものといったらテレビだけなんだ」

「テレビ、ですか？」

驚《おどろ》いたように問い返したのは羽黒だった。

「うん。テレビ。数だけはいっぱいあるんだけどね、映るものは限られている。この世に生きるすべての人の、すべての営み。創造主の責任とばかりにね、見せられ続けるんだ」

静かに、感情を排《はい》した声で神様鈴木はしゃべり続け、俺は少し苛立《いらだ》ち始めた。

「一日に、どれだけの人が、神様助けてって言うと思う？　何回くらい言うと思う？」

「百万回くらいですか？」

尾田が律儀《りちぎ》に答えてやった。

「それよりずっと多いよ。途中《とちゅう》で数えるのを止《や》めた位だから。でも僕は、何もしてあげられない。何もしてはいけないんだ」

「なぜ？」

心底わからないようすで桑田が問う。

「僕が創造主だからだ。すべてのものが僕の作った愛《いと》しいものだから、僕は何一つ、救えない」

そう言って、神様鈴木は自分を哀《あわ》れむように笑った。それを見て俺は我慢《がまん》の限界を迎《むか》えた。

「馬鹿《ばか》かお前はっ！　なにが救いたくても救えないだっ!!　助けてって言われて、お前が助けてやりたいって思ったら助けてやればいいじゃないか!!」

「でも僕は」

「神様だからか？　神様ったって、その神様の力を使わなければ人間と同じだろうが。人として助けてやればいいだろう？　大体お前が雪合戦の時にしたことは人助けじゃないのか？」

全く世の中馬鹿ばっかりだ。これは早いとこ俺が世界の王様にならなければならない。

「……それは、そうだけど」

「ええい、うるさいっ！　いいか、はっきり言って俺の方が絶対にお前より偉《えら》い！　神様よりも俺の方が偉い!!　だから、俺の言うことを信じろ!!」

馬鹿みたいに口を開いて俺を見ている神様鈴木を尻目《しりめ》に、俺は新たに決意を固めた。

桑田たちはしばらく俺と神様鈴木を交互《こうご》に見比べたあと
「やっぱり、多加良が一番だなー」

「まさか、神様にまでお説教するなんて……」

「すごいですっ！　もう一生ついていきます!!」

肩《かた》を大きく揺《ゆ》らして、一斉《いっせい》に笑い出した。俺はいったいなにがおかしいのかわからないから、首を捻《ひね》るばかりだ。

気がつけば、神様鈴木まで笑い出していた。

「やっぱり、僕の見込んだ通りだ。本当のことを言おう」

そして、神様鈴木の独白が始まる。


喜ぶことも、怒《おこ》ることも、泣くことも……笑うことも、本当は一人では出来ないんだ。

テレビの中で、笑っている人を見て楽しい気分になることはあるよ。

でも、瞬《まばた》きをする間に、その人が泣いていると、どうしようもなく悲しくなる。

けれど、声は届かない。テレビの向こうに声は届かないのだ。笑う声も、泣く声も。

現実には届かない。

そうして、気付く。

誰《だれ》も、名前を呼んではくれない。

寂《さび》しい、寂しい、サミシイ、さみしい。

そうやって、どうしようもなく寂しい自分に気付いた時、僕は愕然《がくぜん》とした。


「……それで、どうしていいか、わからなくなった」

神様鈴木は最後を苦笑《くしょう》で締《し》めくくって、独白を終えた。

「……名前を呼ばれないってどういうことか、君にはわかるよね？」

「どうして、お前に触《さわ》っちゃいけないんだ？」

神様鈴木のその問いには答えずに、俺は逆に尋《たず》ねた。もしかしたら、俺の問いをその場にいた誰もが的外れだと思ったかもしれない。でも、なぜか聞かずにいられなかった。

「確かに僕は人間を作ったけれど、君たちは未完成なんだ。だから、僕が触ったら、君たちは壊《こわ》れてしまう」

「実際に、人間に触ったことは？」

「……ない、けど」

「そうか」

相手の意表を衝《つ》くのが得意なのは、なにも神様やかのうの専売特許ではない。

「むやみやたらに抱《だ》きつく趣味《しゅみ》はないが、な」

そう断りを入れたのは、神様鈴木を抱きしめてやった後だった。

「人間様をなめるなよ？　そんなにか弱くないわっ！」

言いながら、抱きしめた時と同じ唐突《とうとつ》さで俺は神様鈴木を突《つ》き放した。

そして、不敵に笑ってやる。

「は、はは。ほんとだ。全然か弱くなんかない」

泣き笑いというのは、いまの神様鈴木みたいな表情をいうのだろう。でも、泣いていてもとても嬉《うれ》しそうだった。

「……僕はね、もう神様って呼ばれることに飽《あ》き飽きしていたんだ。でも、僕は神様をやめることが出来ない。だから、名前を呼んで、存在を認めてもらいたかった。そうすれば、まだこの世界に居続けられると思った。そして、君に……秋庭多加良に呼んで欲しいと思った」

気がつけば、神様の姿は消え始めていた。

ここにいたって、俺はようやく鈴木が神様であることを少しだけ、信じてやる気になった。

「君の言う通りにしてみるよ。これからは、助けたい人を助けてみる」

最後にそう言い残して、神様鈴木は消えた。

Off Record

光でも闇《やみ》でもないモノが支配するその空間に、彼が足を踏《ふ》み入れると、そこの主はゆっくりと立ち上がった。

「どうぞこちらへ」

艶冶《えんや》な微笑《ほほえ》みに、導かれるままに椅子《いす》らしきものに腰《こし》を下ろす。

「わが叶野の地での逗留《とうりゅう》、楽しゅうございましたかの？」

「ええ。大変お騒《さわ》がせしたこと、ここにお詫《わ》びいたします」

神様——また の名を鈴木——は深々と頭をさげた。

「いや、そうかしこまらずとも」

と言いつつ、かのう様と呼ばれる女はその礼を受け入れる。

「楽しんでもらえたのならば、良いのですよ。世界を壊すつもりなどあなたには無かったことですし、少々のいたずらには目を瞑《つぶ》りましょう。……それで、あなたの願いは叶《かな》いましたかのう？」

「はい。頂いた原石《たね》で、人間の温《ぬく》もりというものを知りました。なによりも名前を貰《もら》った」

彼のことを思い出すと神様鈴木の口元には自然と笑《え》みが浮《う》かんだ。

「あなたの言っていた笛を鳴らす者、というのは秋庭多加良のことだったのですね」

確かめるように神様鈴木が問うと、かのう様はゆっくりと頷《うなず》いた。

叶野の地に足を踏み入れるにあたって、鈴木は事前にかのう様と呼ばれる、この土地を陰《かげ》で治める者の下《もと》を訪《おとず》れた。

そして、いくつかの密約を交《か》わした後、彼女は言った。

「げーむを始めるのならば、そう、始まりの笛を鳴らす者が必要でありましょう？　その者はこちらで手配いたしましょうかのう」

と。神様鈴木は正直、彼女の言葉の意味を図《はか》りかねたのだが、叶野の地においては自分の力は彼女に多少劣《おと》ることを知っていたから、頷いておいたのだ。

その笛は、思いがけない形で鳴り響《ひび》いた。

叶野学園高校に降り立って早々に、神様鈴木は秋庭多加良に遭遇《そうぐう》した。テレビの画面越《ご》しでなく見る彼は、ずっと生き生きとしていて、神様鈴木は言葉が胸につかえてしまった。

だが、言葉が紡《つむ》げないのは多加良もまた同じだった。

叶野学園高校に入る際、皆《みな》が自分を生徒として認識《にんしき》するように暗示のようなものを施《ほどこ》したのだが、一瞬《いっしゅん》、その暗示が不完全であったのかと思った、その直後
「……鈴木！」

多加良は、神様のことを真っ直ぐに見て、そう呼んだ。

身体《からだ》を電流が走り抜《ぬ》けるというのはこういう感覚なのかと、どこか冷静に考えながら
「はい」

神様鈴木は、返事をしていた。そして、そのままそれは彼の名前になった。

呼ぶのは、多加良だけで、他《ほか》の誰《だれ》もこの名前を知らなかったけれど。

学園全体に暗示をかけたのは、たくさんの生徒の中から、それでも〝神様〟という自分を見つけて、認めてもらいたかったからだったのだけれど、多加良に名前を呼ばれる度《たび》に、自分が世界に満ちていく——人間として世界に受け入れられていると思うことが出来た。

結局、自分は多加良に名前を呼んでもらいたかったのだ。

同じ、名前を呼ばれない寂《さび》しさを知っている彼に。それでも、強くある彼に認識《みと》めて貰いたかったのだ。

その結果、鈴木が神様の本当の名前になってしまったわけだが。

「でも、どうやらまだあなたの胸には願いが残っている様子ですのう？」

「え……？」

言われた神様鈴木の方は面食《く》らう。

だが、そんな神様鈴木の胸に、かのう様はついっと手を伸《の》ばし、軽く触《ふ》れる。

星が瞬《またた》くような明滅《めいめつ》が見えたかと思うと、神様鈴木の胸には、あの植物《はな》があった。

願いの植物が。

結晶《けつしょう》化しているし、多加良が手折《たお》った痕跡《あと》もあるのに、まだ一つ青い蕾《つぼみ》がついている。

「どういうことですか？　叶えられる願いは一つでは？」

「ほほ。多加良が叶えられるのは確かに一つですがのう」

それ以上の説明をする気はないらしく、かのう様は笑みを浮かべたまま一旦言葉を切る。

神様鈴木は、何か言おうと口を開きかけたが、その意思の無いかのう様には何を言っても無《む》駄《だ》と悟《さと》って、とりあえず引き下がる。

その反応に満足すると、かのう様は再び口を開く。

「では、お尋《たず》ねいたそうかの。あなたは我らと人間の違《ちが》いはどこであると、理解しておいでかの？」

かのう様の問いに対して、神様鈴木は呆《ほう》けたように彼女を見返すしかなかった。

「考えたこともなかった、というお顔だのう」

喉《のど》の奥でくつくつと笑われて、神様鈴木は俯《うつむ》いてしまう。

「気を悪くされたのならば謝りましょう。ですが妾《わらわ》の結論ではそう大したことでもない」

「それは、どのような？」

「我らと人間の違いは、生存の本能の違いですよ。我々には人間のような血肉はないから、眠《ねむ》る必要も、食べる必要も、子孫を残す必要もない。けれどこれは人間にとっては本能に根ざした三大欲求でありますのう」

自分を顧《かえり》みて、かのう様の話には神様鈴木も十分頷くことが出来た。

「では、我々の欲求とはなんでありましょうな？　妾は『願いを叶えること』。あなたの場合はきっと『人間を創造すること』でしょうな」

どこか老獪《ろうかい》な笑みで、神様鈴木を搦《から》めとるような理論をかのう様は展開していく。

「そして、のう。ならば、人を助けたいというのも本能なのかもしれませぬな」

「そうかも……しれません」

「ならば、そうすればいいのですよ。そして、真の望みも叶えてしまえばよろしい。この叶野の地ではそれが許される」

「真の、望み？」

「あなたの真の望みは人間になることでありましょう？」

かのう様は微笑《ほほえ》んではいたが、その瞳《ひとみ》の深淵《しんえん》は神と呼ばれる者にも計り知れぬ深さがあった。

願いの植物の生えている辺りが急に熱を帯びた気がする。

「でも、私は、神でなければ……」

「それならば、なぜ、妾がお渡《わた》しした原石《たね》を、自らに蒔《ま》かれたのです？　名前を呼んで貰《もら》う事だけがあなた様の願いであったのならば、それは既《すで》に叶ったも同然であったのに」

かのう様が紡ぐ言葉に、いつしか搦めとられて、神様鈴木は押し黙《だま》る。

「別に責めるつもりはありませぬよ。妾はただ、この叶野の地ではあなたに人間であってほしいのですよ」

「どういうことです？」

さっきから自分は尋ねてばかりだという自覚はあるが、わからない以上はそうするしかない。

そして、つぃっと袖《そで》を振《ふ》ると、かのう様はその答えを示した。

しゃらん、と腕《わ》環が鳴る音に誘《さそ》われて、視線を動かせば、そこには50歳を超えているだろう男女がいた。

「この者たちは、ずっと子に恵《めぐ》まれずにいた夫婦でしてのう」

「知っています」

そう、この叶野に留《とど》まる間、神様鈴木が仮の住処《すみか》とした二人だった。

「妾はこの度、この二人の願いを叶《かな》えたのですよ。明るくて、かわいらしい子が欲しいという願いをのう。だからのう、あなた様に出ていかれると、この二人の願いが宙ぶらりんになってしまうので、困ってしまうのですよ」

かのう様が何を言いたいのか理解するまでに、少しの時間が必要だった。

「つまり……叶野に逗留《とうりゅう》する間はずっと彼らの子であれ、ということですか？」

「そうなりますかのう。まあ、ずっととは言わぬが出来れば頼《たの》みたい、ということですかのう」

それは、神様鈴木にとっても願ってもないことだった。

一度知ってしまった人の温《ぬく》もりは、あまりに温かく、どんなに忘れようと思っても不可能だった。

忘れることなど出来ないのだ。

甘い毒のように。

「神様をやめていただくことは出来ぬと、存じておりますよ。けれどひがな一日、神であられることもないのでは？　空いている時間を、我が叶野の地で有益に使われてはどうかと思いましてのう？」

かのうの言葉を受け、胸の植物の蕾《つぼみ》は、急にほころび始めて。

「僕は……ここにいるときはいつも人間なのですね」

「それを、願うのならばの」

「その、代償《だいしょう》は？」

「この地に入られる折《おり》に示したことを守っていただくこと」

それは、かのう様と呼ばれる存在の〝理《ことわり》〟を曲げぬこと。

「それと、その植物を手折《たお》らせていただきましょう」

「わかりました」

「では、願いを叶えましょうぞ」

咲《さ》き開いて、虹色《にじいろ》に結晶《けっしょう》化した植物に、細い女の指先が伸《の》びて。

そうして、契約《けいやく》は成った。


客人を帰して、虚空《こくう》に一人漂《ただよ》う女は、静かに微笑む。

「花は枯《か》れども、綺《か》石は残る」

歌うように呟《つぶや》いて、先程《さきほど》手に入れたばかりのそれを光に透《す》かしてみる。

光の射《さ》し込み方によって、親指ほどの大きさのそれは様々な色に見える。

「ほほ、やはり神の綺石ともなれば美しいのう。策を弄《ろう》した甲斐《かい》があったというものだのう」

ひとしきりそれを鑑賞《かんしょう》し終わると、女は蒔絵《まきえ》の施《ほどこ》された小箱を胸元《むなもと》から取り出した。

そこに、大切に綺石をしまいこんで、女は満足げに笑った。

「願え、願え、この世の者はすべからく。さすれば叶えてやらぬこともない。……そして、妾《わらわ》の願いを叶えておくれ」

虚空に、女の笑い声がしばらく響《ひび》き渡る。

その残響《ざんきょう》が消えると、女は今度は唇《くちびる》だけ笑《え》みの形を作り、

「客寄せの用意は万端《ばんたん》整った。さあて、次はどのように奇妙《きみょう》な客人が訪《おとず》れるかのう。ほんに、楽しみだのう」

暗闇《くらやみ》に向かって呟くのだった。

エピローグ

学園と世界に平穏《へいおん》を取り戻《もど》した翌日、俺は一月ぶりに素晴《すば》らしい目覚めを迎《むか》えた。

鈴木が去り際《ぎわ》に言ってたのだが、あいつとのゲームのことを覚えているのは俺たち叶野学園の生徒だけだそうだ。

俺たちはこの一ヶ月、鈴木に洗脳というか記憶《きおく》の改ざんをされていたのだが、その事実も込《こ》みで記憶は残っている。

でもそれが俺たちだけに限定されたのは、あまりに色々な人間に楽園のことが広まってしまったので——結局、その人間が望むままに鈴木が見せた幻《まぼろし》に過ぎなかったのだが——収拾がつかなくなることを避《さ》けるためだ。

だから、俺たちはこのことをそれぞれの胸にだけ秘めておくことにした。言ったところであまりに途方《とほう》もなくて信じてもらえそうもなかったが。

とにかく、今朝からは学校に向かう俺の足取りは軽いことこの上なかった。

なぜならば、今日から俺は再び生徒会長様になるのだ。もう邪魔《じゃま》な「副」の字はない。

喜びのあまり、今朝はいつもより早く目覚めてしまい、いつもより早く家を出た。

そして、一刻も早く生徒会長の椅子《いす》に座るべく鼻歌交じりに生徒会室を開けると、俺の目にはもう憧《あこが》れのその椅子しか目に入らない。

ああっ、チャールズ・イームズデザインのラウンジチェア。使い込んだ革《かわ》の風合い、溢《あふ》れ出す高級感。これに座れば、温かく包まれるような感覚を味わえるのだという。椅子マニアの俺にとって、まさに憧れの一脚《いっきゃく》。

俺は軽《かろ》やかにターンを決め、目を瞑《つぶ》ったまま夢見心地《ごこち》に腰《こし》を下ろす。

むぎゅっ。

俺の尻《しり》には、なぜかそんな妙《みょう》な感触《かんしょく》が伝わってきた。俺は肩越《かたご》しにおそるおそる後ろを振《ふ》り返った。

「重いぞー、多加良っち」

「なっ、お前っ!!」

「おはよう」

「なぜ、なぜお前がここにいるんだっ?!」

「まあ、落ち着いて。そこの空いている椅子にでも座って」

かなり動揺《どうよう》していたため、俺は思わず鈴木の指示に従って近場の椅子に座った。

深呼吸を三回した後、俺はもう一度
「なぜ、お前が俺の椅子に座っている?」

同じ問いを繰《く》り返した。

「いやー、世界をまわってみようと思ったんだけど、やっぱまずは黄金の国ジパングからかなー、と思って」

「それで、なぜここにいる」

「やっぱ、高校生とか、生徒会長とか、肩書きあると便利じゃん？　それで、もう少し生徒会長やろうと思って。あ、そうそう。今日からは山口《やまぐち》さんちの三軒隣《げんとなり》の鈴木君って呼んでね」

鈴木の言葉が理解出来ないのは俺の言語機能に故障が生じたからだろうか？

なぜか頭の中でメリーさんの羊の歌が回りだす。

「他《ほか》でやれ」

ようやく、言葉を発することが叶《かな》った俺は迷わずそう言った。

「やだ」

そのひと言が、俺の理性を焼き切った。

「鈴木っ！　今日という今日はっ、ゆるさねえっ!!」

嗚呼《ああ》、俺が生徒会長に返り咲《ざ》く日はいつだろう？

だれか、教えてくれっ！

あとがき

はじめまして。こんにちは。宮﨑柊羽と申します。多分ミヤザキシュウって読みます。ふつつかものでございますが、皆《みな》さんと仲良くしたい気持ちは人一倍ありますので、よろしくお願いします。

ということで、本作がデビュー作になります。長かったなあ、ここまで。最初に小説らしきものを書いてから十年以上の歳月《さいげつ》が流れてしまいました。そりゃあ私の身体にもガタが来るはずです。目下の悩《なや》みは腰痛《ようつう》です。少しでも症状《しょうじょう》を改善すべく、大腰筋周辺を鍛《きた》えなおす日々です。

……と、話が逸《そ》れました。いま、話したいのはこの『神様ゲーム』のことでした（でも、中身のネタばれはないので、あとがきを初めに読む方も安心ですよ）。

まず『神様ゲーム』は、角川学園小説大賞の受賞作ではありません。では新作？　と訊《き》かれるとこれまた口ごもってしまいます。実は『神様ゲーム』は第六回の同賞の最終選考に残った作品に新設定を加えて改稿《かいこう》したものなのです。今更《いまさら》ながら、よくお許しが出たと思います。角川書店さまさまです。

でも、私はどうしても読者の皆さんと秋庭多加良という主人公を出会わせたかったのです。

なんだか、全《すべ》てが嫌《や》な時期がありました。食事をするのも、息をするのも面倒な時が。足かけ三年、いわゆる不登校でした。だけど、本を読むことと、小説を書くことだけは別でした。

そんな日々を経て、生まれたのが秋庭多加良であり、『神様ゲーム』でした。

多加良は、私が期待していた言葉《こたえ》を叫《さけ》んでいます。結局、他人からは聞くことの叶《かな》わなかった。現実に聞いたら、陳腐《ちんぷ》にしか聞こえないようなことも彼は言います。でも、それでいいと思っています。

私はこうして、紙の上でなければ、自分の本当の言葉や、想《おも》いを伝えられない人間です。それではだめだと言われたこともありますが、やっぱりこれが自分のやり方だと思います。

だから、秋庭多加良の言葉が、この本を読んでくれた皆さんに少しでも届くことを、心の底から願っています。

……ところで、ここまでで秋庭多加良と何度も書きました。ふふふ。選挙戦略の第一段階はまず名前を覚えてもらうことなのですよ？　多加良が念願の生徒会長になれるかどうかは、今後のお楽しみです（ちなみに私は小学校で飼育委員長をやった位ですけど）。

あ、もちろん他の登場人物だって活躍《かつやく》しますよ。大丈夫です、他の子もちゃんと愛していますから。時々、歪《ゆが》んだ形で愛情表現することもありますが、最終目標はハッピー・エンドレスです。

この目標を達成するためには読者様のお力が不可欠です。『神様ゲーム』と宮﨑柊羽もどうぞご贔屓《ひいき》に。

ここから先はとにかく謝辞を述べさせてください。思いつく限り、思う存分に。

まず、第六回及《およ》び第八回の学園小説大賞の選考に関《かか》わった方々へ。ありがとうございます。皆様のおかげで、なんとか夢のスタートラインに立つことが出来ました。奨励賞《しょうれいしょう》というのは「頑張《がんば》れ」という意味だと思うので、とにかくがむしゃらに頑張ります。

担当の山口女史。いつもありがとうございます。ご迷惑《めいわく》をおかけしていますが、これからも末永くよろしくお願いします（よし、これだけ持ち上げておけばこの先いろいろ大丈夫《だいじょうぶ》なはずだ……）。笑顔《えがお》の素敵《すてき》なあなたが私の担当になってくれたことは今世紀最大級の幸運です。

イラストレーターの七草さん。私のようなド新人に美しく、素敵な絵を提供してくださりありがとうございます。七草さんの絵をみて登場人物たちが更に好きになりました。お身体はくれぐれも大切にしてくださいね。

同期の皆さん、諸先輩《せんぱい》方、いつもお世話になっています。へたれな宮﨑ですが、これからもよろしくお願いします。

教育実習でお世話になった第六中学校二年四組（当時）の皆さん、私はやりましたよ。私は結局教師の道は選びませんでしたが、みんなのことは忘れません。ありがとう。

中学、高校、大学でお世話になった先生方、友達、家族、親戚《しんせき》、ペットへ。色々ご心配をかけましたが、なんとかこうして歩き出せたのは皆さんのおかげです。ありがとうございます。

そして、昨年亡《な》くなったおじいちゃん。受賞の知らせも、この本も間に合いませんでした。

でも、どこかで読んでくれると信じさせてください。たくさん心配させてごめんなさい。どうもありがとうございました。


最後に、どんな形であれ『神様ゲーム』を手に取ってくださった皆さんへ。ありがとう、を100万回。いいえ、1000万回、いいえ無量大数。

頭の中に言葉が浮《う》かんで、その周りのもやもやとしたものに輪郭《りんかく》を与《あた》えて、文章にして、そうして『神様ゲーム』はできました。でもまだ、未完です。皆さんが読んでくださって、そこで初めて完成するのだと思います。そんな風に、皆さんと繋《つな》がりたくて、私は小説を書き続けてきたのかもしれません。

だから、読んでくれた皆さんが、少しでも楽しい気分になってくれれば幸いです。ついでに、感想を頂けたら大変うれしいです。

そして、あなたのお部屋の本棚《ほんだな》に、こぢんまりと収まることができたら最高です！

宮﨑　柊羽

解説

「神様、お願いします！」

夜眠《ねむ》る前とか、試験前とか、誰《だれ》しも一度は神様に祈《いの》ったこと、あるのではないでしょうか？

人間は困ったとき悩《なや》んだとき、神頼《かみだの》みをします。じゃあ逆に、こんなこと考えたことあります？

——神様は、ダレに祈るんだろう？

神様は祈らない？　いいえ神様だって願いごとはあるんです。そして、その願いとは……

本作『神様ゲーム』には二人の神様が出てきます。キュートなくせに腹黒い土地神〝かのう様〟と、人間を作る神である創造主。それぞれ一筋縄《ひとすじなわ》ではいかない神様たちは、主人公である多加良たちに、超難関《ちょうなんかん》なゲームを挑《いど》んできます。ひとつは、人間から咲《さ》く花を摘《つ》み取《と》るゲーム、そしてもうひとつは、かくれんぼ！　もちろんルールは変則的な〝神様仕様〟、しかもクリア出来ないと恐《おそ》ろしい結末《エンディング》が。

こんな反則気味な「神様×神様《ダブルカミサマ》ゲーム」に強制的に参加させられた、多加良たち叶野学園の生徒会メンバーですが、彼らが徐々《じょじょ》にゲームクリアに近づいていくと、神様たちがゲームを仕掛《か》けた本当の意図《ネガイ》が明らかに……！　神様の願い事を知るなんて素敵なことだと思いませんか？　そんな最後の一行までドキドキできる小説が『神様ゲーム』なのです！

宮﨑氏は、第八回角川学園小説大賞の奨励賞を受賞しました。受賞作「晴れ時どき正義の乙女」は、主人公の女の子たちが元気いっぱいで、読む人をハッピーにさせる素敵な作品だったので、欠点はあるものの著者の可能性を見据《みす》えて、奨励賞となりました。

さぁ、これからが勝負だ！　頑張って宮﨑氏をプロの作家にしなくては！　しかし担当はデビュー作について、大いに悩みました……。なぜなら、受賞作がデビュー作になるのが、一番自然なことなのに、担当は二年前の第六回の応募作《おうぼさく》、『神様ゲーム』に惚《ほ》れ込《こ》んでいたからです。そう、宮﨑氏は第六回でも実力を発揮して、受賞には至らなかったものの、最終選考に残っていたのです。

当時、本作の原型を読んだときの衝撃《しょうげき》が忘れられず、この人がプロになったら、きっと大活躍するに違《ちが》いないと思っていました。「これ、この設定だよ！」と思わず叫んでしまったくらいの設定のユニークさ、さらには泣かせと笑わせのバランス感覚。この作品が持つポテンシャルに、これは突《つ》き詰《つ》めていったら最高のものになる！　みんな読んでくれ！　という気持ちは強く、どうにかしたいとずーっとチャンスを窺《うかが》っていたのでした。

受賞作と『神様ゲーム』、どちらが宮﨑氏のデビュー作にふさわしいか。さんざん悩んだ結果、担当の中で「よしっ。神様ゲームだ！」と確信を持ちながら、宮﨑氏に話をしたところ、なんと幸運なことに宮﨑氏も『神様ゲーム』をデビュー作にしたいと考えていたのです！

これぞ神様のお導き!!

そんないきさつがあり、『神様ゲーム』を、みなさんにお届けすることができました。

その日から登場人物を増殖《ぞうしょく》させ、設定を詰め込むこと幾月《いくつき》。やっぱりこちらの見込んだとおり、最高の作品になりました！　というより、見込んだ以上の、すっごい作品になっちゃいました！　宮﨑氏の右手が動いただけ、神様や多加良たち登場人物が生き生きと動いています。まさかあのキャラが、応募原稿《げんこう》でいなかったなんて……（もしどのキャラか分かった方は、編集部にご一報を）。

「何回直せばいいのでしょうか？」

と恐る恐る宮﨑氏に聞かれた時に、

「面白《おもしろ》くなるまで」

と壮絶《そうぜつ》な笑顔をしながら答えた甲斐《かい》がありました。

あ、もう最後になってしまいました。こんなに少ないページ数では、宮崎氏のそして『神様ゲーム』の魅力《みりょく》を十分に伝えられている気がしません、残念。もっと面白い箇所《かしょ》、素敵な箇所は、読んだあなたが探して、見つけて、そうして私たちに教えてください！

スニーカー文庫編集部

神《かみ》様《さま》ゲーム

カミハダレニイノルベキ

宮﨑《みやざき》柊羽《しゅう》

角川文庫 13849

平成十七年七月一日　初版発行

発行者——井上伸一郎

発行所——株式会社角川書店

東京都千代田区富士見二—十三—三

電話　編集(〇三)三二三八—八六九四

営業(〇三)三二三八—八五二一

〒一〇二—八一七七

振替〇〇一三〇—九—一九五二〇八

印刷所——旭印刷　製本所——コオトブックライン

装幀者——杉浦康平

S 188-01　ISBN4-04-471401-0　C0193

角川文庫発刊に際して

角川源義

第二次世界大戦の敗北は、軍事力の敗北であった以上に、私たちの若い文化力の敗退であった。私たちの文化が戦争に対して如何に無力であり、単なるあだ花に過ぎなかったかを、私たちは身を以て体験し痛感した。西洋近代文化の摂取にとって、明治以後八十年の歳月は決して短かすぎたとは言えない。にもかかわらず、近代文化の伝統を確立し、自由な批判と柔軟な良識に富む文化層として自らを形成することに私たちは失敗して来た。そしてこれは、各層への文化の普及滲透を任務とする出版人の責任でもあった。

一九四五年以来、私たちは再び振出しに戻り、第一歩から踏み出すことを余儀なくされた。これは大きな不幸ではあるが、反面、これまでの混沌・未熟・歪曲の中にあった我が国の文化に秩序と確たる基礎を齎らすためには絶好の機会でもある。角川書店は、このような祖国の文化的危機にあたり、微力をも顧みず再建の礎石たるべき抱負と決意とをもって出発したが、ここに創立以来の念願を果すべく角川文庫を発刊する。これまで刊行されたあらゆる全集叢書文庫類の長所と短所とを検討し、古今東西の不朽の典籍を、良心的編集のもとに、廉価に、そして書架にふさわしい美本として、多くのひとびとに提供しようとする。しかし私たちは徒らに百科全書的な知識のジレッタントを作ることを目的とせず、あくまで祖国の文化に秩序と再建への道を示し、この文庫を角川書店の栄ある事業として、今後永久に継続発展せしめ、学芸と教養との殿堂として大成せんことを期したい。多くの読書子の愛情ある忠言と支持とによって、この希望と抱負とを完遂せしめられんことを願う。

一九四九年五月三日

いつも「スニーカー文庫」を
ご愛読いただきありがとうございます。
今回の作品はいかがでしたか？
ぜひ、ご感想をお送りください。

〈ファンレターのあて先〉
〒102-8177 東京都千代田区富士見2-13-3
角川書店 アニメ・コミック編集部気付
「宮﨑柊羽先生」係